がらしあ

紅蓮の聖女

篠綾子
Shino Ayako

目次

第二幕

序曲

この日、ウィーンの王宮ではイエズス会ギムナジウムのホールで、歌劇が上演されることになっていた。

神聖ローマ皇帝を代々世襲するようになっていたハプスブルク家では、十七世紀頃より政治上の目的からイエズス会を強く後援するようになり、王宮内にイエズス会の制作した歌劇を上演するためのホールまで設けたのである。

皇帝一家を招いての上演会も多く行われた。

王宮内のホールであるため、後のオペラ座ほどの規模はないものの、ウィーン在住の貴族や外国からの賓客たちを招いて恥ずかしくないだけの見事な造りである。

観客席は舞台から馬蹄形に広がり、宮廷ロージェと呼ばれる中央ボックス席からは、それが一望できた。皇室一家が観覧する時は、この宮廷ロージェの扉が開かれる。

ホールの観客席からは、下の入口を通り式典の階段を昇ってここへ至る。

この式典の階段と宮廷ロージェとの間に、カイザーサロンと呼ばれるティーサロンがあった。

ロージェに付属したサロンは、皇帝一家や宮廷人たち専用のルームである。

このカイザーサロンには、左右の壁に宗教画が描かれ、華やかな中にも荘厳な雰囲気を醸し出していた。

この日、マリア・テレジアは父カール六世に連れられて、歌劇『Mulier Fortis——気丈な貴婦人』を鑑賞するため、このイエズス会ギムナジウムホールへ向かった。上演が開始されるまでの間は、カイザーサロンで過ごす予定である。

だが、今、テレジアが待ち望んでいるのは、開幕ベルの音ではない。この日の観劇に招かれている婚約者の姿の方であった。

やがて、サロンの円卓に、マイセン産の白磁器に注がれた飲物が運ばれてきた。雪のように白い磁器と対照的な黒い水が浮かんでいる。

オスマン・トルコから伝わった珈琲《コーヒー》であった。

一六八三年、トルコ軍による第二次ウィーン包囲が行われた時、その置き土産になったと言われる。豆を挽いて沸かした珈琲は、甘いもの好きの少女の舌には苦く、砂糖やクリームを溶かし入れて飲むことが多い。

「早く飲みなさい。冷めてしまうだろう」

憂いがちなテレジアがはっと我に返ると、父の手が卓上の珈琲茶碗を指差している。この時まで、テレジアはカップに手を触れてさえいなかった。

「はい……」

慌ててクリームを匙で掬い、珈琲の上に浮かべた。黒い液体の上に、白い模様がゆっくりと広がってゆく。

匙で中味をかき混ぜた後、テレジアは小指を立てて、カップの柄《え》をつまみ上げる。すでにぬるくなりかけていた異国の飲み物はあまり美味しくなかった。テレジアは一口だけすすって、すぐにカップを円卓に戻した。

ホールに来る前、何度となく読み返していた婚約者からの手紙を、テレジアはもうほとんど暗唱できる。

「親愛なる私の小さなレースル」

フランツからの手紙はいつも、そうして始まった。まだ、テレジアがそう呼ばれていた幼い頃の名残である。

「小さなレースル」

フランツがテレジアをそう呼んだ時、フランツは十五歳、テレジアはまだ六歳だった。フランツは隣国ロートリンゲン公国から来た留学生であった。

この時、テレジアは紳士的な微笑を湛《たた》える優美な貴公子に、初めての恋をした。

フランス貴族風のやや気取った振舞いは、人によっては鼻につくかもしれないが、テレジアの目には、フランツ以外の男を野暮な田舎貴族と見せただけであった。

「何て、綺麗な銀髪なんだろうね。まるで東洋の絹みたいだ」

ハプスブルグ家当主の長女を少しも臆することなく、フランツはその髪にそっと触れた。相手が六歳の幼女なればこその馴れ馴れしさであるにせよ、テレジアは男性からこれほど親しくされたことがない。

テレジアは、夜はフランツのことを夢見、昼は侍女たちを相手にフランツのことばかりしゃべった。

「大帝国の跡継ぎ娘が、小国の公子に恋をした」

この噂は、幾分のやっかみと皮肉でもって、ヨーロッパ中を駆けめぐった。

ロートリンゲンは大国フランスとオーストリアに挟まれ、両国の機嫌を伺いながら存立してきた小国である。フランツの生母がフランス王家の血を引きながら、フランツがオーストリアへ留学したのも、そういう事情の上に成り立っていた。

この頃、テレジアにはプロイセンの王子フリードリッヒとの縁談も持ち上がっていた。

「フランツ以外の人と結婚させられるのなら、私は死にます！」

そう言い切って憚《はばか》らぬ少女の恋を、彼女に甘い両親が邪魔することはなかった。

テレジアは一七二三年、七歳にして、十六歳のフランツと婚約した。

政略結婚が常識のヨーロッパ上流社会において、王族が恋愛結婚を成し遂げるのは異例中の異例である。

婚約が決まった後も小さな波乱は起こった。

一つはフランス王国の反対である。これに、フランツの母が同調したので、フランツは婚約者と母との板挟みになり、苦しむことになった。さらに、フランス王国は、フランツがテレジアと結婚するなら、跡継ぎを失うロートリンゲン公国の領土を元ポーランド王に譲渡せよと、要求してきたのである。

フランツは十五歳まで過ごした祖国を愛していた。

フランス語でロレーヌと呼ばれるこの土地は、かつてフランスに帰属していた時代、ドンレミ村から、フランス人には聖女と言われるジャンヌ・ダルクを輩出している。

さらに、バカラ村は美しいクリスタル硝子を作ることで、ヴェネチアのムラーノ島と並んで名高い。また、アーモンドとメレンゲで作るマカロンやキッシュは、少年時代のフランツの好物であった。

オーストリアの帝都ウィーンに比べれば、田舎じみた土地であろうが、それゆえに山野の緑は滴《したた》るように青く、晴れた空の色は突き抜けるように耀《かがや》いている。

フランツはその故郷を愛していた。

「我が麗しのナンツィヒ……」

ウィーンにいた頃から、故郷の首都の名を、あたかも恋人でも呼ぶかのように、舌に乗せていた。

父レオポルド・ヨーゼフが一七二九年に亡くなると、フランツはその跡を継いでロートリンゲン公位を継いだ。以来、フランツは故郷に戻り、テレジアとの間には頻繁な手紙のやり取りが行われた。

七年が過ぎ、テレジアは十九歳になった。もう十二歳の小さなレースルではない。

手紙は続いている。

「私たちの将来のことで、あなたの耳に余計な話が入っているのではないかと案じている。けれども、私の祖国のことは私の問題であるから、あなたが頭を悩ませることはない。それよりも、あなたは皇帝の娘としてふさわしくあることだけを考えていればよいのです。あなたの語学の能力、ダンスの巧みさ、賛美歌を歌うお声の素晴らしさは、ナンツィまで届いています。さて、私がウィーンへ参る当日の夜、イエズス会の劇場で歌劇が行われるとか。その席に私を招いてくださってありがとう。あなたは私の席が、お父上やあなたの席より一列後ろの席になることで、たいそう恐縮していたようだが、その必要はない。私は皇帝の版図の一つ、ロートリンゲンの領主でしかなく、序列を守るのは当然です」

だが、この席次はフランツがテレジアと結婚しても変わらない。

フランツは帝国の幾つかの称号を手にするだろうが、決してハプスブルグ家の当主にはなれないのだ。

いつでも、妻の下の序列に甘んじねばならぬことを、不快に思わぬ男がいるだろうか。それに、

(フランツはまだ、ロートリンゲンを手放すとは言っていない)

テレジアを採るか、祖国を採るか。

フランツの手紙には、二人の結婚に関する言葉がただの一つも見当たらない。

ところで、この度の歌劇は、異国の貴婦人が主役だとか。『Mulier Fortis——気丈な貴婦人』という題名に、私は祖国の聖女ジャンヌ・ダルクを思い出しました。異教徒で暴君の夫に仕える夫人が、悪魔の迫害に負けることなく神の教えを守り続け、潔く果てるのだとか。最後には、暴君の夫をも改心させたというのだから、何と賞讃に値する女性であろう。私の小さなレースル、七年前のあなたもまた、小さくて気丈な貴婦人だった。今はどんなふうだろう。それでは、イエズス会の劇場でお会いするのを楽しみにしている。

小さなレースルを永遠に愛し続けるフランツより
手紙はそう結ばれていた。

未来の夫フランツとは、一言も記されていなかった。

「そろそろ時間だ」

　というカール六世の言葉によって、一同はカイザーサロンの椅子から立ち上がった。父に続いて、テレジアも宮廷ロージェへ向かって歩き出す。

　皇帝と皇女の姿が見えるや、下の観客席に座していた貴族たちやイエズス会の修道士たちが一斉に立ち上がって、喝采を送り始めた。

　カール六世は鷹揚に手を振って、人々に応えている。テレジアもその脇で、おざなりに片手を挙げた。どれほど気分が悪くとも、皇帝の娘として為すべきことは弁《わきま》えている。

　やがて、開幕ベルがリーン、ゴーンと鳴り始めた。

　立ち上がっていた人々は席に着き、カール六世とテレジアも腰を下ろした。

　歌劇『Mulier Fortis――気丈な貴婦人』の第一幕は、もう始まってしまう。

　だが、ロートリンゲン公フランツは、まだ到着していなかった。

第一幕

虹色の湖

一

物見櫓《ものみやぐら》に登ると、昔から鳰《にお》の湖《うみ》と呼ばれた琵琶湖が一望の下に見渡せる。

風が吹き寄せれば、湖面に小波《さざなみ》が立つ。それは、湖上の光の加減に合わせて、様々な色にきらめいた。まぶしい太陽の陽射しの下では、金の波が揺らめき立ち、清《さや》かな月光の下では、幻想的な銀波に変じる。

夕映えの雲を映した湖面もまた格別であった。日によっては、湖全体が茜色に染め上げられる。

だが、玉子が最も好んだのは、朝焼けに照り映えた琵琶湖の情景であった。

「虹色に輝くのよ」

とは、玉子が誰彼になく語った言葉であるが、その玉子とて、虹色の湖を見たのはただの一度きりである。

坂本城に移って間もなく、父光秀《みつひで》に連れられて物見櫓に登った時のことだ。父もあの時、確かに虹色の湖を見たはずであった。

だが、その父は後に玉子が虹色の湖を見たと言うと、

「さて、どうだったかな」

と、とぼけた顔をして、柔らかに微笑むだけだった。

（父上は嘘を吐《つ》いている）

と、憤慨したこともあるし、

（それとも、あれは私だけの夢だったのかしら……）

と、自分の記憶を疑ったこともある。

（もしかしたら……）

父はあの美しい虹色の湖を、自分と玉子だけの秘密の想い出として、胸の内にしまっておくつもりなのではないか。そんなふうに思いめぐらすようになったのは、最近のことであった。

だが、それを父に直《じか》に尋ねるのは、なぜか憚られた。

（父上は不思議な方――）

玉子はそう思うことがあった。

（お胸の内で何を考えていらっしゃるのか分からない）

それで苛々《いらいら》するとか、父を敬遠したくなるとか、そういうわけではない。

玉子にとって、光秀は物静かで思慮深く、尊敬すべき父親であり城主であった。

父と初めて物見櫓に登って以来、玉子は物見櫓の虜《とりこ》になった。高所を渡るやや強い風に髪をなぶられながら、眼下の湖を見下ろすのが大好きだった。だが、

「幼い女子《おなご》が危ない所へ、一人で登ってはなりませぬ」

母熙子《ひろこ》が厳しい顔を向けたのである。

万事に口やかましい母が禁止した以上、その命令は絶対であった。

父は、娘たちの教育をすべてこの母に任せているのか、玉子を叱ったことさえ一度もない。

「ならば、幾つになったら一人で登ってよいのですか」

玉子が訊き返すと、

「十六にもなったらよいでしょう」

熙子は重々しい口ぶりで告げた。

(母上にだまされた……)

今になって玉子は憤慨している。

天正六（一五七八）年、やっと十六歳になったと思ったら、たちまちこの坂本の城を出て、他家へ嫁げと命じられたのである。

そこで、玉子はまるで時を惜しむかのように、一日中、物見櫓に登っては、琵琶湖

の湖面を眺め暮らしている。

あの最初の出会い以来、乳母に連れられて登った時も、母を拝み倒して登らせてもらった時も、玉子は虹色の湖を見ることはなかった。

こうして一人で登れるようになった今も、

（もう二度と、虹色の湖は見られないのかもしれない）

そう思うと、玉子は不意に物悲しくなる。

人が信じなくとも、父が認めなくとも、玉子の想い出の中で虹色の湖は本物であった。

水色、青、紫、紅、橙、黄、緑――虹色に輝く湖面がゆらりゆらりと揺れ動いて、その度ごとに、色彩の度合いを変えてゆくのも幻想的であった。

（私は、この湖から忘れられてしまうのだわ……）

いや、湖ばかりではない。この坂本の城からも、優しい父や厳しい母からも離れねばならないのだ。玉子は不意に泣き出したくなった。とはいえ、玉子は人質として嫁ぐわけではない。

夫となる相手は、父と同じく、織田信長を主君に戴く細川藤孝《ふじたか》の嫡男忠興《ただおき》である。

尾張から出た信長が破竹の勢いで周辺諸国を平定し、「天下布武《てんかふぶ》」を掲げて邁進する今、織田の家臣であれば、その身と家は安泰だった。

一昔前、浅井家に嫁いだ信長の妹市姫が、子まで生《な》した夫長政《ながまさ》を兄信長に討たれた悲運に比すれば、玉子の縁談などはぬるま湯のようなものであった。

それでも、父母の庇護の下を離れて、見知らぬ家へ嫁いでゆくのは、十六歳の娘にとって胸を震わせる一大事であった。

玉子の父明智光秀は信長の直参《じきさん》ではない。が、室町幕府の次期将軍候補足利義昭《よしあき》を、信長に託したという点で、大きな功績を上げた。それがきっかけで、信長は京への進出が叶《かな》ったのである。

それゆえ、光秀は尾張以来の諸将らと同列の待遇を受けていた。

一方、玉子が嫁ぐ細川家は今でこそ、信長の配下であるが、昔は室町幕府三管領の一を担う名家である。

さらに、当主藤孝は公家衆とも懇意にしていて、文化人としても名を成していた。特に、藤孝を著名にしたのは、歌道の三条西《さんじょうにし》家より「古今伝授《こきんでんじゅ》」を受けたことである。古今伝授とは『古今和歌集』の注釈および秘事を伝授することをいう。「切紙《きりがみ》」を用いて伝授することを始めたのは、室町中期、美濃郡上八幡《ぐじょうはちまん》の領主東常縁《とうつねより》であった。

鎌倉時代以降、和歌の主流は藤原定家《ていか》の子孫に受け継がれている。美濃東家は、定家の孫娘を嫁として迎えていたため、六代目常縁も定家の血を享《う》ける一人であった。

連歌師の宗祇《そうぎ》がこの郡上を訪れ、常縁から古今伝授を受けた。地方の美濃から京へ逆戻りした古今伝授は、やがて、定家嫡流の二条家から三条西家へと引き継がれた。三条西実枝《さねき》が亡くなった時、子の公国《きんこく》が少壮であるため、古今伝授は一時的に弟子の細川藤孝へ引き継がれた。

ところが、その公国も早逝したため、今は公国の子実条《さねえだ》の成長を待つしかない。細川家は武家でありながら、文雅の香る家であった。こうした婚家の家風は、習いごとの中でも特に歌を好む玉子には、むしろ好ましい。

昔から、琵琶湖を詠んだ歌は数多くある。

さざなみや志賀の都は荒れにしを　昔ながらの山桜かな

――小波の立つ琵琶湖畔にあった大津京跡は荒れてしまったけれど、昔のままに咲く山桜の花であるよ。

この歌は『平家物語』にも登場する平忠度《ただのり》が、平家都落ちの際、定家の父藤原俊《しゅん》成《ぜい》に託したという名歌である。

この忠度の絶唱を、勅撰和歌集の撰者となった俊成は「詠み人知らず」として『千《せん》載《ざい》和歌集』に入れた。

(私も、こんな人生を懸けた美しい歌を詠みたい)

玉子は胸を震わせながら、そう思った。人生を懸けるのはともかく、

(ここを去る前に、せめて琵琶湖の歌を一首……)

と思う。

日がな一日、琵琶湖を見下ろして飽きないのも、その思いがあるためだった。

「さざなみや志賀……」

平忠度が使った枕詞を使うのも一興である。が、この枕詞はすでに使い古された感があり、その上、志賀の都——つまり大津京は想像もつかないほど昔のことだ。

玉子にとって、琵琶湖は古都の湖ではない。むしろ、織田信長が湖畔の安土山に築き始めた天下無双の城と共に、新しさの象徴であった。その新しさの方を詠みたいと思う。それならば、

「鳰の湖や……」

で、始めた方がよいだろうか。玉子が別の思案を頭に浮かべた時、

「また、お櫓に登っていたのですか」

という母の声が、階下から上ってきた。

「母上!」

何か悪いことをしていたわけでもないのに、玉子は思わずその場に立ち竦《すく》んだ。

同時に、母の頭が目に入った。

温もりを持った春の風が、高所のためかやや強く吹き抜けてゆく。思わず裾前を押さえて立つ玉子の体がぐらりと傾《かし》いだ。

「まあ、危ないっ！」

手すりを越えて下へ落ちることなどないのだが、玉子のよろめきを見て、母は鋭い声を上げた。

「大丈夫よ、母上さま」

体勢を立て直しざま、玉子は母に笑ってみせる。

その時、眼下に金色《こんじき》の小波が立った。

二

細川藤孝の嫡男忠興と明智光秀の娘玉子との縁談は、主君信長のお声がかりによるものである。

光秀と藤孝は以前より交際があり、二人は共に名門源氏の血を引いていた。さらに、源氏の棟梁たる足利将軍を支えんとする志を、共に抱いた仲でもある。

「そなたは運がよい」

母の熙子は物見櫓において、嫁いでゆく娘に言った。

「私のどこが、運がよいのですか」

玉子は母の傍らに立ち、つぶらな瞳を見開いて母に尋ねた。そのいかにも無邪気で、陽気な態度に思わず苦笑して、

「目上にものを尋ねる時には、そうまっすぐ相手の目を見たり、はきはきと問いただすものではありませぬ」

と、娘を諭した。

実家ならば許されることが、婚家では違った目で見られることもあろう。物怖じせず、はきはきとものを言う玉子の長所が、人によっては傲慢に映ることがあるかもしれない。

「婚家ではお気をつけなさい」

「嫁いだ後は、己を婚家の家風に適《あ》わせてゆけということですか」

相変わらず、玉子ははっきりとものを言う。

「そういう意味ではありませぬ」

熙子は首を横に振った。

「目上の人に慎ましさをもって接するのは、人の道です。婚家で慎みを知らぬ娘だと思われれば、そなたの恥というばかりでなく、この明智家の恥となりまする」

熙子は続けて、

「そなたが運がよいのは、父上がご出世なされた時に嫁いでゆけるということじゃ。その上、婚家の細川さまもご安泰。これが一昔前であれば、我が明智家は領土も持たず、細川さまとて落ちぶれた幕臣でしかなかったのだから――。それもこれもすべて上さまのお蔭というもの」

と、玉子にまだ見ぬ信長への感謝を強いた。それには納得してうなずいたものの、

「でも、母上――」

と、玉子は真面目な表情で切り出した。

「母上は父上の貧しい時代に嫁がれましたが、不幸せとは見えませぬ。それは、結婚というものの運、不運が、ご夫君の人柄で決まるからではありませんか。玉子の運も、忠興さまのお人柄一つにかかっていると思われますが……」

その時も、玉子は熙子の目をまっすぐに見据えて尋ねたが、熙子はもう注意しなかった。

「確かに、そなたの申す通りじゃ。されど、忠興殿は文武に秀でた真面目なお人柄と聞く。昨年の片岡城攻めでは、弟の興元《おきもと》殿を従えて、一番乗りなされたとか。これに、上さまは斜《なの》めならず感心なさり、ご自筆の書状さえ認《したた》められたそうです。忠興殿に悪いお噂はありませぬ」

片岡城攻めとは、信長に離反した松永弾正久秀《ひさひで》を、明智・細川両軍で攻め立て、自爆に追い込んだ合戦をいう。

一年前、忠興に何の関心もなかった玉子は、今さらながら忠興の武勲を知った。だが、それだけで忠興が夫として頼りになる男だと、思うことはできない。

「玉子よ」

玉子の内心を察したのか、熙子はそれまでとは違う優しい声で、娘を呼んだ。

「そなたのよいところは、悩みの種も憂いの素《もと》もその耀《あかる》さで覆ってしまうことでしょう。とにかく嫁いでみることです。嫁いでみなければ、何も分かりませぬ」

そう言い切った母の顔は、ほのかな耀さをにじませていた。その耀さは力強かった。これはきっと、嫁いで何年も経ち、婚家に馴染んだ女の強さであろうと思われた。

玉子は、母の顔をまじまじと見つめた。顔立ちは玉子に似ている。

切れ長の目には気品が備わり、鼻筋は通って、小さくて少し薄い唇は紅色の花弁のようだ。玉子のように、つぶらな瞳がきらきらと輝くことはないが、可憐な印象に肌の明るい白さが加わり、好感の持てる美人と言える。

だが、熙子には決定的な難点があった。色白の肌の長所を打ち消す痘痕《あばた》面だったのである。

「私は、殿との婚約が決まった後、それを破棄されそうになったのですよ」

突然の熙子の言葉は、玉子を驚かせた。

「えっ、それは何ゆえ――」

「この痘痕のせいです」

熙子は恥じる様子も見せず、自ら顔をさらすように玉子に向き直った。

「父上が……それを理由に、お断りしようとしたのですか」

玉子は意外だった。清廉で義を重んじる父らしからぬ態度と思われたからだ。

「いいえ、殿ではありませぬ」

熙子は落ち着いて答えた。

「私の父妻木範熙《のりひろ》が、私の代わりに妹を殿に嫁がせようとしたのです」

「えっ――」

玉子はそれなり言葉が続かなかった。

熙子の穏やかな笑みは相変わらず、頬の辺りに張りついたままである。

熙子は光秀との婚約が決まってから、疱瘡に罹《かか》った。成人していたため症状も重く、顔には痘痕が残った。

「やむを得ぬ」

父は苦い顔つきを熙子に向け、その後、和らいだ眼差しを、熙子の妹範子《のりこ》の方に向けた。

姉妹は似通っていた。痘痕面でない妹はちょうど、今の玉子のようである。

「熙子よ、こらえてくれるな」

と、父が言った。

「明智殿に嫁がせるのは、この妻木家の娘ということであった。本来ならば、年長者から嫁がせるものだが、明智殿はそなたらの人と為《な》りを知るわけではない。明智殿には範子を嫁がせよう。それでよいな」

熙子には否も応もなかった。

父の苦渋の決断も分かるし、光秀とて、範子をもらった方が幸せになれるだろう。が、痘痕面に絶望した病後間もない娘にとって、婚約の取り消しは小さな落胆では済まなかった。

「……分かりました」

熙子は感情を失くした様子で、ただうなずくばかりであった。

痘痕面の姉をうかがうように見る妹に、私のことはかまわないでいいと、微笑んでやる余裕もなかった。

そんな妻木家の意図を、どうして耳にしたものか。

明智光秀が妻木家へ自ら足を運んできたのは、それから十日余り後のことであった。

婚礼はひと月後に迫っていた。

この日、父は範子を光秀に会わせようとした。婚礼前に男女が顔を合わせることは稀だが、そうすることで姉妹の取替えを隠蔽しようとしたのだろう。

ところが、光秀は範熙の傍らに座す範子には目も向けず、

「我が妻となる人はどこにおられますするか」

と、正面切って範熙に尋ねた。

「これが、我が娘の範子でござりまするが……」

範熙が内心を押し隠して、もの柔らかく応じるのを遮って、

「いや、我が妻となる人はここにはおられぬ」

と、きっぱりと光秀は言い切った。

「それは、またどういう……」

「我が妻はこの方の姉君でしょう。もともとそのつもりで、私は縁談をお受けした」

「し、しかし、その姉は疱瘡に罹《かか》って……」

しどろもどろに言いかけた範熙を、再び遮って、

「はて、亡くなられたというお話は聞きませぬが……」

光秀の口吻《こうふん》に、それまでにない凄みが混じった。

「確かに、死んではおりませぬが……」

「では、世をはかなんで、尼にでもなられたと申されるか」

「いや、それも……」

「ならば、私の妻となる人は……」

「姉の熙子です！」

耐え切れなくなったように口を開いたのは、範子であった。

範子はもはや光秀の妻にはなれぬことを、百も承知していた。光秀の潔さの前では、父の小細工が愚かしく思われてならなかった。その小細工の道具にされている自身もみじめであった。痘痕面になった姉の方がよほど立派に扱われている。

「その姉は疱瘡に罹り、痘痕面になりました。明智殿はそれでも我が姉をもろうてくださいますか」

父には訊けぬことを、範子が訊いた。

「妻木の姫君よ。それは些事《さじ》である」

光秀は平然と言い切った。

それを聞いた時、範子は心から姉をうらやましいと思ったという。

範子からその話を聞いた熙子は、同じ言葉を光秀から聞くことはなかった。二人の間に、痘痕の話題が出てくることもなかった。

「もしも、あの時――」

熙子は今、嫁いでゆく娘に向かって語りかけた。

「殿が私を拾うてくださらなければ、私は父と妹を怨み、殿を怨み、己の宿世《すくせ》を呪って、嫌な女になっていたことでしょう」

「では、母上は父上のお蔭で、苦悩から救われたのですね」

初めて聞く父と母の話に、玉子も感動していた。

「その通りです。私は痘痕になるという苦痛を受けなければ、この幸いに遭《あ》えなかった」

玉子は大きくうなずいた。

「私がそなたに何を言いたいか分かりますか」

熙子は尋ねた。

「艱難《かんなん》、汝《なんじ》を玉にす――ということでしょう」

玉子は言い淀むことなく答えた。いかにも賢《さか》しげな才女らしい物言いであった。ところが、そんな玉子の意に反して、

「それもありますが……」

と、熙子は言った。

「では、困難に遭ってこそ、まことの人柄や器が分かるということですか」

玉子の言い募るような物言いに対し、煕子はにこやかに微笑んでいる。

「それもあるでしょう。されど、人柄や器というものは、いずれ必ず表れるもの。このことがなくとも、母はそなたの父上の人柄を察したと思いますよ」

「それでは……」

ここまでくると、頭のよさだけでは答えられない。玉子はめずらしく当惑して口をつぐんだ。

「むきになることはありませぬ。そなたが間違っているというわけではないのだから……」

煕子はなだめるように言った。

「そなたは、艱難汝を玉にす——と言いましたが、玉とは人の才能と思っているでしょう」

「はい。違うのですか」

「いいえ、違ってはおりません。ただ、私が言いたいのは才能というより、人の徳ということです」

「人の徳——」

「私は、痘痕になって嫌な人間になりかけましたが、あのことがなければ、自分の醜さに気づくこともなかった。そして、醜さに気づいた後、殿の人徳によって救っていただきました」

熙子は、妹や父を怨みかけた己の醜さを知った時、死ぬほど恥ずかしい思いをしたと、告白した。

「苦難とは耐えるものではなく、己の内に抱き締めるものだと、私はこの経験で気がつきました」

母の言葉は実感がこもっているだけに、玉子の胸にまっすぐ入っていった。

「私の中に痘痕を恥じる心があれば、いくら殿がそれを気にしないとおっしゃられても、私は卑屈になったでしょう。私が殿によって救われたと申すのは、ここなのです。私は殿によって、苦難をいとおしむことを教えていただきました」

と、ここで熙子は一度、深呼吸をしてから続けた。

「仮に忠興さまがそなたの意に染まぬお方であろうと、婚家に馴染めぬところがあろうと、その困難をそなたは抱き締めねばなりませぬ。抱き締めることができれば、そなたは人や世を怨んだり、己を恥じて卑屈になったりしないはずです」

玉子は唇を引き結んで深くうなずいた。

「お教え、胸に刻みおきまする」

母がこの話をしてくれたのは、嫁いでゆく娘への少し早い餞《はなむけ》の言葉なのだと、玉子は思った。

「私は――」

いったん間を置いた後、玉子は一気に続けて言った。

「父上と母上の娘であることを、誇らしく思います」

言い終えた時、玉子の頬を一筋の涙が伝っていった。

三

玉子を引見したい――という信長の主命が伝えられたのは、嫁ぐ日までわずかひと月という忙《せわ》しない折のことであった。

信長はこの二年前の天正四（一五七六）年より、琵琶湖に面した安土山に豪壮な城を築き始めていた。

この城は天に聳え立つような「天守」と呼ばれる高層の建物を持ち、数年がかりの事業になるということであった。

この時はまだ完成していないので、信長の居城は美濃の岐阜城である。

これは、信長が美濃の斎藤龍興《たつおき》を討ち滅ぼした後、稲葉山城を改名した城である。その折、信長は城下町の名も岐阜と改めてしまった。

玉子の父光秀は、信長に仕える前、その稲葉山城で斎藤道三《どうさん》に仕えていた。道三の妻は明智氏の出身で、美濃は明智氏発祥の地でもある。

京で少女時代を過ごした玉子にとって、父祖の地をこの目で見られるのは嬉しかった。新調の小袖を仕立て、供回りの者を揃えて、玉子は岐阜へと旅立った。途中までは馬で、岐阜城下へ入ってからは徒歩《かち》で行く。

岐阜は京や近江にも劣らぬほどの陽気な活気に包まれていた。商家が並び立ち、馬や人が多く行き交い、その中には異国の者までいる。

「何て賑やかな町なんでしょう」

玉子は同意を求めるように、傍らの侍女を振り返った。玉子と同い年の若い侍女である。

この度、熙子の目利きに適《かな》って、輿《こし》入れ後の玉子に従い細川家へ移ることが決まっていた。

名を小侍従《こじじゅう》という。

母親は侍従といい、玉子の母熙子に仕えていた。この度の美濃行きでも熙子の名代として、一行を取り仕切っている。

「まこと、田舎町とばかり思っておりましたが、これは坂本にも劣らぬかと……」

小侍従が玉子の言葉に相槌を打つ。

確かに、光秀の坂本城下は開けていた。琵琶湖を使う水運の便もあり、陸上の便も悪くはない。自然に、商人や旅の僧、それに遊女などがどこからともなく集まり、また流れてゆく。

が、ここには近江に無いものがあった。

「姫さま！　あれは何でございましょう」

小侍従が裏返った声を上げた。

小侍従の指は、屋敷とも一軒の家とも寺院とも見えぬ、四角い箱のような建築物の頂上を指し示していた。家にしては軒が高く、屋敷と呼ぶには狭すぎるその建物の屋根には、十字の飾り物が付いている。

「あれは昔、見たことがあるわ」

玉子は記憶を探るような顔つきになった。

「まあ……」

小侍従は大袈裟に驚いてみせた後、続けて問うた。

「何かの呪《まじな》いのようなものでございますか」

「さあ。でも、あれと同じ形のものを、南蛮《なんばん》の宣教師たちが持っているのを見たことがあるの」

「南蛮の……宣教師殿でございますか」

小侍従は、味のよく分からぬものを飲み込んだというような顔つきをした。

聞いたことはあっても、南蛮も宣教師もよく知らぬ小侍従には想像がつかないのだろう。玉子とてよく知るわけではない。

だが、父光秀がいつぞや宣教師を城に泊めた時に、その飾り物を見たことがあった。宣教師の首からぶら提《さ》げられていた首飾りの先に、十字が付いていたのである。

「姫さま」

小侍従がよいことを思いついたというふうに、玉子に耳打ちした。

「上さまにお尋ねしたら、いかがでしょうか」

だが、そう言った途端、小侍従ははっと肩をすくめた。前方を行く侍従が、じっとこちらを見つめている。

「姫さま」

侍従から厳しい声で呼ばれたのは、玉子の方であった。

「はや岐阜のお城下にござりますぞ。軽々しいお言葉は慎まれますように――」

玉子もまた、肩をすくめて、小侍従と顔を見合わせた。まだ幼さの抜け切れぬ娘たちは、この何気ないやり取りがさもおかしくてたまらぬことのように、くすくすと笑い合っていた。

（まあ、まあ……）

さすがに口には出さないが、玉子は内心で、ひっきりなしに驚きの声を上げ続けていた。

城下町の賑わいや活気など、物の数ではない。岐阜城奥の間の煌《きら》びやかな善美は、あきれるほど贅を凝らしたものであった。

襖絵や屏風はまるで色彩の洪水のような華やかさで、一幅一幅の絵がそれだけで鑑賞に耐え得る逸品である。

緩やかな起伏のある土地で、王朝風の男女が佇む絵巻物のような襖絵と、どことも分からぬ異国の町の風景を描いた屏風絵であった。襖絵の中の人々は見慣れた格好をしているが、屏風絵の異国人たちは、南蛮風の不思議な装束で描かれている。襖絵の空は淡い水色に金色の雲が映え、異国を描いた屏風は輝くばかりの群青色の空をしていた。

まったく違った風俗を描いた二幅の絵が、それぞれが反撥することもなく、不思議な調和を見せている。

(これは、信長さまのお見立てかしら)

そう思っていると、さっ、さっ、という小気味よい足音と、切るような衣擦《きぬず》れの音が聴こえてきた。

玉子が作法に従って平伏すると、上座に着座する気配が伝わってきた。

「お初にお目もじ申し上げます。明智十兵衛光秀が三女、玉子にござりまする。上さまへのお目通りが叶い、恐悦至極に存じ上げまする」

挨拶の口上が終わるか終わらぬうちに、

「玉子よ」

いきなり信長から呼び捨てにされた。男にしてはやや甲高い声である。

「は、はい――」

玉子は平伏したまま答えた。

「うむ。細川の堅物には似合いの娘じゃ」

信長は玉子の動揺には一向に頓着せず、一人で悦に入ったようなうなずきを見せると、

「この世を生きていくに、最も大事なるものが何か分かるか」

と、突然、降って湧いたような問いを浴びせた。

玉子はいっそう困惑してしまう。

会話にはおのずと流れがあるものだ。その流れに沿って、次にどういう話題が出るか、ある程度の心積もりが持てる。特に、身分の高い相手との会話では、この感覚を研ぎ澄ましてかからねばならない。だが、この信長という人は臣下の者に、そのような配慮をする意向はまるで無いようであった。

「……義で、ござりましょうか」

躊躇《ためら》いながらも、玉子は即答していた。

ぱっと頭に浮かんだ言葉を答えたのだが、自分でも、父光秀の信条や人生観が影響して言わせた言葉だと分かっていた。

「義とな！　さすがは光秀が娘。古臭い道徳を説くわ」

信長はいきなり、あっ、はっ、はっと笑い出した。

玉子は平伏したまま、呆気《あっけ》に取られていた。

だが、一方では父が貶《おとし》められたようで、少しばかり腹立たしくも思った。そうした感情が信長への遠慮を忘れさせ、玉子は思わず顔を上げてしまった。

目の前で大口を開けて笑っているのは、四十代も半ばという齢《とし》に似合わず、若鷹のような印象の男であった。

やや頬が削《そ》げ、頤が尖っているためにきつく見えるが、貪欲な感じは受けない。顔立ちは女人のように整い、肌の色も男にしてはかなり白い。

眼力の強さは燃えるようだった。この目で睨み据えられたら、誰もが胆を冷やして恐れ入るに違いない。

玉子もそうであった。

信長に感じていた小さな怒りは、その目を見た途端、どこかへ吹き飛んでいた。玉子は射すくめられたように動けなかった。

「玉子よ。義なぞは、乱世では通用せぬぞ」

信長は笑い収めると、おもむろに言った。強い眼差しがまっすぐ玉子に向かってくる。玉子は瞬き一つできなかった。

「よう覚えておけ。この世を生きるに大事なることは、ただ気丈に生きることじゃ」

「気丈に……」

「そうじゃ。何があっても気丈に生き延びることじゃ。何があってもじゃぞ」

何があっても——とは、どういう意味だろうかと、玉子は考えた。

母は苦難を抱き締めよと言った。母は痘痕面になった悲しみを乗り越えた経験があった。

信長もまた、悲惨な人生を歩んだ経験がある。

父の死後、弟信行《のぶゆき》と家督を争い、最後には弟を殺さねばならぬところまで追い詰められた。義理の父となった斎藤道三が息子義龍《よしたつ》との戦いに臨んだ時、義父を救おうと出陣した信長は義龍に敗れ、義父をみすみす死なせてしまった。その後、信長は義龍の子龍興を滅ぼし、美濃を攻略したが、これは斎藤道三の無念を晴らしたいという思いもあったことだろう。

（このお方にとって、気丈に生きるとはそういうことなのだろうか）

玉子がそう思った時、

いた。

足音と衣擦れの音が、嵐のように去ってしまうと、玉子は気が抜けたようになって

はっと玉子が平伏した時にはもう、信長は立ち上がっていた。

最初に言葉をかけられた時も唐突だったが、会見の終わりも唐突だった。

唐突に、信長の声が上から降ってきた。

「登城、大儀！」

と先のことである。

その建物がセミナリヨと呼ばれる耶蘇《やそ》教の寺院と、二人が知るのは、まだまだずっ

と、小侍従から突付かれた時も、小さく「あっ」と叫んで、小侍従を落胆させた。

「十字の建物について、お尋ねあそばしましたか」

そのことばかり考え込んでいた玉子は、

義とは、この乱世ではそれほど意味のないものなのだろうか。

だが、信長は義を笑い捨てた。

気丈が悪いというのではない。

（義理よりも、気丈に生きることが大事とは……）

奥の間から下がる間もずっと、玉子は信長の言葉だけを考え続けた。

（それにしても——）

文雅の家

一

天正六（一五七八）年の秋、玉子は坂本城を出て、細川家の青竜寺《しょうりゅうじ》城へ入ることになった。婚約が決まった春から半年の間は、そのための仕度で慌ただしく過ぎていった。

嫁ぐ日を十日余り後に控えた初秋の夕べ、玉子は父光秀から一人呼ばれた。光秀が坂本城に腰を落ち着け、ゆったりと時を過ごせるのは、久しぶりのことであった。

「玉子よ」

光秀は嫁ぐ娘の名を、しみじみとした声で呼んだ。

「嫁ぐに当たり、母上から何か言われたか」

玉子はゆっくりとうなずいた。日も間近になってからの熙子は、むしろ寡黙で、玉子にあれこれ言わなくなっていた。だが、物見櫓で聞かされた言葉は、今も決して忘れることができない。

「はい。苦難を抱き締めて生きることが大切だと、教えられました」

「……さようか」

やはりしみじみとした声で、光秀は呟いた。

「女子とは、嫁いだ先の家に馴染まねばならぬ。そうしてこそ、本人も嫁いだ先の家族も皆、幸いになることができる」

「……はい」

玉子は神妙にうなずいた。どんな批判も飲み込んで、ただ嫁ぎ先に合わせるなどということは、玉子にはできそうにないが、この時の父に反撥する気持ちにはなれなかった。

「そなたの母ほど、明智の家に馴染んでくれた女はおらぬ」

ややあってから、光秀は温かい声で続けた。

「私は城も土地も持たず、流浪していた時がある」

「存じております」

「貧しい時代だった。そなたの母にも苦労をかけた」

玉子は父からも母からも、その時代の話を聞いたことがない。

「貧窮の時、髪を売って暮らしを助けてくれたこともある」

「母上が髪を売ったのですか！」

驚いて、玉子は声を上げた。

髪を切るとは、出家して尼になるも同じ、女であることを捨てるに等しいものだ。

だが、熙子はそれをしたという。夫を助けるために――。

玉子は前に母から聞いた話を思い出していた。母は、痘痕面の自分を妻に迎えてくれた父に対し、命以上のものを救われたと感謝しているからこそ、髪を売ることもできたのだろう。

「私は、そなたの母を思う時、いつも心に浮かぶ詩がある」

と、光秀は続けた。

桃の夭夭《ようよう》たる　灼灼《しゃくしゃく》たる其《そ》の華
之の子于《ここ》に帰《とつ》ぐ　其の室家に宜《よろ》しからん

若々しい桃の花が鮮やかに咲いている。そんな娘が嫁いでゆく。婚家によく馴染んでほしいことだ。

威儀を正して謡《うた》う光秀の前で、玉子も姿勢を正し、父の朗誦を聴いた。

それは、玉子もよく知る『桃夭《とうよう》』という古詩であった。

今までにも聴いたことはあるはずなのに、嫁いでゆく今、実の父から謡ってもらう歌は心に沁みた。

父の歌声を聴けてよかったと、玉子は心から思えた。瞼の奥が熱くにじみ、瞬きを一度でもすれば、涙があふれてしまいそうで、玉子は必死にそれをこらえねばならなかった。

「熙子ほど、我が室家に馴染んでくれた女はおらぬ」

もう一度、光秀はしみじみと言った。

おそらく、光秀はそのことを、改めて熙子に述べたことはないだろう。そして、熙子もまた、痘痕の女を貰ってくれた礼を、改めて光秀に述べたことはないだろう。

（こんな夫婦に、私と細川の若殿もなれるのだろうか）

なりたい――と、痛切に思った。

「ありがとうございます、父上」

感謝の言葉が素直に漏れた。

「うむ。達者で暮らせ。細川の室家によく馴染むよう心がけよ」

「仰せ、決して忘れませぬ」

玉子は、父の前に深々と頭を下げた。

二

　八月、仲秋の名月の頃を選んで、玉子は細川家の青竜寺城へ入った。婚礼の儀、所謂、固めの杯を交わすのは夜のことである。

　玉子には明智家から数名の侍女が付けられたが、玉子が最も近しく感じるのは、同い年の小侍従である。

「姫さまに似ている」

と、小侍従を見た人はよく口にした。

　確かに、切れ長の目許や黒目がちの瞳の具合など、二人はどことなく似通っていた。

「お血筋が違います」

　謙遜して小侍従は首を横に振る。物心ついた頃から「姫さま」とかしずかれてきた娘と、人の世話をし続けてきた娘では、気位の高さが違っていて当然だった。

　二人の目の奥をのぞいて見れば、誇り高い玉子の強い気性も、慎ましい小侍従の気立てのよさも、はっきりと見て取ることができる。が、それはよく見れば――の話である。

「媵《よう》のようでございますこと」

聞き慣れぬ言葉を、玉子と小侍従に教えたのは、玉子付きとなった細川家の侍女、いとであった。

齢《とし》は玉子らよりは上だろうが、二十二、三にも見えれば、三十路《みそじ》過ぎの女のようにも見える。どことなく気難しげな雰囲気の女で、気位の高さにかけては玉子以上にも見える。

「膝とは、何ですか」

玉子は、できる限り不快さを表さないように努めながら、穏やかにいとに尋ねた。するとと、いとは口にこそ出さなかったが、まあという驚いた目つきをした。

(膝もご存じないのですか)

その目は、明らかにそう言っている。

(無礼な!)

思わず扇を握る手の指に力の入った玉子であるが、さすがに婚家の義父母や夫と顔を合わせてもいないうちから、細川家の侍女と諍《いさか》いを起こすのはよくなかろうと自制した。

傍らでは、小侍従がはらはらした目で、二人を交互に見比べている。

「小侍従は知っていますか」

気持ちを落ち着けるために、玉子は明智家から伴ったこの素直な侍女に話を向けた。

「いいえ、私は存じませぬ」

　小侍従は慎ましげに目を伏せて答えた。仮に知っていても、玉子が知らぬ以上、自分も知らぬと答えるような娘である。さらに、

「先ほどのお話からすると、媵とは私を指す言葉のような……。いとさま、媵とは何か、教えてくださいませぬか」

　この賢い侍女は玉子の恥にならぬよう、機転を働かせた上に、いとにも語りやすい話の場を作り出した。

「ならば、小侍従殿に教えて進ぜましょう」

　いとはもったいぶった様子で言うと、小侍従の方に膝を向け直した。

「媵とは古代、中華において諸侯の娘が嫁ぐ時、侍女として付けられた新婦の姉妹や血縁の女を言うのです」

「では、新婦付きの侍女のことなのですね。ならば、確かに私は姫さまの媵でございますね」

「小侍従殿は、奥方さまのご親族ですか」

「いいえ、私は姫さまとは血縁ではありませぬ」

　小侍従は慎ましく首を横に振った。

「媵は必ず、新婦と血のつながる者でなければなりませんでした。なぜならば――」

そこで一端、言葉を途切らせると、いとはちらと玉子の方を見る。その眼差しは針のように玉子に突き刺さった。

「新婦が子宝に恵まれなかった時、媵がその代わりを務めるからです。つまり、媵とは侍女でもあり、第二夫人でもあったわけです。たまたま寵愛を得た卑しい女の血が、貴族の家に混じるのを嫌ったためでございましょう」

「いとさま」

静かな声で、いとの言葉を遮ったのは小侍従であった。その目にはきつい光が宿っていた。

「ここは古代の中華ではありません。大名家が側室を置くのは慣わしなれど、さようなお話をおめでたい婚礼の日に持ち出されるのは、姫さまに対して無礼ではありませんか」

「お尋ねになったのは、そちらさまですよ」

針のようにちくりと刺す言葉を言ってのけ、いとは玉子と小侍従から目をそらした。

いとは細川家の縁者である。

玉子が聞き知ったところでは、細川藤孝の母は公家の清原宣賢《のぶかた》の娘で、宣賢の孫枝《しげ》賢《かた》の娘がいとである。

するといとは公家の姫であり、本来ならば、玉子のように人々からかしずかれるべき娘であった。

もっとも、公家といっても、清原家は摂家に次ぐ清華《せいが》家や、大臣家の家格ではない。都が今の京に定まった頃から、女房として宮仕えするような中流貴族である。

だが、この清原家は昔、あの『枕草子』を書いた清少納言を出した。

清少納言が仕えた相手は、一条天皇の皇后定子――。一大名の奥方にすぎぬ玉子とでは、身分も格も違う。もしかしたら、いとはそれが不服なのではあるまいか。

「私は気にしておりませんよ」

玉子は二人の侍女の間に割って入るような形となって言った。

「たとえば、私が石女《うまずめ》であるとか、旦那さまから顧みられぬのであれば、いととて今の話を遠慮したでしょう。いとが臆せず口にできたのは、憚る必要を感じなかったためです。ならば、私が目くじら立てても意味のないこと」

仰せの通りというように、小侍従が目を伏せて玉子に従った。

入れ替わるようにして、いとが顔を上げた。訝《いぶか》しげにこちらをうかがうようなその顔へ、玉子は大らかに微笑んでみせた。

「そなたは、名高い清原家の出と聞きました。学識も、かの清少納言に匹敵するものだとか」

「いえ、私はさような……」

さすがに、先祖の中でも大物の名を挙げられて、羞恥を覚えたのか、いとは小さく頭《かぶり》を振った。

（小憎らしいところはあるけれど、どこか憎めぬ）

いとは玉子や小侍従のような美貌でもなく、こうして三人がそろっていると、どこか二人の引き立て役のようである。菖蒲と杜若が妍《けん》を競って咲き匂う中に、目立たぬ萩の花が咲き混じってしまったような――。

体つきは、玉子や小侍従よりも小柄で痩せている。頬の辺りも若い娘にしてはふっくらした感じがないが、その分、顎の線がすっきりと、筆で描いたように整っていた。少しつり上がった目許は気の強さをうかがわせ、いかにも才女を思わせる容貌である。

「私も今少納言に負けぬよう、定子皇后のような知性を身につけたいものです。いとには、和歌でも漢籍でも、私のよき師となってほしい」

「今少納言なぞとは、呼ばないでくださりませ！」

いとの語気は、玉子を鼻白ませるほど強かった。

「私には、さようなまでの知恵も教養もありませぬ」

「そなたがさように厭《いと》うのならば、もう呼びませぬ。済まぬことを申しました」

いとの激しい口ぶりに驚いて、玉子が謝罪するのを、傍らの小侍従も目を丸くして見つめている。

「それに、定子皇后さまのような女人など、千年に一人、出るか出ぬかでしょうに……」

と、いとはいかにも玉子や小侍従に聞こえるように、ぽつりと呟いた。

いとさま――と、再びいきり立って膝を進めようとする小侍従を、玉子はそっと目で制した。

「小侍従よ」

玉子に呼ばれて、小侍従はまだ怒りの鎮まらぬ眼差しを、思い余った様子で玉子に向けた。

「いとへの引き出物があったでしょう。あれをこれへ――」

「はい――」

しぶしぶとではあったが、小侍従は手をついて、わずかに下がった。脇に用意してあった唐櫃《からびつ》の内から、細川家の侍女へ渡すようにと、熙子が用意してくれた唐様《からよう》の紙の束を取り出してくる。

「めずらしくもありませぬが、あっても無駄にはならぬでしょうから――」

玉子の言葉に、いとは黙って頭を下げた。

仕方なさそうに、唐様の紙を押しいただいたいとの目には、ありふれた頂戴物への軽い蔑視が入り混じっていた。

三

「何という無礼なお人でしょう。かような侍女をよこすとは、細川家も見る目がない」

息巻く小侍従の怒声を聞かされながら、玉子は花嫁御寮の白無垢に着替えさせられていった。

「まあ、気位の高い公家の娘とは、あんなものでしょう」

かえって玉子の方が、小侍従の機嫌を取り結ばねばならない。

だが、玉子は実のところ、上の空であった。これから婚礼の席で初めて顔を合わせる忠興のことが気にかかっている。

「まあ、何と可憐な姫さま……」

仕度の調《ととの》った玉子を鏡に映して見つめた小侍従は、先の憤りも忘れたように目を細めた。

その後、玉子は細川家の侍女に先導されて、婚礼の席へ向かった。

廊下の端々には一定の間隔を空けて、燭台が置かれ、薄ぼんやりとした火が点されている。どこまでも続いていきそうなその火の道は、厳かで幻想的だった。

真新しい絹の白い打掛が、玉子が歩く度にさやさやと気持ちのよい音を立てる。

「こちらでござりまする」

夢心地で歩むうち、玉子は座敷の奥へと案内された。床の間のあるその座敷で、固めの杯が交わされる。

婿となる男はすでに着座していた。

玉子はその男と向かい合って設《しつら》えられた座へ、夢見心地でいざなわれた。

だが、玉子は母にも乳母にも小侍従にさえ、さんざん注意された言いつけ――決して顎を上げて花婿の顔を見るな――という教えをほんの少し破って、席に座す直前に、そっと相手の顔を盗み見ることに成功した。

相手の男は玉子が目の前に着座してもなお、相変わらず、置物のような姿勢のよさを少しも崩さない。

それが緊張からなのか、それとも、物に動じぬ性格からなのか。あるいは、女ごときに動いてたまるかという男の見栄からなのか、玉子には判別がつかない。

（少し怖いお顔だけれど、美丈夫でいらっしゃる）

齢は玉子と同じ十六歳である。

怖いのは、太い両眉と、その下のややきつい目許のせいだ。顔立ちは凛々しく精悍で、いかにも若い武将という風情を備えていた。

（なるほど、この方ならば、片岡城攻めで一番乗りを果たし、上さまからお誉めのご一筆を頂戴したというのもうなずける……）

戦場を颯爽と早駆けする馬上の姿が、髣髴として浮かんでくる。

（このお方はきっと、これまでも――）

侍女を含めた女たちから、ちやほやされてきたのではないか。そう思った途端、

――滕。

先ほど耳にしたばかりのいとの言葉が耳を貫いていった。

夫が自分の身近な女に、子を産ませるのを認めるしきたり――。

（古代中華の女たちは、どうやって媵などという風習を耐え抜いてきたのだろう）

もしも子宝に恵まれなかった時、忠興が側室に子を産ませるのを、自分は許せるだろうか。

（嫌だ、私は――）

玉子は胸中で激しく叫んでいた。

（私はもう、この方を好きになってしまったのだろうか）

そんな心の動きに、玉子は自分でもたじろいでしまった。

忠興を盗み見るのもきまり悪く、恥じらいがちに瞼を伏せた時、式三献の儀式が始まった。

巫女のような形《なり》をした女が、膳を捧げ持つようにして現れる。

（あら、あれは……）

澄ました顔をして膳を捧げているのは、あのいとではないか。

先ほど、小憎らしい口を利いていた生意気な女が、儀式の場では取り繕って神妙にして見えるのが、いささか滑稽であった。

膳の上には、銚子と杯が二つ載せられている。

いとはまず新婦の方へ向かってきた。そして、玉子に金杯を差し出すと、それに白濁酒を三度注いだ。

受け取った新婦は三度、杯に唇を付け、その間に飲み干さねばならない。

玉子の方が終わると、いとは再び膳を捧げ持って、今度は新郎の方へ行く。

忠興に対しても、先と同じ儀式がくり返された。

この時、玉子はそっと忠興といとのやり取りを盗み見た。いとの取り澄ました態度は予想通りだが、杯を受け取った忠興の手は少し震えていた。

（緊張しておられるのか）

作法通り三度の内にそれを干したものの、金杯を返す時、忠興はいとの顔をうかがうようにした。ほんの一瞬のことではあったが、どことなく曰くありげな眼差しと見えた。

式三献の後、祝い膳が運ばれてきた。

この席上で、玉子が細川家の当主夫婦に引き合わされることはない。初のお目見えは、二人が夫婦の契りを交わした明日以降の宴の席で、ということになる。

箸を付けたか付けないかのうちに膳は片付けられ、忠興と玉子は、それぞれ着替えの間へ引き取ることになった。

その手伝いとして小侍従も姿を見せている。見知った顔に、玉子はほっとしたが、乳母の話が長くて小侍従とは口を利けなかった。それに、小侍従はどことなく、玉子と目を合わせるのを避けているふうである。

同い年で、顔立ちもよく似た二人である。が、この夜、片割れが一足早く、少女《おとめ》の世界から脱け出してしまうのを、小侍従はどう思うのか。

（あるいはもう、小侍従は閨《ねや》のことを知っているのかしら……）

無論、そんなことを二人で話したことはない。

玉子とて、明くる朝になって、今宵のことを小侍従に話したりしないだろう。

やがて、玉子は床入りの座敷へと案内された。そこまで付いて来てくれた小侍従も、

「それでは、姫さま。安らかにお休みなされますよう――」

と一礼して、するすると下がって行ってしまう。

一人になると、玉子は急に心細くなった。

真新しい白絹の夜着の、さやさやとした感触を楽しむようなゆとりももう無い。

そうして、どれほど沈黙の時を一人で耐えていたのだろう。やがて、障子がするりと両側に開いて、衣擦れの音と共に一人の男が玉子の前に立ち現れた。

「明智十兵衛光秀が娘、玉子にございます。不束者《ふつつかもの》でございますが、よろしくお導きくださいませ」

平伏して挨拶する時、玉子は我にもなく目を固く閉じていた。

「ふむ、忠興じゃ」

男は自らも名乗った。どこかぶっきらぼうな物言いではあったが、温かい声であった。

「面を上げよ」

やがて、忠興が言った。肩の辺りに緊張を宿したまま、玉子が上半身を起こすと、忠興は先と変わらぬ無表情で座している。

（この方は……何を待っておられるのだろう）

玉子には、むっつりと押し黙った男の胸中が計り知れない。

光秀も口数の多い方ではないが、同じように無言でいても、気詰まりなことはない。ところが、忠興の無言は、何とも重苦しく、玉子を落ち着かない気分にさせる。

（もしかしたら、この方は……）

歌を練っているのかもしれない——と、玉子は想像をめぐらした。玉子に宛てて歌を詠むべく、心で呻吟しているのではないか。

(殿方に、歌を贈ってもらうなんて……)

初めての経験だった。新婚の夜の歌であれば、恋の歌となるのは当たり前だ。

作りごとでもよいから、うんと美しい言の葉を口に乗せてほしい。

ところが、この予想はしばらくすると裏切られた。

忠興は不意に身を起こすや、苛立たしげに燭台の火を吹き消そうとしたのである。

まるで玉子がそれに気づかぬのを、体全体で責めているかのように——。

(待って!)

玉子は思わず、忠興の袖にすがり付いていた。


雲隠れあるかなきかの影なれば　いよいよ見まくほしき月かな

——ともすれば雲に隠れてしまおうとする今宵の月。そのかすかな月明かりを追いかけて、もっと見ていたいものです。

玉子は忠興の顔を見上げながら、即興の歌を口ずさんだ。

(まだ、あなたの顔を見ていたい)

玉子は月にこと寄せて、そう言ったつもりであった。

忠興は袖を引くでもなく、その場に凍りついたように動きを止めた。そして、しげしげと不思議なものを見るように玉子の顔を見下ろしていた。

玉子もまた、思わず息を止めて、忠興の顔を初めて間近に見つめていた。

（苦しい……）

誰かの顔を真正面からじっと見つめることが、これほど息苦しくてこれほど気恥ずかしいものだとは初めて知った。

母がくどいくらい、それは無礼なことだと教えてくれた意味がやっと分かった。この気恥ずかしさを、自分はこれまで人に与えてきたのだったか。

「……さようか」

遠くなりかけた玉子の気を、現実に引き戻したのは、忠興のやや間の抜けた返事であった。

何を思ったか、忠興は一人で合点して、しきりにうなずいている。

忠興は声もよかった。少し鼻にかかった感じにくぐもっているが、それがかえって深い味わいとなっている。

この声で三十一文字を吟じたならば、どんなに素敵だろう。

半ばうっとりと、玉子が思った時であった。

玉子はぐいと腕を引き上げられた。

何が起こったのかと問う間もなく、玉子は忠興に腕を引っ張られ、ぐいぐいと引いて行かれた。引かれて行く先は寝所の奥ではなく、反対側にある障子の方である。障子を開ければ廊下があり、そこにもほのかな明かりが灯されていた。そして、そこには床にうずくまるようにして、小侍従が控えていた。

「いかが遊ばされましたか」

小侍従は半ばおろおろとうろたえながら、忠興の顔を見上げている。が、忠興は小侍従には目もくれず、ただ下がれと言葉少なに命じたばかりであった。

（姫さま――）

小侍従が戸惑った顔で玉子を見るが、何とも答えようがない。とにかく忠興の命じる通りにせよと、素早く目配せする。

小侍従が廊下の奥へ消え去るのも待たずに、忠興は重そうな杉戸を横へ引き開けていた。

「見よ」

咆えるような忠興の声につられて、玉子は顔を上げた。

夜の冷気が火照った頬に心地よい。風も少しあるようだ。庭には秋草が生い茂っており、鈴虫の声が聴こえてくる。

だが、それよりも、玉子の心に深く沁《し》み入ったのは、夜空に浮かぶ月の姿であった。

眩《まば》ゆいばかりの黄金の光を、夜空に解き放っている。

「まあ……」

それ以上は何も言えなかった。

これで満足したかとでも言うような得意げな表情で、忠興は玉子の脇に立ち尽くしている。

「今宵は群雲もない。飽かず眺めればよい」

（えっ！）

明月に深みのある若い男の声――それらに酔いしれていた玉子の意識を、忠興の言葉がはっと醒ました。

（この方は……私の歌の意味を、まったく分かっておられなかったのだ）

月を男にたとえる――それも恋しい男にたとえて女が歌を詠むのは、昔からよくある手法だ。

そんな当たり前の作法さえ、忠興には通じていなかったのだ。

確かに、今宵の明月は格別に美しく、それを観賞しないのは残念なことである。

だが、表の歌意しか汲み取れない忠興の無骨さが、玉子には少しおかしかった。

「はい。飽かず眺めていとうございます」

玉子は忠興への愛しさを噛み締めつつ、嬉しげに応じた。が、はっきり言わねば通

じぬ相手だと思い直し、

「あなたさまとご一緒に――」

と、玉子は続けた。

「……うむ」

少し歯切れの悪いうなずきがそれに続いた。ややあってから、太い右腕がぎこちなく玉子の肩にかけられた。忠興の袖が玉子の背中をすっぽりと包み込む。

その頃にはもう、金の砂子を塗《まぶ》したような月は中天に差しかかっていた。

四

婚儀の前にも、そして、婚礼の夜、二人きりになってからも、忠興が一首の歌も贈ってくれなかったのは、玉子の唯一の不満であった。

(忠興さまはもしかしたら、歌を詠むのがお好きではないのかしら……)

という疑念さえ浮かんだ。

評判高い歌人を父に持つ身である。藤孝から歌の手ほどきを受けていないわけがないのだ。

(あるいは、後朝《きぬぎぬ》の御文を届けてくださるおつもりなのかも――)

後朝の文とは、男女が共寝した翌朝、男の側から女に送った文をいう。男が朝になると、女と別れて帰ってしまうという、通い婚の風習から生まれたものだが、歌を詠んで送ることが多い。

(細川家のご嫡男なら……)

その風習にちなんで、歌を贈ってくれるのではないか。

忠興を寝所から送り出した後、玉子も奥の居室に戻って、再び白無垢に身を包んだ。細川家の当主夫婦への挨拶に出向くのである。

忠興が後朝の歌を贈ってくれるとすれば、その仕度をするわずかの暇《いとま》しかない。

「玉子は、忠興さまのお歌を見とうござります」

さりげなく言うだけでは通じそうにない相手へ、玉子ははっきりと頼んだ。すでに肌を重ねた後であれば、狎《な》れた物言いをするのも気詰まりではなく、むしろこの朝はそうしてみたい気分だった。

「見せるような歌はない」

謙遜なのか本心なのか、忠興はややぶっきらぼうに答えた。だが、その荒っぽい物言いにも、どこか昨夜とは違った親しみが感じられる。

「ならば、作ってくださいませ」

玉子のために――その声に含まれた媚の色に、玉子は自分でも驚いていた。ふと恥ずかしさが込み上げてきたが、それでいて、そういう自分が嫌ではない。不思議な心持ちであった。

忠興はきまりが悪いのか、作るとも作らぬとも言わなかった。

「さすれば、玉子は殿のお歌に返しをいたしましょう。贈答歌というものを、玉子はしてみとうございます」

玉子は夫の無言に怯《ひる》むことなく、さらに強請《ねだ》った。

「う……む」

歯切れの悪い返事だけを残して、忠興は去って行った。

(でも、くださらぬとはおっしゃらなかった)

ただ、あれが後朝の文のことだと、気づいたかどうか。よい歌ができてから見せるつもりであれば、玉子は今朝、後朝の文をもらえないことになる。

「何か、気がかりなことでもございますか」

化粧の間もそわそわと落ち着かない玉子の姿に、鏡の奥の小侍従が不思議そうな顔をしてみせた。

「いえ、何もありません」

慌てて玉子は答えたが、玉子の顔がともすれば綻び、白い肌がいつも以上につややかに輝くのを、小侍従が気づかぬはずはないだろう。

「忠興さまからのお言伝《ことづて》でも、お待ちでいらっしゃいますか」

さらに、小侍従は勘のよいところを見せた。

「さようなことはありませぬ」

思わずむきになって言う玉子に、鏡の中の小侍従はほんのりと微笑んだようである。

「小侍従よ」

玉子は慌てて話題を変えた。

「そなたがいてくれて、これほど心強いことはありませぬ。そなたがこうして細川家に仕え続けてくれるのなら、細川のご家中にそなたのご夫君を見つけなくてはなりませんね」

「……まあ」

小侍従は予想もしなかった言葉に驚いたようである。

「でもね。忠興さまの勝になることだけは遠慮してちょうだい」

「何をおっしゃいますか」

玉子の言葉をまともに受け取って、小侍従は生真面目に声を高くした。

「さようなこと、ゆめにも起こるとは思えませぬ」

小侍従の語気の険しさに、かえって玉子の方が驚いてしまうほどであった。

「いずれにしても少し落ち着いたら、そなたの身の振り方を忠興さまにも相談してみましょう」

　玉子がそう言って、再び鏡に向き直ろうとした時、

「奥方さまにお取次ぎくださりませ」

という声が障子の外から聞こえてきた。

「失礼いたします」

　小侍従が化粧道具を脇へ置き、素早く立って応対に出た。

　細川家の侍女としばらく小声でやり取りしていた小侍従は、玉子の前へ戻って来た時、何やら嬉しげに微笑んでいる。玉子は胸の内を見透かされたように、思わずどきりとした。

「姫さまに宛てて、届けられたものにございます」

といって、小侍従が差し出したのは、薄い紫色の結び文である。

（忠興さまからの……）

　後朝の文に違いなかった。

　小侍従からそれを受け取る時、玉子の手は思わず震えた。

　小侍従は、玉子が文を開ける間は気を利かせて、そっとその場を外してくれた。玉子はなおも小刻みに震え続ける手で、結び文を開いた。

　中には一首、少し肉厚な水茎の跡にて――。

朝露の晴れやらぬ間にいぬべくは　干《ひ》る間も知らず濡るる袖かな

――朝露がすっかり晴れ上がらない明け方の内に、あなたの許を立ち去らねばならないとしたら、乾く間もないほど、私の袖は涙に濡れてしまいましょう。

紫の薄様は優美な色合いであった。が、そこに書かれた筆の具合は、書き流すというよりは力任せに筆を押し付けた感じで、忠興らしい無骨さだと、玉子は思った。

（まあ……）

やはり細川家の御曹司だと、玉子は忠興の歌の出来栄えに、十分満足していた。

玉子の頬は我知らず赤く染まっていた。自分のわがままを聞き入れてくれた忠興の思いやりが、心に沁みた。この人とならば、これから何十年という歳月を、年老いるまで共に暮らしていってもよいと思えた。

（私も、返しの歌を書かなくては……）

今度は、昨夜の即興とは違う。練って練って、これまでのどの歌よりも優れた歌を作り上げたいと、玉子は思った。

濡るるだに知らで凍れる袖なれば　君が涙はいさや溶かさむ

――あなたは袖が乾かないとおっしゃいますが、私の袖は濡れたことさえ知らぬまま、凍ってしまいました。あなたの涙はそれを溶かしてくださるでしょうか。

　玉子は書き上げると、小侍従を急いで呼んだ。

「先ほどこれを届けてくれた侍女は、まだそこにいるかしら」

「さあ、もう帰ったかと思いますが……」

「それはいけないわ。後朝の文をもらった場合は、男の側の使者を待たせておいて、ただちに返しの歌を詠み、それを託すものだというのに……」

　思案に余った玉子は、小侍従に返歌を届けるよう頼み込んだ。

「後でよいではありませぬか」

　玉子の化粧がまだ終わっていない小侍従は、渋い顔つきである。そこを押して頼んで、玉子は小侍従に文を持たせて送り出した。

　届けるといっても、同じ城内の忠興の部屋までのことである。

　それでも、それを待つ間は、玉子には長く感じられた。次に顔を合わせた時、忠興は何と言うだろう。いや、無言であっても、どんな表情をしてくれるだろう。玉子にはそれを想像するだけで心が弾んだ。

　ところが、戻って来た小侍従は、何かまずいものを飲み込んでしまったような顔つきをしていた。

「何かあったのですか」

玉子は不安になって尋ねた。

「いえ、忠興さまはいらっしゃいませんでした」

と、小侍従は気まずそうに答えた。

「では、小姓か侍女に渡してきたのですか」

「それも、おりませんでしたので」

小侍従は玉子の文を、忠興の文机の上に置いてきたのだと言った。

忠興がいないというなら仕方ない。玉子はそう思ったが、分からぬのは小侍従の態度である。一体、何をそんなに気にしているのだろう。

玉子の鋭い眼差しに、ごまかしきれぬと思ったのか、小侍従はがばと床の上に身を投げ出すようにひれ伏した。

「よからぬことをしたとは思うております。ですが、私は姫さまのお味方でございますゆえ」

呆気《あっけ》に取られている玉子の前で、小侍従は懐から一枚の唐様を取り出してみせた。

それは玉子にも見覚えがあった。小侍従にもある。

それは玉子が清原いとへ、引き出物として与えたあの唐様の薄紙であった。そこに、明らかに女文字と思える筆跡で、流麗に歌が綴られていた。「朝露の晴れやらぬ間にいぬべくは干る間も知らず濡るる袖かな」と——。

「これは……」

玉子は先ほど自分の懐にしまった、忠興からの後朝の文を取り出して、小侍従の前もかまわずに広げて見せた。

小侍従も遠慮がちにではあったが、玉子が自ら広げたそれを、うかがい見るようにしている。

「この御手は……」

「忠興さまからいただいたものです」

「では、この歌は……」

玉子は少し考えてから、からくりが読めたという顔つきをした。

「これは、きっといとが作ったものなのでしょうね」

「えっ……」

「忠興さまは後朝の文に書く歌を、代わっていとに作らせたのです」

そう言って唇を噛む玉子の顔を、小侍従はわけが分からず茫然と見つめた。

小侍従は、忠興の文机の上に、明らかに女文字で書かれた歌を見つけて仰天した。

忠興がどこぞの女と取り交わした文と思ったからである。

それだけではない。その紙には見覚えがあった。

歌の詳しい作法は分からなくとも、それが恋の歌であることは小侍従にも分かった。

（もしかしたら、いとは若殿に――）

そうだとしたら、由々しきことではないか。

早合点した小侍従は、気づいた時には唐様の文を手でつかみ取っていた。その後はもう、何が何だか分からなくなり、文を思わず袂に隠し入れ、逃げるように走り去って来たのであった。

だが、正直なこの娘にとって、隠しごとのできるのはここまでだったようだ。

「義父上《ちちうえ》、義母上《ははうえ》へのご挨拶に参ります！」

おろおろと顔色をうかがう小侍従の前で、玉子は何かを振り切るように鋭く言い放った。

五

玉子は、青竜寺城内に設えられた茶室へ案内された。義父藤孝と義母麝香《じゃこう》は、そこで玉子を待つという。

どうやら、藤孝は玉子を客人として茶を振舞ってくれるらしい。

室町幕府下の京風文化において、茶道は興り、次第に作法を整えていった。この時代、公家は無論、大名衆の庇護を受け、茶道はますます隆盛を極めている。

玉子も客人として茶を振舞われる時の作法は、一通り心得ている。が、主人として客を振舞う方は、自信が持てないまま嫁いできてしまった。

「お邪魔いたしまする」

草庵の茶室ではないので、頭を屈《かが》めなければならないにじり口からではなく、障子の戸を開けて入る。

中は四畳半の広さを持つ茶室で、割合、ゆったりとして感じられる。障子を開けてまず目に入るのは、床の間の掛け軸で、おそらく南宋時代か元代の書家の手になるものと思われた。その下には、やはり唐物らしい銅製の花瓶が置かれ、桔梗の花が一輪挿されている。

（まあ、心憎い……）

と、玉子が思ったのは、明智家の家紋が桔梗であったからだ。実家を離れて心細い玉子への、藤孝の心尽くしであろう。

「さあ、こちらへ――」

と、玉子を先導してくれたのは義母の麝香である。

切れ長のつり上がった目尻が気の強さを感じさせるが、全体は小柄で少し痩せ気味である。楚々とした風情があり、気品に満ちているのは、この女性が十三代将軍足利義輝《よしてる》に仕えた沼田光兼《みつかね》の娘、という血筋のよさによるものか。

（そういえば……）

玉子は今になって、この義母の血筋に思い至った。沼田光兼は将軍義輝が松永弾正久秀に殺された時、共に戦死している。とすれば、忠興が松永久秀の片岡城攻めで、弟興元と共に一番乗りを成し遂げたのも、祖父の仇という激烈な情があったためかもしれない。

玉子が麝香から案内されたのは、正客の座す床前の席であった。

藤孝は二丈四方に切られた釜の前に座っているから、この茶室の主人の体である。

「あちらには、義母上さまが――」

玉子は遠慮して首を振った。

「今日は、そなたが客人ですよ」

麝香は玉子の手を取らんばかりにして、奥へと誘った。下にも置かぬ扱いである。

仕方なく玉子は正客の座に着き、

「お招きいただき、まことにかたじけのうござりまする」

と、作法通り、主人の藤孝に頭を下げた。

「うむ、よう参られた」

この茶室にという意味なのか、細川家にという意味なのか、判じかねたまま、玉子は曖昧にうなずいた。

藤孝の声は野太くてよく響き、いかにも頼り甲斐がある。形《なり》は大柄で、忠興は母ではなく父の方に似たのであろう。

（父上とどこか似たご風情の……）

一瞬、玉子はそう思った。

顔立ちは忠興のように精悍である。整った目鼻立ちの一つ一つも、やはり忠興によく似ていた。にも拘らず、玉子はこの時、忠興ではなく父光秀を思った。どこか飄々とした風情に、相通じるものがあったためか。

「明智殿より聞いておる。玉子殿は敷島《しきしま》の道（和歌）に強い関心を持ち、心得を熱心に学んでこられたとな」

これが年の功なのであろうが、穏やかな物言いをして、玉子の心を落ち着かせてくれる。

「心得を学んだなどとは申し上げかねます。ただ初心者の聞き覚えでしかありませぬゆえ」

ぜひ藤孝を師として仰ぎ、歌道に励みたいと玉子は続けた。

それを聞くなり、藤孝は目を輝かせた。息子と違って、ひどく分かりやすい表情をする人だと、玉子は思った。

「与一郎（忠興）はな。弓矢にも茶道にも長《た》けておるが、どうも敷島の道だけは好まぬのじゃ」

「えっ……」

「そう言うてはおらなんだか。無論、まったく歌を詠まぬということはないが、詠んだ歌もろくなものではない。幼き日々、『古今』の暗唱をさせたのだが、嫌がってやり遂げなかったがゆえに、ああなったのだろう」

「暗唱とは、『古今集』をおしなべて――でございますか」

　玉子は驚きの目を向けた。

『古今和歌集』は全部で千百首ある。和歌を学ぶ者は『古今和歌集』だけを読んでいればよいのではなく、無論、その後の俊成や定家や西行なども学ばねばならない。それを思えば、藤孝から『古今和歌集』の暗唱を課せられた幼い忠興が、玉子は少々気の毒になった。和歌を嫌いにもなろうというものである。

　その忠興に、玉子は後朝の歌を強請《ねだ》ってしまったのだ。忠興にしても、後朝の歌は初めての経験だったろう。

　突然、そんな要求をされて困惑した忠興は、他に方法もなく、和歌に通じた清原いとに代作を頼んだのではないか。

（私って……勝手な女だ）

今になって、玉子は思った。身勝手で無知で、浅はかだった。

（いとの想いに気づくこともなく……）

玉子が与え、いとから忠興に渡った唐様の薄紙の端には「いとせめて」と記されていた。

忠興は気づいたのだろうか。『古今和歌集』を覚えていないなら、気づかなかったかもしれない。


いとせめて恋しきときはぬばたまの　夜の衣をかへしてぞきる

――あなたが恋しくてならない時には、せめて夜の衣を裏返しに着て寝ようと思っております。そうすれば、夢にあなたが現れてくれるかもしれないから……。

これは、小野小町の歌である。これが、いとの本心なのではないか。

恋しい男が妻に送る後朝の文の歌を、代作してやる才女の想い――そして、それに気づきもしない男の鈍感さ。だが、そんな男の鈍さをこそ、愛しいと思う聡明な女。

（私も、だからこそ、忠興さまが愛しい……）

男の鈍さを、同じ女として憎みはするけれど――。

「敷島の道で、大殿と比べられては、与一郎殿が気の毒です。あの子とて、別段、悪い歌詠みというわけではないのですから……」

麝香が忠興を庇うように言い、玉子に微笑を向けた。

「歌詠みとして大殿に及ばぬからといって、与一郎殿をお厭《いと》いあそばしますな。この茶の湯の道では、与一郎殿は大殿をしのぐ先達ですのよ」

麝香はたちまち誇らしげな顔つきになると、この茶室の普請も床の間の掛け軸や活花も、すべて忠興の指図によるものだと述べた。さらに、当代の茶人として名高い千利休にも師事しているという。

（では、この桔梗は、忠興さまの……）

掛け軸も花瓶もこの茶室も、確かに数寄が凝らされた見事な意匠である。だが、それ以上に、玉子は桔梗を活《い》けてくれた忠興の心遣いが嬉しかった。後朝の文を貰った時よりもずっと胸に沁みる。

「そろそろ、仕度が調ったようじゃ。まずは濃茶《こいちゃ》を一服召し上がられよ」

濃茶を回し飲みした後、薄茶へ――という作法の流れである。

竜の図柄を施した筒窯は、しゅっしゅっと気持ちよい音を立てて沸いている。

藤孝は優雅な手さばきで、湯を汲み上げると、渋い灰色がかった天目《てんもく》茶碗に注ぎ入れた。茶筅で程よくかき混ぜられた濃茶が、玉子の前に差し出される。

「村田珠光《じゅこう》が所有したとかいうことで、珠光天目とも呼ばれる灰被天目《はいかつぎ》じゃ」

と、茶碗の講釈が入った。黄釉と黒釉を二重に重ねて焼くため、全体が灰色になってこの名がある。

最近は高麗茶碗が流行しつつあり、灰被天目はやや廃《すた》れかけているのも、この地味さのせいかもしれない。

玉子が手にした茶碗も一見地味であるが、しかし、よく目で味わってみれば、銀色の窯変《ようへん》が渋みのある美しさを加え、黄色の釉が線を引いて残っているのも粋である。

「これも、与一郎殿の見立てですのよ」

茶碗に口を付ける前に、横から麝香が素早く言い添えるのを、玉子は微笑ましく聞いた。

使徒の頭

一

――天下布武《てんかふぶ》。

玉子が去った後の坂本城で、光秀はこの言葉をくり返し頭に浮かべ、時には茫然と口に出して呟くようになった。

この言葉を光秀に教えたのは、主君信長である。

そもそも、これは信長の造語である。より正確にいえば、美濃の禅僧沢彦宗恩《たくげんそうおん》が信長のために起草した文言であった。沢彦は信長が美濃の井口城を落とした時、その名を「岐阜」と改めるよう建言したことでも知られている。

「天下に武を布《し》く、か……」

沢彦は初め「布武天下」という四字を申し述べたというが、信長はこれを印章として用いる時、「天下布武」とした。

沢彦は中国古典の故事に明るい。そもそも、沢彦の命名した「岐阜」という語は、周の文王が岐山から起《た》って、天下を治めた故事に倣《なら》ったものという。

「布武天下」もまた、『春秋左氏伝』の「七徳の武」に因《よ》るものであった。『春秋』とは孔子の教えをまとめた書であり、その注釈書が『春秋左氏伝』である。

ここに、楚の荘王が述べた言葉として、周の武王（文王の子）を称える詩が引かれている。

――載《すなわ》ち干戈《かんか》を戢《おさ》め、載ち弓矢を橐《ふくろ》にす。我懿徳《いとく》を求め、時《こ》の夏《か》に肆《つら》ね、允《まこと》に王として之を保つ。

そもそも「武」の本義に帰ってみると、「戈《ほこ》」を「止」めるという漢字の成り立ちに至る。

「武」とは、干戈を収めて天下を静謐にすることであり、七徳の武とは「禁暴、戢兵《しゅうへい》、保大、定功、安民、和衆、豊財」を言った。

「布武天下」とは、この「七徳の武」を天下に布くことに他ならない。

光秀を前に「天下布武」について語った信長の得意げな顔つきを、光秀は未だに覚えている。

猛々しいまでに激しい野心と、少年のごとき無邪気さを同居させた信長を、光秀は自分なりに理解していた。その両面が変わり身の早さで、外に表れ出ることも承知していた。

信長の類いまれな寵愛が、唐突に苛立ちと怒りに取って代わられることもある。その時は、これまでの寵に勝るとも劣らぬ激しい叱責や懲罰が、我が身に降りかかるやもしれぬ。

光秀の内面に潜んでいた恐れが、現実のものとなって迫ってきたのは、三年前の天正七（一五七九）年からであった。

この時、光秀は信長の命により、丹波八上城に立て籠った波多野秀治《ひではる》、秀尚《ひでひさ》兄弟を攻め立てていた。

波多野氏は天正三年より信長に反旗を翻し、光秀の攻略を跳ね返すなど、勢い盛んな戦いぶりであった。

天正六年からは一年半にわたって八上城に籠城し、抵抗をくり返してきた。その波多野氏兄弟が助命と引き換えにようやく降伏を承諾してきたのが、翌天正七年夏のことである。

この交渉において、光秀は波多野兄弟を殺さないという信長の誓約を取り付けた上、母お牧の方を人質として差し出した。

だが、信長はそれを一方的に破った。

引き出された波多野兄弟は安土城下で磔に処された。

その結果、八上城に残る波多野の家臣らは、光秀に騙されたと思い込み、光秀の母お牧を惨殺してしまった——。

（私が……母上を殺したも同然だ）

心で母に詫びる一方、光秀はこれも天下布武のためだと、己と亡き母の魂に言い聞かせねばならなかった。

信長の苛烈な性格は昔からのものだが、家臣への冷酷さが目立ってきたのはこの頃からである。

害を被ったのは、光秀一人だけではなかった。

天正八年、織田家譜代の家臣である佐久間信盛《のぶもり》、信栄《のぶひで》父子が功績のないことを理由に追放された。同年、宿老の林通勝《みちかつ》も放逐された。理由は、二十五年前、信長に敵対した弟信行《のぶゆき》に味方したためであった。

不条理な言い分だと、意見できる者などどこにもいない。誰もがいつ自分の上に、信長の叱責が降りかかるか、それを恐れていた。

無論、羽柴秀吉のように信長の寵を受け続ける者も、いないわけではない。だが、

（羽柴殿ほど、上さまのお怒りに敏感な者もおらぬであろう）

と、光秀は見ていた。敏感なればこそ、涙ぐましいまでのいじましさで、信長のご機嫌を取り、愛想を振り撒く努力を惜しまないのである。

（ああは、できぬ）

光秀はそう思った。秀吉の努力に感じ入り、半ば感心しつつ、土岐源氏という血筋へのつまらぬ自尊心を、我ながら嘲笑した昔もあった。だが、今は違う。

（私と羽柴殿との違いとは何か）

乱世に覇を唱えんとする野心、困窮する民の生活を憂える心――それは、光秀も秀吉も持っている。

秀吉にあって光秀にないものは、捨て身の奉公心であり、逆に光秀にあって秀吉にないものは、上位者は常に下の者を労《いたわ》らねばならぬという儒教以来の教えであった。その教えに立って見れば、信長の為しようは常識ある権力者のそれではない。

（上に立つお方ではないのだ）

口に出しては言えぬ思いが、光秀の心の底に澱《おり》のように溜まっていった。

そして、天正十（一五八二）年、秀吉は中国遠征を命ぜられて出陣し、時を同じくして、光秀は徳川家康の饗応を仰せつけられた。

この年の三月、信長に協力して武田勝頼を討った家康は、功として駿河を与えられており、その御礼言上のため安土へやって来たのである。

これには、武田討伐の慰労の意味もあったから、光秀は細心の注意を払って接待役に従事した。

だが、五月十七日、光秀は急遽、饗応役を停められ、中国への出陣を命じられた。

これは、備中高松城を攻撃している秀吉から、急使が到着したからである。

高松城を救援するため、毛利輝元《てるもと》、その叔父の吉川元春《きっかわもとはる》、小早川隆景《たかかげ》らが大軍を率いてやって来るという。それゆえ信長の出馬を願いたい——秀吉はそう述べていた。

この時、秀吉は高松城を水攻めにして、もう一歩で落城というところまで追い詰めている。ここで信長に出陣を願うのは、助けを求めるというより、勝利の甘《うま》みを献上しようという肚であろう。

「徳川さまの饗応役は、いかが相成りまするか」

光秀がつい訊き返してしまったのも、己の仕事ぶりに自信と未練があったからである。

「わしの命に意見するかっ！」

返ってきたのは癇癪を起こしたような怒号と、月代《さかやき》への激痛であった。光秀は他の家臣らの面前で、扇で頭を殴られた。

「おのれは猿を助ければよいのじゃ！」

秀吉を助ける——それは、秀吉の下で働けということか。

それが、どうだというのではない。だが、この時、信長は光秀の領地である滋賀、丹波を召し上げ、石見、出雲への配置換えを命じた。

だが、切り取り次第と言われた石見、出雲は、今はまだ毛利の領地である。実質的には領地を失い、だからこそ発奮して働けというのだろう。

この日、饗応役を解かれた光秀は、出陣の仕度のため、近江坂本へ帰城した。


坂本城に、光秀を迎えてくれる者はない。

妻の煕子は玉子が嫁いで間もなく、火が消えるように亡くなってしまった。流浪時代の苦労に、十分に報いてやったとは思っていない。それどころか、最後の最後まで苦悩させてしまった。

光秀は家老の斎藤利三《としみつ》に出陣の差配をするように命じて、自らは夜風に当たるべく物見櫓に上った。

(煕子よ……)

妻が何に苦しんでいたか、今の光秀は知っている。

「人質に行ってくださった義母上《ははうえ》を、みすみす死なせてしまい、さぞお苦しかったことでしょう」

死を間近にした時、煕子が口にしたのは、光秀の苦悩を思いやる言葉であった。

「比叡山を焼き討ちなさったのも、殿にはどれほどおつらかったか――」

煕子からそう言われて、光秀は初めて気がついた。

妻は光秀の苦しみを語っているが、本当に苦しんでいたのは、妻自身だったのだと――。

光秀が信長の命に従い、元亀《げんき》二（一五七一）年に延暦寺、日吉大社等を焼き払ったことで、熙子は胸を痛めていたのだ。また、光秀が母のお牧を救い出そうとせず、信長の命令に異を唱えなかったことにも苦しんでいた。

自分は何という男を夫にしてしまったか、と――。いや、どうして夫はこんな男になってしまったのか、と――。

――痘痕の私を妻にしてくださった殿は――義と徳を備えた殿は、一体、どこへ行ってしまわれたのですか！

熙子の目はそう訴えていた。

その瞬間、光秀の中で、心に重く伸《の》し掛かっていた何かが弾けた。

それは、男として、武将として、胸に抱えてきた誇りであり自負であったかもしれない。

流浪のまま終わるわけにはいかない。この世で何事かを成し遂げ、必ずや上に行くのだ。その思いが、信長に仕えた後の光秀を支えていた。織田家中で認めてもらうために、努力もしたし忍耐もした。それが当然だと思ってきた。そして、そのことにほとんど悔いも迷いも持たずに生きてこられた。

熙子が死ぬまでは——。

賢い妻は上を目指して働く夫に、水を浴びせるようなことは一言も言わなかった。口にしたのは、死に際の同情めいた言葉だけだ。だが、それだけでも、光秀の重石《おもし》を壊すのには十分だった。なぜなら、

(私自身が心の奥底では、熙子の言う通り、苦しんでいたのだ——)

と、やっと気づいたからであった。

さらに、熙子の死後、光秀は熙子が心の救いを得るため、耶蘇《やそ》の教えに耳を傾けることがあったと侍女から聞かされた。

「奥方さまは殿さまの罪をお引き受けし、お許しを乞いたいと思っておいででした。殿さまが比叡山を焼き滅ぼされたため、もはや御仏《みほとけ》にすがることはできぬ。だが、異国の神ならば救ってくださるのではないか、と——」

耶蘇教に入信していたわけではないが、城下にいる教徒を呼んで、話を熱心に聞いていたらしい。

(私は、何も知らず……)

御仏のための寺社を焼いてまで得た地位が、今、揺らぎ始めている。同時に、光秀の自信も、信長への信頼も忠節も大きく揺らぎ始めている。そんな自分の姿を、亡き妻はどう見ているだろうか。

ふとそう思った時、

「殿——」

光秀の夢想は、男の声に破られた。

「利三か……」

先ほど出陣の差配を命じた家臣である。

「お寛《くつろ》ぎのところ申し訳ございませぬ。愛宕《あたご》の連歌の会はどうなさるのか、と思いまして……」

利三は遠慮がちに述べた。

その時になって、光秀は連歌師里村紹巴《じょうは》や細川藤孝らと共に、連歌の会を催すことになっていたのを思い出した。急遽中国への出陣を命じられたため、利三はそこを確認したいのだろう。

「亀山城に入れば、愛宕は近い。戦勝祈願を兼ねて愛宕へ参り、そこで開くことにしよう」

光秀は即座に答えた。

愛宕山には霊験あらたかな愛宕神社がある。

古くは、近衛天皇の時代、左大臣藤原頼長《よりなが》が近衛天皇を呪って人形の目に釘を打ち、それがために天皇は眼疾の病に罹って早死にしたという伝承もある。祈念成就の期待が大きい一方で、どこかおどろおどろしい風情も備えた神の山であった。

「のう、利三よ」

ふと思いついたといった様子で、光秀は美濃以来の古い家臣の名を呼んだ。

「そなたは天下布武が成ると思うか」

突然の光秀の問いかけに、利三はわけが分からないという顔をした。

「殿は、成らぬとお思いなのでございますか」

利三は逆に問い返してきた。

光秀は空《くう》に遊ばせていた眼差しを、利三の面上に注いだ。

「いや、尋ね方が悪かったようだ。そなたは、信長さまを七徳の武を布く器だと思うか」

「殿っ！」

利三は顔色を変えた。光秀は利三の反応にはかまわず、語り継いだ。

「のう、利三。私の主君は初め斎藤道三殿であった。あのような逸材が世に現れることは滅多にない。されど、天下を望むべくもなくお斃《たお》れになられたゆえ、私は将軍義昭公にお仕えした。が、あの方は天下に号令する器ではなかった。ゆえに、私は将軍を見捨てた……」

その光秀の判断は決して間違っていない。

光秀は義昭の器の小ささを見抜いて、信長に乗り換えた。信長こそ、天下布武を実現する器と信じたからだ。

「ディアボロ……」

光秀の口から、ささやくような言葉が漏れた。

「えっ、何でございますか」

利三が訊き返した。

「耶蘇会（イエズス会）の者らが言っていたのだ。信長さまのことをな」

「ディ……ディア……何と申されましたか」

「ディアボロ――と申していた。まあ、悪鬼というような意味だそうだ」

利三はもう驚かなかった。

ディアボロとは、神の意志を妨げ、善人の心を惑わせ、悪の道にさまよわせるものであるという。遠い古代では、蛇になって女《エヴァ》を惑わした。近き世では、ディアボロを信仰する魔女どもが教会を脅かしている。

（ならば、この国の武将として姿を現してもおかしくない）

光秀はそう思う自分を、もはや否定しなかった。

そう、信長の罪は残虐な行いそのものではない。ディアボロのように、人を惑わしたことが罪なのだ。

そして、惑わされたのが自分なのだと、光秀は思った。

「天下布武」という信念こそ、唯一の正義だと思い込まされたことが、何よりの過《あやま》ちなのだ。

信長に逆らう者は、すべて天下布武の敵であった。

だから、信長が、同盟を破棄した裏切った浅井久政、長政父子の髑髏《どくろ》に金箔を貼った箔濃《はくだみ》を作らせた時も、謀叛を起こした荒木村重《むらしげ》の居城有岡城の人質数百人を惨殺した時も、光秀は諫言する必要を感じなかった。

石山本願寺の宗徒を殺し尽くすのも、比叡山を焼討ちするのも、すべて天下布武のためだと許容できた。

(比叡山を焼いた時、私は自分が天下布武のために生きているという自負しか持たなかった……)

だが、信長が七徳の武を布く器ではないばかりか、ディアボロなのだとしたら――。

そのすべてが根底から崩れ落ちてしまう。

(煕子よ)

光秀の罪に苦悩していた亡き妻の面影が浮かんできた。

(私はどうすればよい)

このままでは、信長は毛利を倒して、中国を平定し天下の頂点に立つかもしれない。

そして、ディアボロが天下の頂点に立った時、果たすべきことは容易に想像がつく。己の権威を脅かすかもしれぬものを、すべて焼き払うのみ。

次の標的になるのは――。

(朝廷だ)

そのことも、信長と朝廷との橋渡しを長く務めてきた光秀には、想像の及ぶところであった。

二

五月二十日、中国遠征を控えた光秀の許へ、急な来客があった。

「お忙しいところ、お会いくださり痛み入る。明智十兵衛殿」

客人は、清原枝賢《しげかた》と吉田兼見《かねみ》という公家衆である。

いずれも知らぬ顔ではない。

あの細川藤孝の母は清原宣賢《のぶかた》の娘であるが、その宣賢の直系の孫が枝賢である。また、宣賢の子兼右《かねみぎ》が、吉田家へ養子に入って、為した子が吉田兼見であった。細川藤孝も宣賢の外孫であるから、三人はそろって宣賢の孫ということになる。

清原家は平安時代に清原元輔《もとすけ》や清少納言を輩出した学者の家であり、吉田家もまた、吉田兼好を出した神官の家である。いずれも高い地位にはないが、知識や見識の上で公武を問わず尊敬を払われる血筋であった。

信長も比叡山を焼討ちする前、吉田兼見に相談に行ったと、光秀は聞いている。信長や細川家に近いこの学者公家衆が、一体、何用で参ったのだろうか。

「娘のいとが細川の奥方さまの御許で、お世話になっておりまする」

清原枝賢の挨拶は如才ない。光秀もまた、

「我が娘より、大変なご才女と承っております」

と、玉子がよこした文の言葉を思い起こして、滑らかに応じた。

しばらくの間、当たり障りのない会話が続いた。ややあってから、

「ちと、過ぎておわしますなあ」

聞き流していた兼見の言葉の中に、ふと光秀の耳に引っかかるものがあった。

一体、何が過ぎていると言うのか。

確か、彼らは信長の偉業を称えていたはずだ。

もっとも、それは内裏修復や東宮誠仁《さねひと》親王の元服費用を賄ったことなど、朝廷と天皇を安んじるための所業が、ことさら大袈裟に取り上げられていたようだが……。

彼らによれば、朝敵を平らげるための合戦はむしろ理に適うものであり、その意味では、いかなる残虐な行いも許容された。彼らは比叡山焼討ちさえ、非難めいた言葉

は吐いていなかったはずだ。

では、安土城のあまりの壮麗さが、分を超えた驕《おご》りと映ったのか。

あるいは、永禄八年に出された伴天連《ばてれん》追放の女房奉書《にょうぼうほうしょ》――天皇に仕える女房が勅命を奉じて書いた文書の命令を無視して、伴天連らを大々的に庇護したことか。

ただし、この二人は伴天連親近派の公家として知られている。

清原枝賢は公には棄教したと触れていたが、伴天連追放の女房奉書が出る以前、耶蘇教に入信していた。

吉田兼見は神道の家であるため、さすがに入信こそしていないが、耶蘇の教えには理解を示しており、さらに息子の一人はすでに洗礼名を授かっている。

（では、やはり昨年の……）

光秀の眼裏に、唐錦《からにしき》の派手な紋様が炎のように揺らめき立った。


天正九年二月、信長は内裏東手の馬場において、馬揃《うまぞろ》えを大々的に行った。

この日、信長は南蛮笠（帽子）に唐錦の羽織、虎皮の行縢《むかばき》を身に着けた派手な出立ちで、葦毛の馬に騎乗して登場した。信長と親しいとされる関白近衛前久《さきひさ》も、公家ながら見事な騎乗姿を一堂に披露している。

この馬揃えは、正親町《おおぎまち》天皇からの直々の要望によるもので、小正月の火祭り――左義長に事寄せた祝賀行事である。

馬場には、信長軍五百余騎がずらりと勢揃いした。その威容は受け取り方によっては、内裏に対する信長の威圧軍事行動とも見えなくない。

その上、信長は宣教師アレッサンドロ・ヴァリニャーノを、天皇にも匹敵する待遇で迎えた。さらに、ヴァリニャーノから贈られた南蛮の天鵞絨《びろうど》張りの紅い椅子に腰掛けて、天皇よりも高い権威を見せつけた。

朝廷の権威を冒す信長の行動はまだ他にもある。

安土城内に内裏を模した設えを築き、「梵山《ぼんさん》」と名付けた石をご神体と称して、安土城下の領民に崇めさせた。自らの生誕の日を祝祭日にせよと命じたり、暦の変更を要求するなど、わざと朝廷を刺激するかのような行いである。

天正十年五月初め、朝廷は武田討伐に成功した信長に「関白、太政大臣、征夷大将軍」の三職のいずれかに推任しようと申し出た。信長との関係を和らげようという朝廷側の妥協である。

これまでの先例に従えば、辞退するのが常識であった。これより前、左大臣に推任された時の信長は、先例によってこれを辞退している。

しかし、信長は三職推任の申し入れに何の返事も与えなかった。そればかりか、浮上していた正親町天皇の譲位問題も燻《くすぶ》ったまま捨て置かれている。

「ちと、過ぎておわしまする」

この時の兼見の物言いは、それまでの口吻よりやや厳しいものが混じっていた。信長に内裏を軽んじさせているのが、まるで光秀のせいだというように聞こえた。それでも、兼見は何が過ぎているのか、最後まで口にはしなかった。

過ぎたるは猶《な》ほ及ばざるがごとし――。

信長の「天下布武」も度が過ぎたということか。

本来ならば、天皇の知ろしめすこの日《ひ》の本《もと》の国土を安んじるがための「天下布武」であった。「天の下」とは天皇の治める世でなければならない。武力が恐怖となる世ではなく、武力が争乱を未然に防ぐ世でなければ、それは本来の「武」――七徳の武ではない。

「『天下布武』を謳うのは、やや重すぎましたかな」

信長の奇嬌な振舞いは、重責に耐え切れぬ結果と見ているようだ。が、信長でさえ背負いきれぬ重い使命を、一体、他の誰が背負いきれるであろう。

光秀が黙っていると、

「伴天連の方々はすでに見限っておりますそうな」

と、枝賢がぽつりと言った。

（伴天連が上さまを見限った、ということか！）

枝賢が続けて言う。

「『梵山』が悪うおました。己の生誕の日を祭るというのも、伴天連の方々にはいただけぬでしょう。彼らは神の子の生誕日を、大事なる祝祭の日としておりますゆえ――」

信長がその布教活動を庇護した代わり、信長も耶蘇会とその背後にある南蛮商人らから多大なる恩恵を受けていた。

主なものは、交易によって得られる利益と軍事面の援助である。信長の天下取りには、南蛮渡来の火縄銃の技術と、それを取り入れた革新的な戦略が不可欠だった。

「ヴァリニャーノ殿はほんの数ヶ月前、日の本を出て、お国へ帰られました」

枝賢がおもむろに告げた。

アレッサンドロ・ヴァリニャーノは耶蘇会の中でも日本に好意的な宣教師で、信長とも親しくしてきた。そのヴァリニャーノが日本を出てしまえば、耶蘇会の対応も変わってくる。

枝賢はそのことを示唆しているのだ。

信長が耶蘇会から見限られた。

さらに、かつて信長の援護者であった朝廷も、すでに信長を見限っている。

（そうか。これは、古《いにしえ》より禁中のやり方であった……）

源平が相争っていた昔、平家から源義仲、やがて、同義経、同頼朝へと移り変わる権力者の意向に任せて、次々に朝敵討伐の院宣を下して憚らなかった後白河院――。

『平家物語』に著名なその逸話は光秀とて知っている。

そして、正親町天皇はその血を遠く受け継いだお方ではないか。

（私に、天正の頼朝になれ、とおっしゃるか）

信長はいささか怪しいものの、平清盛の孫資盛《すけもり》の子孫を名乗っている。それに引き換え、光秀は庶流とはいえ土岐源氏の血を引く名門の出である。

――平家を源氏が討つ。

この命題を前に、光秀は目のくらむ思いがする。

だが、光秀が予測した通り、この日、吉田兼見も清原枝賢も光秀に対して、こうせよ、という明確な言葉は一切吐かなかった。また、光秀の意見を求めることもなく、二人はひっそりと坂本城を後にした。

その翌日の二十一日のこと――。
前日に続き、清原枝賢が坂本城へやって来た。同伴者はいたが、吉田兼見ではない。枝賢が連れていたのは、異国の宣教師であった。また、この日、枝賢は十字架を首か

ら提げていた。目立たぬように懐に落とし込んでいたが、

（やはり、ご本心では棄教しておられなかったのだな）

と、光秀は察した。

「こちらは、ヴァリニャーノ殿のお弟子でいらっしゃいます」

と、枝賢は名を明かさずに、異国の宣教師を紹介した。光秀は名乗らなかった。枝賢もあえて宣教師に対して、光秀のことを紹介しようとはしない。

すると、栗色の髪に、琵琶湖の湖面のように蒼い瞳を持つ宣教師は、光秀に語り出した。

「神は、仮面を被った悪鬼《ディアボロ》を見放しなさいました」

と、宣教師は唐突に切り出した。

「神の子よ、己の思うことをなさい」

神の子という呼ばれ方に、光秀は目を剝《む》いた。

「それは、私に向かっておっしゃったのですか」

「他に誰がいるでしょう。神はあなたの味方です」

――信長を討て。

神の声が、光秀の心を鋭い矢のごとく突き抜けていった。

――殿。光秀さま。

その時、ふと女の声が聞こえてきた。

(煕子か)

生前、光秀には何も言わぬまま、耶蘇教の神にすがろうとしていた妻の呼ぶ声であった。

——どうか、もう二度と、道を踏み外さないでください。

(私は……そうだ。これまで道を踏み外してきたのだった……)

——ですが、お嘆きになることはありませぬ。天は光秀さまに、罪を償う機会をお与えくださいました。

(信長さまを討ち、天下を守れば、私の罪は許されるのか。だが、武士として主君を討つは——)

——信長公は殿のご主君ではありませぬ。あの方は悪鬼——。神の子が悪鬼を討ち滅ぼすのに、何の躊躇が要りましょうか。

そう、誰かが信長を止めなければならない。止めなければ、この国は悪鬼に食いつぶされてしまうだろう。

だが、それは自分がしなければならないことなのか。

亡き妻の返事はもう聞こえてこなかった。

「私は……耶蘇教徒ではありませぬ」

自分はこの使命を引き受けねばならないのだ、比叡山を焼いた罪、間違った主を選んだ罪を償うために――。

そのことは分かっていた。だが、最後の一歩を踏み出す前に、光秀は最後の抗弁を試みずにはいられなかった。

「洗礼を受ければ、あなたはすぐにも神の恩寵《ガラシア》を受けられるようになる。洗礼をお望みですか」

「いえ、そうではありません」

光秀はすぐに頭を振った。

「その役目を果たすのは、まことに私でなければならぬのか。それをお訊きしたい」

光秀はついに思い切って尋ねた。

誰かが為さねばならぬ。それは分かる。

だが、どうしてそれをこの光秀に――齢五十を超えたこの老身に負わせようとするのか。

「おお、神《デウス》よ！」

光秀の言葉を聞くなり、若い宣教師は天を仰いだ。

「神は我が子にさえ、十字架を背負わせられたのです。我が子を憎いと思うがゆえでしょうか。いいえ、愛しいがゆえに、あえて苦難をお与えになったのです。なぜならばーー」

宣教師は色白の頬を誇らしげに染めて、おもむろに続けた。

「苦難とは重ければ重いほど、それを背負う者を美しく輝かせるからです」

「美しく……」

「さよう、にござりまする」

その時、光秀の前に枝賢が進み出た。枝賢は懐にしまい込んでいた十字架を取り出し、それを首から外して、光秀の前に差し出した。宣教師の言う神の子が十字架にかけられ、打ち萎れている姿がそこには彫り込まれている。

「あなたもまた、神の子なのです」

厳かに、誇らしげに、枝賢が言う。

「あなたのために、取り急ぎ洗礼を執り行いましょうぞ」

宣教師が有無を言わせぬ口調で告げた。

「これは、仮のものであり、教会における正規の儀式は、使命を果たした後、厳かに行えばよろしい」

立ち上がった宣教師の声が頭の上から降ってきた時、光秀は体が痺《しび》れたようになり、動くことができなかった。

ーー殿。

再び亡き妻の優しい声が聞こえてきた。

――そう。それでよろしいのですよ。そのままお動きにならないで。

枝賢は十字架を光秀の手にしっかり握らせると、自らは両手を組み合わせて、宣教師の前に頭《こうべ》を垂れた。

「神のお許しにより、そなたに使徒の頭《かしら》の御名を賜《たまわ》る。汝《なんじ》、ペトロよ」

宣教師の低い声が、光秀の上に降り注がれた。傍らの枝賢が小さな声で、「御応《おんいら》えを」と促してくる。

「はっ――」

光秀は十字架を握る指に力をこめて、うなずいていた。指先が小刻みに震えていた。恐怖からなのか、感動からなのか、自分でもよく分からなかった。

「その頭上に神のお許しと恩寵の宿らんことを――。神と子と聖霊の御名において、アーメン」

「アーメン――」

応じたのは、枝賢であった。

「神よ、我が友を受け容れてくださいましたこと、厚く御礼申し上げます」

枝賢は恭《うやうや》しく申し述べた。それから、光秀に向かって、

「ペトロとは、神の子イエズスにお仕えした一番弟子です。逆さの形で磔にされると

いう、耐え難い苦難に見舞われたのも、すべてはこの方を輝かせんがための神のご意志――」

と、説明した。

(貴殿もまた、使徒の頭ペトロのごとく、己の身を苦難に委ねよ)

枝賢の眼差しはそう告げている。

――ペトロ光秀さま。

亡き妻の声が天上から、輝かしい光と共に降り注いでくる。

――あなたさまは、昔も今も、私の誇りでございます。

光秀は手足の隅々にまで、輝かしい光とみなぎるばかりの力が満ちていくのを感じていた。

そうだ、これでよかったのだ。これこそが正しい道なのだと、確かに信じられた。

「使命を果たしましたら――」

――教会にて正規の洗礼をお願い申し上げまする。

光秀は宣教師の足下にひれ伏して告げた。

だが、この後、光秀が正式に受洗する機会は、訪れることがなかった。そのことを、この時の光秀は知る由《よし》もない。

宣教師と枝賢は、晴れて満足そうにうなずき合っている。

光秀は手にしたままのイエズスの像に目を落とし、再びそれを握り締めた。その手の先はもう震えてはいなかった。

三

天正十年五月二十三日、中国遠征のため坂本城を出立した光秀は、京の愛宕山にいた。夏の盛りである。

十歩も歩けば、汗が噴き出してくるような暑さだが、やはり山の冷気と鮮やかな緑の葉群《はむら》のせいか、気分はたいそう心地よい。息を吐く度に、山の新鮮な空気が肺に吸い込まれてゆき、体中を隅々まで洗い流してくれるようであった。

光秀はやがて、社殿の前で足を止めた。小姓らの一行をそこに残し、一人社殿に入ってゆく。

今宵はここに参籠し、戦勝祈願をする予定であった。表向きには中国遠征の祈願ということになっている。

光秀はその夜、籤を引いた。

一度ではない。

何度も何度も引き直し続けた――。

翌二十四日、光秀は愛宕五坊の一つである西坊威徳院において、連歌百韻を催した。

この会に細川藤孝は参席していない。藤孝は息子忠興と違って、中国遠征の人員にも入っておらず、参席するのに支障はないはずである。

清原枝賢、吉田兼見らが光秀にささやいたことを、藤孝も知っているのか。

祖父清原宣賢を通じて従兄弟同士であり、思想的にも学問でも深いつながりを持つ彼らの間に、断絶があるという話は聞かない。ふつうに考えれば、藤孝が知っていると思うのが自然であろう。

その藤孝が来ないということは——。

(去就を迷っているのか)

先の枝賢や兼見による坂本城訪問に際しては、武家の身を憚ったとしても、連歌の会への参加は誰に怪しまれることもない。それを避けたのはよほどの用心深さか、この計画に迷い、乃至は不安を抱いているということであろう。

(だが、私はもう引き返せぬ)

昨夜の籤は三度、凶を引き続けたところでやめた。

吉と出るのを望みながら引き続ける己の心弱さに、嫌気が差したのである。

翻って強気になった心が、次の発句を作らせた。

「ときは今――」

九人の列席者が連なる席上が、途端に息遣いも止まったようにしんと静まり返る。

「あめがした知る五月かな」

光秀は高らかに詠み出した。

外は折しも、しとしとと雨が降り続いている。

「水上まさる庭の夏山」

と、威徳院の行祐《ぎょうゆう》法印が、即座に次の句を続けた。

「花落つる池の流れをせきとめて……」

里村紹巴がそれを受け、以下「風に霞を吹き送る暮れ」と宥源が続ける。

「あめがした」を「天下」と取ろうと、「五月雨」の景色と取ろうと、どちらでもよい。

掛詞は古よりの修辞法であり、どちらとも取れるところにその魅力がある。

五月は今の季節でもあり、『平家物語』で源頼政が源氏としては最初に平家打倒の兵を挙げ、それに敗れた月でもある。それをどう受け取るも、読む人の自由であろう。

「我々は何もしない」

坂本城を訪ねて来たかの宣教師は、最後に呟くように言った。それは、貿易や軍事の援助は無論、神の擁護も、信長にはもう寄せられぬということである。

今こそ、神は信長を見捨てたもうたのであった。

（愛宕に祭られるのは、勝軍地蔵――）

なればこそ、合戦前の参籠が誰に怪しまれることもない。

そして、奥の院の祭神は、天狗の姿を持つ愛宕権現太郎坊であった。天狗は魔物とされることもあるが、この山では敬われている。

また、愛宕は火伏せのご利益があると言われていた。一方で、耶蘇会では悪鬼を焼いて清めるのは火であるという。

（悪鬼は燃やし尽くしてしまわねばならぬ）

光秀の瞼の奥には、唐綾の羽織を着けた信長が紅蓮の炎にめらめらと焼かれる光景が映っていた。

（愛宕は平安京の鬼門、北西を守る鎮護国家の社にして……）

それゆえに、愛宕は北東の鬼門を守る比叡山と並び称されてきたのである。

（我が戦は、鎮護国家のためなり！）

神道も仏教も耶蘇教ももはやない。真の天下布武のため、あえて苦難の十字架を負う光秀に、どうして耶蘇教の神も愛宕の神も味方しないことがあろうか。

――天下に武を布くは、我ぞ！

光秀はこの時、孔子の忠実な弟子であり、天皇の忠実な臣であり、そして、神の忠実なる僕《しもべ》であった。

そうなることを自らに強《し》い、そして、少しの躊躇も持たなかった。

丹波亀山城に帰った光秀は、月が変わった六月一日、中国へ向けて兵を発した。

その前日の五月二十九日、信長は安土城を発ち、都へ入った。宿所は本能寺で、その供回りはわずかな人数でしかない。嫡男信忠は妙覚寺へ入った。

六月一日、本能寺で茶会が開かれている。

そして、その夕べに亀山城を発した光秀の一万三千の軍勢は、二日の曙の頃、都へ差し掛かった。

「敵は本能寺にあり！」

光秀の怒号が黎明の空を揺るがしてゆく。

聞き入る配下の兵士たちは、一瞬、呆けたようにしんとしていた。やがて、その沈黙は凍えた緊張感に取って代わった。

「これより、御敵信長と嫡子信忠を討つ！」

すべてを知って納得していた斎藤利三が、光秀に代わって敵の名を浸透させた。

光秀はもう軍勢の方を見ていなかった。

蒼く沈んでいた東の空がやがて紫がかってゆき、棚引く雲も茜色に耀いている。

（美しいとは、ああいうものを言うのであろう）

苦難が人を美しく耀かせると言った宣教師の言葉が思い出された。嫁ぐ前、亡き妻から「苦難を抱き締めて生きよ」と教えられたという玉子の言葉も、胸をよぎる。

自らもあの空のごとく美しくありたいと、光秀は思う。よしんば、それが叶わなくとも、

(玉子よ……)

光秀は想い出の中の美しい娘に呼びかけた。

(そなたは美しくあれ)

そして、何があろうと、そなたはそなたの宿世《すくせ》に従え。

(私は、私の宿世を行くまでのこと)

心しらぬ人は何とも言はばいへ　身をも惜しまじ名をも惜しまじ

(我が胸の内を知らぬ者は何とでも言うがよい。私は身をも名をも惜しみはするまい)

これが辞世になると知っているかのような歌であった。

明け方の空に向かって、光秀は軍配をさっと振った。

本能寺の変

一

天正十年六月三日の早朝、丹後宮津城では城主細川忠興が、信長の命により、中国遠征の兵を調《ととの》えていた。一日の夜、丹波亀山城を出立した明智軍とは、三日の夕べに合流する予定である。

巳《み》の刻（午前十時）に先鋒は出立したが、忠興が城を出るにはまだ間があった。忠興は妻の玉子や子供たちの挨拶を受けた後、奥の間を出て父藤孝のいる広間へ赴いた。忠興と玉子との間には、この時、四歳になる長女於長《おちょう》、三歳の長男熊千代《くまちよ》が生まれている。

藤孝は通常、新しく築いた田辺城の方にいるのだが、これより数日前から宮津城を訪れていた。軍勢を率いて出征する忠興を見送るためである。

広間に座す藤孝は寛いだ直垂《ひたたれ》姿であったが、忠興の方はすでに鎧をまとい、太刀を腰に差した物々しい出で立ちである。

「それでは、父上。中国遠征にて武勲を立ててまいりまする」

藤孝は息子の挨拶を黙って受けた。

忠興は武勇の将であり、その才能を藤孝はまったく疑っていない。

本来ならば、「武運を祈る」という激励の言葉を、息子にかけてやるべきであった。

だが、藤孝は軽くうなずくだけであった。

この度、遠征軍を率いるのは、玉子の父明智光秀である。息子がその軍勢に加わるのだから、「明智殿によろしく」というような言葉があってもよい。

しかし、数日前、光秀から誘われていた愛宕百韻に、藤孝が参加しなかったのを、忠興は知っていた。

(信長さまが明智殿にご不興だという噂が、父上を悩ませているのか)

今、藤孝が上の空のように見えるのも、そのせいかもしれない。

だが、今は藤孝を問いただしている暇はなかった。

そろそろ、出立予定の午《うま》一つ(十一時)も迫っていよう。先陣の者たちは、そろそろ半里ばかりも進んだ頃だ。ならば、犬の堂と呼ばれる辺りに達しているに違いない。

「では――」

忠興はおもむろに立ち上がろうとした。

その時、それまでどこかをさ迷っていた藤孝の眼差しが、忠興の面上にしかと据えられた。

忠興ははっとして、浮かしかけた腰を再び沈めた。その時、

「ご注進、ご注進――」

上ずった大声が慌ただしい足音と共に、広間の静寂を掻き破った。

「何事」

弾かれたように、藤孝が腰を浮かせる。

「京中の物見より、大殿にご伝言があるとのこと」

「ただちに通せ」

這いつくばって述べる侍臣に、藤孝は噛みつくようにして叫んだ。

「ただ今――」

侍臣が立ち去ってすぐ、町人の身なりに身をやつした男が広間に現れると、藤孝の前に跪《ひざまず》いた。

「お人払いはよろしゅうございますか」

男はまず藤孝に問うた。藤孝は一度、その切れ長の目を見開いて、鋭く広間に放ったが、

「かまわぬ」

と、答えた。その場にいるのは藤孝に仕える老臣と忠興、それに忠興に従って出征

する家老の小笠原小斎《しょうさい》のみである。

「では、申し上げます」

と、男は顔を上げた。重大な知らせであることは、全身を包み込む緊張感からそうと知れる。その右肩がぴくりと上がった。

「二日未明、信長公は本能寺にてご自害の由《よし》──」

男はまず、それだけを一気に言ってのけた。

「何と！」

声を上げたのは誰だったのか。だが、その第一声を除いては、その後、誰一人声を発しなかった。

静寂の中、物見の男がさらにくわしい内容を、順序立てて語り始めた。それによれば──。

本能寺に宿泊中の信長は二日寅の刻（午前四時）頃、明智軍一万三千騎に急襲された。信長はわずかな供回り衆しか連れておらず、まったくの不意を衝かれたのである。

そもそも、畿内を完全に掌握し、天下統一への一歩を踏み出した今の信長に、都の内で軍勢を向ける者がいるはずもなかった。

ゆえに、信長は寺が軍勢に囲まれたと知った時、敵の正体が分からず、その旗印を尋ねた。

「桔梗紋に……ございまする」

苦渋に満ちた声で答えたのは、信長の小姓森蘭丸であった。

「うぬ、明智か。ならば、是非に及ばず！」

信長はただちに弓矢、鉄砲の用意を申しつけ、自らは寝所にあった薙刀をつかみ取って、廊下へ走った。が、必死の抗戦をするも万余の軍勢には力及ばず、弾薬と弓矢が尽きたのを最後、信長はついに寺に火を放ち、自刃して果てた。

明智軍の一部は、信長の嫡男信忠の宿泊する妙覚寺へも、急襲をかけた。

それ以前に、本能寺襲撃の報告を受けていた信忠は、父の救援に赴こうとするも、側近に諭されて断念――。

すでに都は明智軍によって包囲されているため、脱出も不可能との判断から、妙覚寺を出て二条御所へ移動し、ここで見事な討ち死にを遂げたという――。

「何という……ことか」

ようやく忠興の唇から、言葉が漏れた。だが、それは若者の声とは思われぬほど、掠れた嗄《しわが》れ声であった。

老臣らもすっかり蒼ざめて、ただちには何をすればよいか、判断もつかぬ顔つきである。

その中でもまだ、落ち着いていたのは藤孝一人であったろう。表情は強張っていたが、激しい驚愕や脱力は見せなかった。

「まずは、先発した隊を止めよ」

藤孝は落ち着いた声で命じた。

「はっ、ただちに――」

茫然とした忠興に成り代わって、家老の小笠原小斎が手際よく応じた。

「その場に待機させますするか、それとも、城へ戻しまするか」

小笠原小斎の問いに一瞬考えた藤孝は、

「ひとまずは、戻すのがよかろう」

と、指示を与えた。

「じゃが、兵たちが真相を知れば動揺する。今の話は他言無用ぞ」

「はっ！」

小斎はきびきびとした動きで平伏した。

(無理もないか)

藤孝は忠興の放心を当然のように思った。

光秀の動向は、そのまま娘である玉子の人生に影響してくる。玉子が影響されれば、忠興も煽《あお》りを食わずにはいられない。

「特に、奥には誰も近付けるな。また、奥の者を決して城外へ出さぬよう、厳しく手配いたせ」

「かしこまりました」

続く藤孝の命にはきはきと応じるのも小斎であった。

奥とは、玉子の居住する一角を指す。光秀の娘である玉子を警戒するのは、当然の指図であった。

「今後のことは次なる知らせを待ち、追って沙汰する。皆、ひとまずは下がっていよ」

藤孝は、老臣および小斎を退出させた。が、忠興にだけは厳しい目を据えて言った。

「そなたはここに残れ」

忠興の両眼は、出征前の闘志も気迫も掻き消すように失せ、どこともつかぬ空《くう》を虚《うつ》ろにさ迷っている。

その息子の惚けたような表情を、藤孝は苦々しい思いで見返していた。

二

忠興を見送り、子供たちを乳母らの手に預けてしまうと、玉子の周辺はひっそりとなってしまう。手持ち無沙汰になると、玉子は机に向かった。

そういう時の玉子は、歌を案じているか、借りた歌集などを書き写していることが多い。

この日、書き物をしていた玉子は、しばらくすると筆を置き、

「ついこの間、ご自刃なされた武田勝頼公とご内室のご辞世を写していたのです」

と、傍らの小侍従に向かって話しかけた。

「まあ、武田の……」

武田といえば、ついふた月ほど前、織田軍によって滅ぼされたばかりである。

武田家の当主は、信玄の跡を継いだ勝頼であった。

もとより、武田家と織田家は姻戚関係で結ばれており、勝頼の最初の妻は、信長の養女遠山夫人であった。だが、この夫人は一子信勝《のぶかつ》を産んで間もなく死去――。ここに、武田と織田の盟約は切れた。

次に、勝頼が迎えたのは、関東の雄北条氏康《うじやす》の娘で、こちらは北条夫人と呼ばれている。

夫人は、勝頼と継子信勝と共に岩殿城から落ち延びる際、天目山の近くで織田方の武将滝川一益《かずます》に発見され、三人はここに自害して果てた。勝頼とこの北条夫人の辞世が伝えられている。

おぼろなる月もほのかに雲霞　晴れて行くへの西の山の端《は》

――春の朧月《おぼろづき》がかすかに見え隠れしている。どうか雲霞よ、晴れておくれ。私が行く西方浄土への道を、月が照らしてくれるように――。

黒髪の乱れたる世ぞ果てしなき　思ひに消ゆる露の玉の緒

――黒髪が乱れたようなこの乱世は、終わることもない。露のようにはかない私の命は、この乱世から消えてゆく……。

西の山の端も露の玉の緒も、いずれもこの世のはかなさと極楽浄土を言う常套句である。

「いずれもよき歌でございますね」

歌をかじり初めたばかりの小侍従には、ただ言葉の迫力に圧《お》されるばかりであった。

一体、人というものは一生の間に、これほどの歌がどれだけ詠めるものなのだろう。

それとも、死を覚悟した際に詠んだ歌だからこそ、これほどまでに美しく悲しいのか。

小侍従がそう感想を述べると、玉子もうなずいて溜息を漏らした。

「まるで、この歌を作らせるために、神がお二人に、耐えがたき苦難をお与えになられたような……。でも、このお歌と引き換えに、尊いお命を落とされたかと思うと、それもまた悲しいこと……」

玉子の長い睫毛に、うっすらと涙のしずくが溜まっている。それを見ると、小侍従も悲しくなって、共に泣き出しそうになった。

「北条夫人は、齢二十であられたそうな」

「それでは、姫さまや私と同い年――」

十六で細川家へ嫁いだ玉子はこの年、二十歳を迎えていた。

一男一女に恵まれ、大した波乱のない玉子と、同盟の道具としてすでに嫡子もある武田家へ後室として入り、わずかな夫婦生活で露の命を散らせた北条夫人――。

同い年と知ればいっそう、玉子の胸も小侍従の胸も重石を載せられたように重い。

私たちはよかった――とは、いずれの口からも出てこなかったが、その思いが胸をよぎったのは確かである。が、人に不幸を押し付けて、自分とは別の世界の人と思うのは、いささか居心地が悪い。

「姫さま」

気を取り直したように、小侍従が声を明るくして言った。

「はや巳の刻も過ぎました。すでに午の刻も二つ（十一時半）ほどになりましょう。

そろそろ、殿の御出立ちが、物見櫓から見えるやもしれませぬ」

「そうですね」

宮津城の物見櫓に登れば、湖こそ見えないが海が望めた。

さらには、日本三景の一つと言われる天橋立が見える。この景色が気に入った玉子は、坂本城時代と変わらず、よく足を物見櫓に向けた。

「参りましょう」

玉子が立ち上がり、続けて小侍従が立った。

「お待ちくださりませ」

声がかけられたのは、廊下に続く杉の戸を小侍従が開けた時である。

そこには、二人の侍が這いつくばっていた。

「どちらへ参られるのでしょう」

「奥方さまが殿のお見送りのため、物見櫓へお登りになるのじゃ」

「これより先のお出ましは、どうぞご遠慮くださりませ」

侍は謹厳な口ぶりで、小侍従を押し止めた。

「奥方さまに対して、無礼ではないか」

「これは、大殿のご命令です」

「大殿の……」

玉子と小侍従の顔色が変わった。

「何ゆえか、聞かせてください」

玉子が口を挟む。

「我らのあずかり知ることではござりませぬゆえ」

侍は口止めされているのか、本当に何も知らないのか、いずれにしても愚直なまでに命令に忠実であった。

「分かりました」

玉子はいち早く引き下がった。

「姫さま……」

再び居室へ戻り、二人きりになったのを見計らって、小侍従が途方に暮れた顔を向けた。

「事情を探らねばなりませぬ」

玉子は小侍従に言うでもなく、決然とした口ぶりで言い切った。

三

宮津城の城内が物々しい。

そもそも、玉子が城内を動くのを禁じられるなど、嫁いで初めてのことであった。忠興は出征したのか、あるいはまだ城内にいるのか。

忠興の身に何かあったのかもしれない。玉子がそう考えたのは当然だった。

「いとを呼びなさい」

しばらくの無言の後、玉子は小侍従にそう命じた。

聡明な侍女いとの知力に頼ることにしたのである。玉子に対しては無愛想で、気位の高いところは相変わらずだが、頼り甲斐という点では、若い小侍従よりも上をゆく。

（いとは、忠興さまを慕っているのではないか）

嫁いで以来ずっと、玉子はこの疑念が頭から離れない。

この四年、いとを身近で観察し続けた限り、少なくとも玉子の目に映る範囲で、いとが忠興への情愛を示すことはなかった。というよりも、いとには忠興に限らず、男の影がいっさい見えない。

（私の勘違いかしら……）

そう思うこともあったが、「いとせめて」の走り書きこそ、動かぬ証《あか》しである。

いとが玉子に対して、敬愛や信頼を寄せないのもそのせいではあるまいか。

幸い、いとを呼ぶことに、侍たちは難を示さなかった。そこで、玉子は小侍従を呼びにやらせた。

「今の物々しい気配は、あなたも気づいていますね」

玉子はいとが着座するなり、口を開いた。

「事情は知っていますか」

「いいえ、存じませぬ」

憎らしいほど落ち着いた態度で、いとは答えた。緊張した小侍従には、そうしたいとの態度が腹立たしく映った。思わず難詰しようと、小侍従が腰を浮かせた時、玉子はそれを遮るように、

「ならば、城内を探って、私に知らせておくれ」

と、強い語気でいとに命じた。

「何ゆえ、私にお頼みなされるので――」

傍らに小侍従がいるではないかとでも、言いたいような口ぶりである。

「そなたならば、なし得ると思うからです」

これは、別段、小侍従を軽んじたことにはなるまい。

いとは細川家の姻戚に当たる侍女であり、家中《かちゅう》でも特別に見られていたし、藤孝や忠興でさえ別格の者と扱っている。

家中が玉子に何かを隠しているのなら、それを探るのは容易なことではないが、いとにならば気を許す見込みもある。

「一つだけ約束してください」

いとが承諾しないうちから、玉子はさらなる要求を持ち出した。

「いかなる話であっても、私にはすべて知らせてくれる、と――」

「それが、奥方さまを嘆かせ、知らなければよかったと思うような内容でも、ですか」

いとはきびきびした口調で問う。

さすがの玉子も、一瞬だけ返事を躊躇った。

玉子は嫁いで一年後に、母の煕子を亡くした。それを聞いた時は、地面が崩れるような衝撃を覚えたが、聞かなければよかったとは思わない。それ以上に、自分を嘆かせることがあるとすれば、それは父の死去くらいか。

「無論です。細川家の誰が、この私の耳に入れるなと言ったとしても、そなたはきっと私に知らせてください」

「かしこまりました」

いとは、優雅に手をついて頭を下げた。慇懃《いんぎん》無礼という言葉がふと浮かんだが、

「そなたを信頼しています」

玉子もまた、軽く頭を下げて、この聡明な侍女を見送った。

六月三日、玉子の周辺が侍によって見張られるようになり、奥の侍女らの行動も制

限を受けるようになって、二日が過ぎた。その間、いとが戻って来ることはなかった。

（あのいとであっても、容易には探れないのか）

落胆するままに五日の月も昇ってしまった。上弦の月は夜が暮れて間もなく、南西の空に浮かぶ。

この二日間、ただ座敷に座っていることに耐え切れなくなって、玉子は軒に出て月を眺める許しを乞うた。これはさすがに聞き届けられたが、

（いとは、まだ帰らないのか……）

月の行方を追いながらも、ただ、そのことだけに心が占められる。その月が、もう間もなく山の端にかかろうかという時だった。

「姫さまっ！」

座敷の奥に控えていた小侍従が、軒先に転《まろ》ぶように走ってきた。

「いと殿が参っております」

「おお――」

神仏は我が願いを聞き届けてくれたのだ――と、玉子は思った。小侍従と手を取り合うようにして、奥の座敷へ戻る。

奥の間には、玉子と小侍従といとの三人だけとなった。

「申し上げまする」

いとは遅くなったとも言い訳せず、ただちに本題を切り出そうとした。玉子は唾を飲み込むと同時にうなずいていた。

「お覚悟を持ってお聞きください」

いとにしてはめずらしく、その時、玉子から目をそらして言った。そのことが逆に玉子の不安を募らせる。

「分かりました。何を聞いても、取り乱さぬと誓いましょう」

「御父君、明智光秀殿のご謀叛にござりまする」

いとは目をそらしたまま、抑揚のない声で言った。

「謀叛……」

玉子はわけが分からぬという呟きを発した。その意味では落ち着いて見えた。

謀叛とは、父光秀とあまりにも遠い言葉であった。

主君に忠実で臣下に慈悲深く、常に戦乱の世を憂えているような光秀が、謀叛――。

「六月二日未明、都の本能寺にご宿泊中の信長公を、明智殿が討ち果たされた由。信長公の嫡男信忠公も、討ち死にを遂げ、安土城は明智殿の手に落ちたとか。明智殿は、朝廷および畿内の大名衆に使者を遣わし、お味方するよう求めておられるそうです。無論、ご当家にもお知らせは来たとのこと。私に分かったのは以上でございます」

「父上は、今どこに……」

　玉子は、低く虚ろな声でささやくように言った。

「さて、安土城に入られたのか、坂本城へお帰りになられたのか、そこまでは分かりませぬ」

「ご当家は、いかなるご返事を――」

「さあ、それも――」

　分かっているのは以上だと申し上げたではありませぬか――ふだんのいとならば、そう言ったかもしれない。が、さすがにこの時ばかりは、いとも口をつぐんでいる。それどころか、訊《き》かれてもいないことまで口に出した。

「私がこのことを知ったのも、細川家のご家中の口を動かしたのではありませぬ。これはすべて、実家清原の者を通して知りましたこと」

「何と……」

「細川のご家中で、これを知っているのは大殿と若殿、一部の側近のみ。奥方さまのお耳に入るのを、警戒しているのは明らか。細川家の出す答えは、奥方さまにとってよくないものやもしれませぬ」

　相変わらず玉子の目は見ようとしなかったが、いとのはきはきした物言いだけはいつもと変わらない。

　膝をつかむ玉子の両手の指が、わなわなと震えていた。たまりかねた様子で、

「いと殿。その申しようは――」

小侍従が口を開いたが、いとは小侍従には目もくれず続けた。

「されど、清原の父はどうやら明智殿のお味方。いえ、もっと申せば、明智殿を煽ったのは我が父やもしれませぬ」

「な、何ですって……」

「定かなことは分かりませぬ。父も私なぞには明かしますまい。ただ、そういうこともあるかもしれぬと、私が思うたまでのこと――」

いとは自らの父でありながら、突き放したような物言いをした。

「吉田兼見卿は、明智殿の許へ早くも参上したそうです。それで、明智殿は内裏へよろしく頼むと、銀五十枚を差し出されたとか。兼見卿はそれを受け取られて、内裏へ献上なさったそうです」

兼見は、いとの父清原枝賢と従兄弟同士のはずである。そして、この細川家の藤孝とも――。

玉子の頭が少し回転し始めたのを見澄ましたかのように、いとは続けた。

「あるいは、細川の大殿もまた、この一件に噛んでおられるやもしれませぬ」

それでは、藤孝が光秀の企てを初めから知っていたということか。それでいながら、何食わぬ顔で、今度は光秀の援軍要請を無視しようというのか。

いとは事実を言ったのではなく、自分の考えを述べただけである。

だが、それが決していとの独断ではないこと、そして、おそらくは事実から大きく外れてはいないことを、玉子も分かっていた。ただ、分かりたくはなかった。

「義父上が……。あの義父上が、さような……」

玉子にとっては和歌の師であり、父光秀と同じ優美さを持つ慕わしい義父であった。その義父が裏で入り組んだ陰謀に関わり、あまつさえ、自分の父を利用したとは――。

「奥方さまは武家のお生まれゆえ、ご納得しかねるのでしょう。ですが、これだけは覚えておいてください。公家というものは、何事も自ら手を下すことはありませぬ。代わって、それを為さしめる何者かを見出すのです。平家の清盛公、源氏の頼朝公、足利尊氏公、いずれも内裏の手足でしかない。信長公とてその一人に過ぎませぬ。それは、もはや八百年前からの伝統――。そして、細川の大殿もまた、その公家の風習の中で人と成ったお方にございます」

いとは、あたかも物覚えの悪い弟子に言い聞かせるように言った。

玉子は目の前のいとを――何事もないふうに、父枝賢や細川藤孝が関わっていたかもしれぬ陰謀を口にできる公家の女を、外《と》つ国の者を見るように見つめた。

そう、これは、光秀や玉子に理解できる類いの内容ではなかった。

（父上――）

光秀は、関わってはならぬ世界に、足を踏み入れてしまったのではないか。

玉子の脳裡に、『桃夭』を謡ってくれた父のほのかな笑顔が浮かんできた。それは夏の蛍のように明滅をくり返す。

（ああ、父上。何と、お気の毒に……）

玉子はその場に意識を失っていた。だが、それがこの二日のうち、ようやく訪れた玉子の眠りであることを、慌てて駆け寄った小侍従は知っていた。

「姫さま……」

小侍従は半ばほっとしたように、玉子の髪をそっと撫ぜた。

四

本能寺の変を細川家が知ってから、十日後の十三日――。

早くも、織田信長死後の覇権争いに決着はついた。

中国で毛利軍と対峙していた羽柴秀吉は、突如として講和を結ぶや、信長の弔い合戦を行うべく、急ぎ畿内へ引き返してきた。その数二万余、途中で信長の三男信孝《のぶたか》の軍勢をも吸収し、大義名分も手に入れている。

世に言う「中国大返し」である。

これは、光秀の予想を上回る速さであった。最強を誇る織田軍のうち、信忠の軍勢はすでに霧散し、柴田勝家の軍勢は北国に足止めされている。そして、羽柴秀吉は中国、丹羽長秀は四国に釘付けされているはずであった。

その秀吉がおそるべき早さで情報を仕入れ、不眠不休としか思われぬ速度で進軍してきた。

光秀の側は、秀吉側の十分な情報を仕入れられぬまま、摂津と山城の境に位置する山崎で激突――。

秀吉軍の一部が近くの天王寺山に布陣したので、天王寺合戦とも言われる。

雨もよいの十三日、合戦は始まった。

意気において押され気味の明智軍からは、脱落者が相次ぐ有様であった。

もとより、光秀が頼りにしていたはずの細川藤孝や筒井順慶ら、畿内の大名たちの援軍が得られなかったことが大きい。

明智軍はあっさりと敗退した。

光秀は細川家の居城の一つで、かつて玉子が忠興と華燭の典を挙げた青竜寺城まで落ち延びるも、そこも捨てて坂本城への退去を決める。が、その途中の小栗栖《おぐるす》で、農民の竹槍に刺されて果てた。

世に光秀の三日天下と言われる所以《ゆえん》である。

細川藤孝、忠興父子はこの間ずっと、宮津城内にいた。

光秀からは、参戦を促す使いが頻繁にあった。が、秀吉の大軍勢を敵に回した戦況はかなり苦しい。

といって、細川家が秀吉の下へ参じるのも危険であった。光秀の謀略によるものかと疑われて、殺される見込みも高い。

事実、光秀の婿であった織田信澄《のぶずみ》は殺された。

信澄は信長が殺した弟信行《のぶゆき》の子で、複雑な立場であったものの、その才覚を信長に認められて織田一族の要ともなっていた。信長の甥でさえ、その有様である。まして、細川家ごときは――。

そこで、藤孝は奇策を採った。

藤孝は出家したのである。それればかりか、藤孝は光秀の娘を娶《めと》っている忠興にまでも、髻《もとどり》を切らせた。

信長の喪に服するという体《てい》である。喪に服している以上、殺生を行う合戦には参加できない。

さらに、藤孝は忠興に迫った。

「玉子を離縁せよ」

「そればかりは……なりませぬ」

　理を説かれるまま、髻を切るのには反対しなかった忠興が、この時ばかりは反論した。

　忠興は父の言いつけを守って、本能寺の変以後、奥の玉子を侍どもに見張らせ、自らは一度も会いに行っていない。子供たちの顔を見てもいなかった。

「子らは、細川の家に残せばよい」

　藤孝は、忠興の心をさも察しているというように、うなずきながら続けた。

「熊千代は母の顔も覚えておらぬだろう。ほとぼりが冷めれば、我が家を継がせることも叶う。いや、玉子にそれを約してもよい。さすれば、あの女子は出家でもして、父の菩提を弔って生涯を送る」

「哀れにござります」

　忠興は呟くように言った。

「哀れは、逆臣の娘を入れた我が家の方じゃ」

　藤孝はにべもない調子で言った。

「落ちぶれかけた細川家をこうして城持ち大名と為すまでに、どれだけの苦労があったと思うか。綱渡りのようなこともやった。ようやく丹後に落ち着いたかと思いきや、あの女子のせいでこれじゃ。つくづく小大名の惨めさが思われる」

「玉子のせいではありませぬ」

「同じことじゃ。血を引くというはそういうことじゃ」

容赦のない冷たい声であった。

「そなたとて、細川の血を引く者なればこそ、耐えねばならぬ。我が家は傍流とはいえ、室町幕府管領家に連なる家じゃ。その体面と矜持をゆめ忘るるな」

だが、父の言葉に息子は納得しなかった。

「すでに室町幕府はございませぬ。それに、そもそも父上は細川の養子ではありませぬか」

「細川にせよ、私が生を享けた三淵にせよ、足利、いや源氏で血がつながっておる」

「明智家とて源氏の家にござりまする。何の、羽柴ごときに、これほど気兼ねせねばなりませぬか」

「羽柴殿はもはや今までの羽柴殿ではない。信孝さまを擁して戦われたのじゃ。誰が織田家の跡を継ぐにせよ、羽柴殿の後見なくして織田は成り立つまい。我ら小大名は、世の動きに敏なくして生き残ることはできぬぞ」

「だから、明智殿のために軍勢を出さなかったのですか」

忠興はようやく父の言葉に付け入る隙を見つけて、切り込むように尋ねた。

「父上は知っておられたはずだ。明智殿が信長公を討つということを、おそらくは事前に知っておられたはずだっ！」

「何を言うか。私は何も知らぬ」

「いいえ、吉田兼見卿が明智殿を訪ねているではありませぬか。あの方はおそらく事変の前にも、明智殿を訪ねていたのでしょう。おおかた内裏のご意向をお伝えしたのではありませぬか」

「滅多なことを申すでない。それでは、まるで内裏が明智殿を動かしていたようではないか」

「そうではないのですか。兼見卿ばかりか、清原枝賢卿も怪しゅうございますな。そして、お二方とも父上のご縁戚。父上がご存知なかったとは思えませぬ」

「忠興よ。そなた、たかが女一人への未練に血迷うたか」

「私は冷静です。これでも、父上の冷たき血を受け継いでおりますので――」

それは最大の皮肉であった。さすがに、藤孝は二の句が継げなかった。

「玉子は離縁いたしませぬ。出家もさせませぬ。家中に置くのはならぬと仰せなら、領内の静かな土地に隠棲させまする。逢うなとご命じになるのならば、逢わぬとお誓いいたします。ただ、離縁だけはいたしませぬ」

それだけ言うなり、忠興は立った。もはや聞く耳は持たなかった。

「勝手にするがよい」

忠興の出した条件を吟味し、それでもよいと素早く計算を働かせたのか、藤孝はそれ以上、玉子の離縁を強く迫らなかった。それを言えば、忠興の廃嫡にまで発展してしまうかもしれない。それは細川家にとって割に合わぬ損失となる。

「世話の焼ける預かりものじゃな」

藤孝は聞く者がいれば、ぞっとするほど暗い声で呟いていた。

分かってくれるな、という忠興の言葉に、玉子は何一つ言い返さなかった。

十日ぶり――それは玉子の父光秀が天下人であった日数より一日足らぬ数であったが――それだけのうちに、玉子の顔は別人のように変わっていた。

玉子はすべてを知っていた。

父光秀が何をしたかも、そして、その光秀が羽柴秀吉と戦って敗れたことも、細川家がその合戦に参加しなかったことも――。

いや、知ったことだけを不憫と思うのではない。忠興がもっと哀れに思うのは、あろうことか、事情を知る小笠原小斎以下の宿老らが、玉子に自決を迫っていたことであった。

「奥方さま――」

玉子の居室に押しかけた小斎は、光秀の謀叛から山崎の合戦までの経過を無理やり聞かせた。

「どうぞ細川のお家と、若殿、若君さまの御行末を思われて、どうぞご決断を――」

そして、自決のための短刀を、玉子に差し出したのである。望むなら、自分が介錯してもよいとまで、小斎は息巻いた。もとより、細川家への忠義一徹といった血の熱さと激しさを持つ家臣である。

「それは、殿のお言葉ですか。大殿のお言葉ですか」

玉子は淡々とした声で訊き返した。

「いや……」

小斎の物言いに、気まずいものが混じったのはその時である。

「殿や大殿のお言葉でないなら、ご宿老方のお考えですか」

玉子は不気味なくらい落ち着いて冷静である。それが、小斎をはじめ、宿老たちの気を一瞬挫いた。

玉子ほどに冷静でいられない小侍従は、家臣の分際で僭越であろう――と思わず声を上げかけたが、それを横合いから奪ったのは、脇に控えていたいとであった。

「ならば、お下がりなさるがよい」

いとは落ち着いた声で、ぴしりと言った。

「奥方さまは、大殿や殿さまのお下知にしか従いませぬ」

「なれど、大殿や若殿のお口からは――」

「女は嫁して夫に従うもの。嫁いだ家の家臣に従うなぞ、聞いた例《ためし》もないわ」

にべもない調子で、いとは言い放った。

「早う、下がられたがよい！」

気まずそうに顔を見合わせてなお、立ち去りかねている宿老らに、いとはさらなる痛撃を浴びせた。

「そこにおわしては、殿さまと鉢合わせなさるやもしれませぬぞ。合戦が終わった今こそ、殿さまがこちらへお渡りになるでしょうからの」

その時、あなた方はどう言い訳なさるのか――いとの皮肉な言葉と眼差しにすっかりやり込められて、小斎らはあたふたと下がって行った。

いとの言葉の通り、忠興はそれから間もなく、玉子の居室へ足を運んだ。

玉子もすっかりやつれていたが、忠興も変貌していた。だが、玉子は髻さえ切った忠興の変貌に、いささかの関心も示さなかった。

黙っている玉子に代わり、小侍従が怒りに任せて、小斎らの仕打ちを忠興の前にぶちまけた。

「何と……」

忠興は聞くなり絶句した。そして、小侍従やいとが控えているのも目に入らぬよう

に、

「済まぬことをした……」

と、玉子の肩を抱き寄せた。

「許せ。小斎は御家のことしか考えられぬ一徹者なのじゃ」

と言い、包み込み労わるように、玉子を抱き締め続けた。

侍女たちが遠慮してその場を下がった後、忠興は玉子に細川家を出て行ってくれと、つらい頼みを告げた。

「味土野《みとの》がよいと思う」

意を迎えるような優しい声で、忠興は言った。

そこで、しばらくの間、身を潜めていてくれ、と――。

侍女たちを連れて行くのは許す。人選もそなたに任せよう。ただ、子供たちと乳母だけは、細川の家に残してもらわねばならぬが……。何も今生《こんじょう》の別れというのではない。必ずや細川の家に戻れるよう計らうゆえ、今だけこらえてくれ。

その忠興の言葉に、玉子はただ黙ってうなずいただけであった。

泣き出しもしなかったし、最後に子供に会わせてくれとせがむでもなかった。

「子らの顔は見なくてよいか」

と、忠興の方から尋ねたほどである。

「見れば、未練が増すばかりですから――」

玉子は、これでも生きている人の声かと案じられるような鈍い声で、答えるばかりであった。

侍女は、小侍従をはじめ明智家から連れてきた者だけでよいと、玉子は言った。

「細川家からも付けねばならぬ」

と、忠興は言った。それは見張りのためなのかと尋ねるのも億劫《おっくう》で、玉子はただ任せるとだけ言った。

「いとはどうか」

忠興が口にしたのは、玉子と折り合いの悪い侍女の名である。玉子はそうは思っていないが、相手が玉子を疎《うと》んじている。

「いとの方が、嫌がるのではありますまいか」

玉子はそう言ったが、忠興の前へ召し出されて、意を問われたいとは、

「仰せの通りにいたします」

と、あっさり承諾したのであった。

細川家から付いてゆく侍女は、他にも数名、いとによって人選され、慌ただしく味土野出立の仕度に取りかかった。

味土野へ供する侍には、家老の小笠原小斎が十数人の部隊を率いて行くことに決ま

った。

先に小斎が玉子に自決を迫っただけに、忠興は不服であったが、小斎が希望した上に、藤孝の強い意向が加わっての人選である。

藤孝は、忠興がひそかに玉子との接触を持つのを嫌ったのであろう。幽閉中もずっと、小斎の配下が玉子の身辺に付くということであった。

ともかく、今は一日でも早く宮津城を出て行かねばならない。山崎の合戦に勝利した羽柴秀吉からの尋問の使者が、いつ細川家へ遣わされるか、知れたものではないのである。

侍女たちが魂を失くしたような玉子の周辺を風のように動き回って、仕度のいっさいを調えた。必要最小限の用向き以外は、誰も余計な口を利かなかった。

「さあ、姫さま。参りましょう」

最後に、玉子を促して立ち上がらせ、その身支度を調えたのは小侍従である。

打掛を脱がせ、動きやすい小袖姿になる。玉子はそうした小侍従の手に逆らいもせず、足には脚半と行縢《むかばき》を、頭には被い付きの笠を着け、言われるまま手には杖を持った。

「私は憎い……」

玉子が激しい感情を吐露したのは、宮津城の城門をいよいよ出ようという時のことであった。

小侍従は思わず脅えたように、玉子の手に添えていた手を引っ込めてしまった。

藤孝も忠興も見送りには出ていない。

小笠原小斎らは、すでに門前で女たちを待ちかまえている。おそらく玉子の憎悪の声は聞こえなかったろう。だが、それを耳にした侍女たちは皆、一様にぎょっとした顔を浮かべた。

「私に死を迫った細川家中の家臣らが憎い。私を邪魔者のごとく、追い払おうとする大殿も殿も憎い。私をかような運命に突き落とし、お一人で逝ってしまわれた父上も……」

「玉子さま……」

たまりかねたように、小侍従が玉子の言葉に口を挟んだ。が、それで玉子の嘆きは終わらなかった。いや、いよいよ勢いを得たというかのように、玉子の声はさらに高くなってゆく。

「羽柴秀吉も憎うてならぬ。私の父上を……私の父上を殺した……」

「奥方さま」

玉子の呟きを遮ったのは、いとであった。

「人を、たやすく信じるものではありませぬ」

「いかなる意味じゃ……」

玉子の声に先ほどの勢いと高らかな調子はない。老女のような掠れた声であった。

「奥方さまは人を信じすぎる。細川の家臣らも大殿も殿さまも、むやみに信用なされた。だからこそ、裏切りが憎く、怨みが深くなるのです」

「信じなければ、情けを交わすこともできなくなろう」

玉子は何かに憑《つ》かれたように、必死に抗弁した。

「人に情けをかけるなと、申し上げているのではありませぬ。情けをかけるのはよい。ですが、かけた相手を信頼するものではないと、申し上げているのです」

「誰かを愛しいと思えば、その者を信頼するのは当たり前ではないか」

「いいえ——」

いとは落ち着いて、玉子の言葉を否定した。

「公家の世では、誰も人を信頼なぞいたしませぬ。男子《おのこ》も女子《おなご》も、物心つけば親でさえ信頼なぞいたしませぬ。お仕えする御主も恋しい人でさえ、信用してならぬのが公家の世の中。信頼すれば、裏切られるからです。裏切られたと言って怨むのは、筋違いでございますれば——」

いささかの躊躇いも見せず、いとはそう言い切ってみせた。

「さような世が、まことにあるのか」

衝撃と疑いの交じり合った目を向けて、玉子は訊いた。

「私は、さような世で生きてまいりました」

切り返すように、いとは答える。

「大殿もそうだと申し上げたはずです。私は父枝賢を信用していないがゆえに、父のまことが見えるのです。信用していれば、父のまことを見ることなどできなかったでしょう」

もはやこれ以上言うべきことはないという様子で、いとは玉子に軽い会釈をするなり、城門へ向かって歩き出した。何か忘れていたことを思い出したという様子で、女たちはいとの後に続く。

「さあ、姫さま。参りましょう」

小侍従が玉子の手を再び取って、そっと促した。玉子は言われるまま、現《うつつ》ともなく歩き出す。

――情けはかけてもよい。だが、信頼してはならぬ。

いとの言葉が脳裡を駆けめぐっている。

正しいか間違っているか、それをいとと論ずるだけの材料が玉子にはなかった。いともそれを知っているからこそ、話を打ち切ったのであろう。

だが、違うという気がしきりにしていた。

（父上――）

父光秀ならば、何と答えるだろうか。だが、少なくともいとの言葉にうなずきはするまい。それだけは絶対にない。

（あるいは、羽柴秀吉もいとと同じような人ではないのか）

ふと、玉子はおかしなことを考えていた。

噂でしか聞いたことがなく、会ったこともないまま、父の仇として胸に刻まれたその名である。

秀吉は足軽か百姓の出であると聞く。公家社会に生きる人々とは、まるで異なる生活だったに違いない。

だが、今の玉子には、敵はすべて同じ類いの人間と見えた。

細川藤孝も忠興も、いとの父清原枝賢も羽柴秀吉も――勝者はすべて敵――。

きっと勝ち残るとは、そういうことなのだ。

勝ち残るためには、人を信頼しないことが必要なのだ。そして、父光秀は人を信頼しすぎたがゆえに、滅ぼされてしまったのだ。

玉子は味土野へ向かう間、足下ばかりを見つめていた。一歩歩むごとに、憎しみが身内に大きく育ってゆく。

（憎しみが生きる力となる――）

そういうことがこの世にあるということを、玉子は生まれて初めて知った。

間奏曲

歌劇『Mulier Fortis——気丈な貴婦人』第一幕が終わって、皇帝カール六世とマリア・テレジアはそろって再びカイザーサロンへ休息に赴いた。

先ほどと同じように、飲物が運ばれてきた。今度は、紅茶とワイン、それにシャンパンも添えられていた。好きなものを選べるように、という配慮からであろう。カール六世はシャンパンを採った。テレジアは少し迷った挙句、白ワインのグラスを選ぶ。

今度は、父に遅れることなく、ワイングラスに口を付けた。イタリア半島の南部で採れた葡萄の酒という触れ込みであったが、少しも美味しいとは思えなかった。口に含むふりをしながら、フランツのいない寂しさをまぎらわせるように、テレジアはぐるりとカイザーサロンの天井と壁を見渡してみた。

天井には、神聖ローマ帝国の皇位を世襲するようになって以来、ハプスブルグ家の紋章となった双頭の鷲の図柄が描かれている。周りの壁の装飾には、一部に十八カラットの金箔が惜しみなく用いられていた。イエズスの受難の装飾刺繍と、フランス渡りのゴブラン織りが華やかに掲げられ、目にも彩《あや》な装いを呈している。

（受難《パッシオン》――）

テレジアは胸中に呟いた。

そういえば、歌劇の第一幕でも、女主人公の玉子が重い受難を与えられていた。カトリックである限り、誰しも神の与えたまう受難からは逃れられない。

フランツとの結婚を前に、大きな障害が噴き出したのも、神より賜った受難なのか。

そうするうち、休憩の所在無さをまぎらすためなのか、舞台の方から楽器の音色が流れ始めた。この歌劇には、クラリーノやヴァイオリン、ヴィオラ、コントラバスなどの楽器が用いられている。

単なる音合わせとは思われぬ麗しい音色である。

教会でよく歌われる曲であった。テレジアも何度も歌ったし、好きな曲である。

「これは……祈祷の……」

「うむ。祈祷三一二であるな。かような楽器の音で聴くのも、味わいがあってよい」

と、カール六世も言った。

教会ではオルガンの音色で聴くばかりなので、新鮮な心地がする。クラリーノは明るく華やかに、ヴァイオリンは気品に満ちた音色を滑らかに発し、ヴィオラは愛らしく、コントラバスは重々しく、それぞれの役割を担っている。

いつくしみ深き、友なるイエズスは、罪、咎、憂いを取り去りたまう。

心の嘆きを包まず述べて、などかは下ろさぬ、負える重荷を――。

テレジアは我知らず楽器に合わせて口ずさんでいた。内なる悩みを抱えているせいか、いつも以上に胸に沁み入る。

その時、下の観客席へ通じるホール入口の辺りから、わあっという騒々しい声と熱気が群がり立った。

フランツとその側近の姿が、宮廷ロージェへ続く式典の階段前に現れたのだ。

それに気づいたウィーン貴族たちが、一斉にざわめき立ち、腰を下ろしていた者は立ち上がって敬意を表する。

この観客席に座る者の中に、フランツがテレジアの未来の夫であることを知らぬ者はいない。誰もがこぞって笑顔を向け、中には拍手喝采まで浴びせて、皆がフランツのウィーン到着を祝していた。

だが、表面ではどれほど愛想よく振舞っても、その内心には、たかが小国ロートリンゲンの公子に過ぎぬという侮りがあるかもしれない。テレジアでさえ漠然と感じているのだから、当のフランツはもっと敏感に感じ取っているに違いなかった。

フランツと側近の一行は、やがて、式典の階段を昇ってカイザーサロンに姿を現した。彼らは一様に寒い夜気を身にまとっており、すでに熱気のただ中にいるオーストリアの人々からは浮いている。

「ロートリンゲン公にシャンパンを一つ」

カール六世が命じるより早く、手際のよい侍従が三つのグラスを盆に載せて運んできた。

皇帝とフランツとテレジアのためのグラスである。

「まずは、ロートリンゲン公の無事の到着と健康を祝って――」

皇帝がグラスを掲げた。

「陛下と帝国のつつがなき繁栄を祝して――」

フランツが如才なく応じた。

乾杯――という皇帝の掛声に合わせて、三人は同時にシャンパンを口に運ぶ。開幕前の珈琲や先ほどのワインの味気なさとは打って変わって、シャンパンは何とも爽やかで、甘さと刺激が程よく溶け合った味であった。

乾杯を終えて、フランツとテレジアは初めて互いの婚約者に向き直った。

久闊《きゅうかつ》を叙する形となった若い二人は、まず何を言えばよいのか戸惑うふうに見つめ合っている。

思いがけず、緊張感をほぐしてくれたのは、バックに流れる賛美歌であった。

「これは……祈祷三一二かな」

テレジアに言うでもなく、フランツが呟いた。

「ええ。オルガン以外の楽器で聴くのも、よいものでしょう」

自分でも思っていた以上に、滑らかに言葉が飛び出してきた。

「第一幕を見損なってしまったな」

続けて、フランツは照れ臭そうに言った。

(ああ、フランツ……)

懐かしい婚約者の姿を前にした実感が、ようやくテレジアの全身に沁み通ってきた。

テレジアは不意に泣き出したくなった。逢えずにいた七年の歳月は、一瞬で淡雪のように溶け去ってしまう。

「私が話して差し上げますわ」

テレジアはフランツの手を取って言った。

「大丈夫です。この歌劇の中心は、これからなのですから……」

再演の鐘が鳴ってしまえば、フランツは宮廷ロージェから観劇できるものの、テレジアより一段下がった座席に座らせられることになる。

テレジアは早口のドイツ語で第一幕の内容を話した。ロートリンゲン滞在中、フランス語を使う機会の多かったフランツは時折、質問を挟みながらではあるものの、的確に粗筋をつかんだようであった。

「ありがとう、マリア・テレジア」

フランツは言った。

「お蔭で要点が分かったように思います」

それは、小さなレースルが婚約者から、マリア・テレジアと呼ばれた最初の時であった。

第二幕

味土野の日々

一

天正十（一五八二）年の夏、玉子らが味土野《みとの》へ来て半月が過ぎ、六月ももう終わろうとしている。

山野は鳥の声も虫の音《ね》も驚くほどかしましい。

無論、坂本城や青竜寺城でも、発ってきたばかりの宮津城でも、季節を通して鳥や虫の音色を楽しむことができた。

だが、それらはやはり、人のための虫であり鳥であった。見苦しい姿をしていたり、不調和な声で鳴いたりするものは、庭師によって手際よく排除された。

（これが、本物の蝉の声――）

うるさいのか静かなのか分からなくなるほど、絶え間なく鳴き続けている。

この里では、草花の色も匂いも、鳥や虫の鳴き声の大きさも鋭さも、城中のそれに比すれば、ずっと濃密である。だが、それらはかえって玉子を疲れさせ、空虚さを感じさせる。

玉子は庵の奥から、ほとんど外に出ることもなく、日々を過ごした。

小侍従が手当たり次第、行李に詰め込んできた書物を開くこともしない。まるでその心を写し取ったような虚ろな目を、日がな一日、空に飛ばしている。

（終日、あんなふうにお過ごしでは、お体よりも先にお心がまいってしまわれる）

玉子の泣き叫ぶ声が小侍従の耳には聞こえる。いつしかそれが小侍従の意識の中では、自分の叫ぶ声となり、己の流す血の涙となっていた。

（どうぞ、姫さまのお心をお救いくださいまし）

玉子のことを案じながら、夕暮れ時に外へ出るのは、小侍従の日課のようになっている。夕陽を眺めていると、いつでも敬虔な気持ちになれた。

味土野の夕べは、西陽が斜めに射し込んでくる一時が最も美しい。空から降り注ぐ輝かしい茜色が大地を彩り、山野一面を焦がしている。地の底からあふれんばかりの活力が湧き起こり、あたかも生きとし生けるもののすべてを燃やし尽くさんとするようである。

小侍従は我知らず、夕陽に両手を合わせていた。

（南無阿弥陀仏、南無八幡大菩薩よ――）

南無八幡大菩薩は源氏の信仰神である。主として、合戦勝利にご利益があると言うが、明智家も細川家も源氏であるから、あながち無縁ではないだろう。

今はもはや神と仏の別もなく、ただ祈りを捧げたい気分であった。御仏が聞き届けてくださらぬなら、八百万の神にでも祈る。耶蘇《やそ》の神にさえ祈るだろう。

いつしか瞼を伏せて、小侍従は祈りを捧げていた。その姿を夕明かりがすっぽりと包み込んでいる。

やがて、小侍従は目を開けた時、祈る前にはなかったものが現れていた。

(何と華麗な……)

大空に架かる極彩色の橋であった。

(姫さまにお知らせしなければ!)

小侍従は飛ぶように庵へ駆けた。虹の出ている時はほんの一瞬である。その間に、玉子を外へ連れ出せるかどうか。小侍従は先ほどの祈りの真剣さそのままに、玉子の前に膝をついて言った。

「どうぞ、庭にお出ましくださいませ!」

「どうしたというのですか」

玉子は物憂そうに訊いた。

「姫さまの憂さを晴らしてくれるものを御覧になれましょう」

「憂さを晴らす……」

さようなものがここにあるはずもない、と言いたげな眼差しが小侍従に向けられていた。

昔の玉子の瞳はこの世への尽きぬ興味から、きらきらと耀いていた。未知のものには関心を持ち、それを知ろうと望み、いちいち敏感な反応を示していた。

だが、玉子の心はもうめったなことでは動かせない。頽廃の翳りを漂わせ、どんよりと濁ったような虚ろな瞳が、小侍従には痛々しかった。

「とにかく、お出ましくださいませ」

小侍従は玉子の前に手を差し出した。

さすがに、主人の手を取って引っ張り出すことは遠慮されたが、玉子とて小侍従の手を振り払いはするまい。

玉子はのろのろと小侍従の手に、自分の手を重ねた。が、老女のように物憂げな態度のため、小侍従は思わず、

「急いでお出ましにならねば、消えてしまいます」

と、口を滑らしてしまった。

玉子は一瞬、小侍従をじっと見つめたが、その後は粛々と立ち上がった。

小侍従はその玉子の手を引っ張るようにして、庵の外へ走った。

(早く、早く――。あの極彩色の虹の姿を、玉子さまのお目に――)

の姿であった。

だが、庵の戸を開けて、外に飛び出した時、小侍従の目に入ったのは色褪せた山野
辺りは、薄ぼんやりとした淡い黄昏《たそがれ》色に染まっている。

「そんなに、落胆することはありませんよ」

かえって、玉子が慰めるように言った。

「私には、虹色の湖の思い出がありますから……」

玉子の声はさほど懐かしそうでもなかったが、決して投げやりというわけでもない。

「もっとも、あれが真実だったのか夢だったのか、もう分かりませんけれど……」

小侍従は、虹色の琵琶湖が光秀の想い出に連なることを知っていた。それゆえ、玉子の心の動きを敏感に察し、

「残念でございました。玉子さまには、この味土野の虹でお歌を詠んでいただきたかったのに……」

と、さりげなく話題を転じた。

「虹は消えてしまいましたが、久しぶりにお歌など作られてはいかがですか」

さらに、会話が途切れぬよう、小侍従は気を利かせた。

玉子は顔を上げた。夕陽はもう大方、山の端に沈んでおり、東の空から夜の帳《とばり》が迫ってくる。藍色の空には金を撒《ま》いたような星々がかすかに瞬き始めていた。

それはそれで美しく、詩情を誘うような光景である。

「歌はもうできました」

玉子の口からは意外な言葉が飛び出してきた。

「えっ、もう作られたのでござりますか」

庵を出てからのわずかな間に、もう詠んでしまったというのだろうか。

小侍従は驚きつつも、玉子の傷心が少しでも癒されたものと思い、玉子のために喜ばずにはいられなかった。

「違います。今、作ったのではありません。庵の中で作ったのです」

玉子は小侍従の勘違いを察して正した。

「はあ、さようでございましたか」

何もせず、虚ろに時を過ごしているのかと思っていたが、小侍従が考えるよりも早く、玉子は快復の兆しを見せていたのかもしれない。

「どのようなお歌でございますか」

小侍従は嬉しくなって、玉子を促した。

「いつか鳰《にお》の湖《うみ》の歌を作りたいと思っていたのです。まことは、嫁ぐ前に詠めればよかったのですが、あの時はよき歌が作れず……」

玉子はそう前置きした後で、小侍従のために歌を口ずさみ始めた。

さざなみや志賀の岸辺の葦の葉の　うらみて濡れし露の袖かな

――小波が立つ琵琶湖畔の葦の葉を裏返して見れば、露に濡れている。怨めしさゆえ、私の袖が露の涙で濡れているように――。

うらみ――という語に「裏見」と「怨み」を掛けるのも、和歌の常套であった。

何事もない昔、坂本城や宮津城で、玉子がこの歌を詠んだなら、何も思わずに聞き流していたことだろう。

だが、今、この味土野で侘しい生活をする玉子から、改めて「うらみ」と言われれば、何やら背中に氷を投げ込まれたような心地にさせられる。

「私が人々を憎いと申したことを、覚えていますか」

玉子の声は落ち着いている。表面だけを聞いていれば、ひとまずは心の平安を取り戻したようにさえ聞こえる。だが、泣いたり喚いたりしない分だけ、その苦悩も憎悪も凝縮して沈んだように、小侍従には感じられた。

「……どうして忘れられましょう」

小侍従は泣き出したいような気持ちで、小さく呟く。

「それでいて、私は人を憎いと申す私自身が許せぬのです！」

「姫さま……」

「父上は徳行の人であった。家臣からもそう言われ、領民からもそう慕われていた。されど、あの六月二日から一転して逆臣となった。私は徳行の父の娘として、徳を磨き、善を積もうと思うていたが、今の私は逆臣の娘――。もう、どうしてよいか分からぬのです」

玉子はどれほど激情を込めて叫んでもおかしくはない言葉を、淡々と語る。それが、小侍従には悲しく、同時に空恐ろしかった。

「いとは私に人を信頼するなと、忠告してくれました。信頼しなければ憎しみも湧かぬ。今の私は、憎しみを消し去ってしまいたいが、その根源となっている信頼を手放すこともできぬ。信頼していただけにいっそう、私は忠興さまへの瞋恚《しんい》の炎を消すことができない……」

玉子の眼差しはいつしか西の空へと向けられていた。その瞳は燃え上がっている。残照の照り返しではない。

玉子自身の口にする瞋恚の炎であった。

小侍従は見てはならぬものを見たように、玉子からそっと目をそらした。

（ここには、姫さまの救いがない……）

小侍従は味土野の閑雅な夕景に、希望の薄くなった眼差しを注いだ。

二

丹後国野間郡味土野は秋の紅葉が美しい。大和国吉野郡が桜の名所であるのに因《ちな》んで、野間が秋の吉野と呼ばれるほどであった。

八月も半ばを過ぎれば、朝夕はしんしんと冷え込むようになり、空気もいよいよ澄み切ってゆく。寒気が強くなればなるほど、紅葉は濃く美しく色づいてゆく。

日に日に色合いを増してゆく紅葉を見るのは、目の保養であった。が、玉子がその気になってくれない限り、小侍従の目にも美しい景色はあって無きがごとしである。

(姫さまのお心を、何とかお救いしたい!)

小侍従の思いは募っていった。

特に、玉子はこの頃、懐妊したことが分かっていた。出産は来年の春のことになる。

(何とか、お心を安らかにお過ごしいただきたい)

美しい景色で心が慰められぬのならば、人を呼ぶしかあるまい。歌舞音曲のできる者や、地方を旅して回る芸人などがよかろう。心に沁み入る音曲やめずらしい話などは、心を慰める種となる。

そう思った小侍従は早速、侍女たちの元締めである清原いとの前へ出向いた。

「物入りですぞ」

細い目に険のこもった光を浮かべて、いとはじろりと小侍従を見つめた。いかにも無用の出費だと言わんばかりの眼差しである。さすがに小侍従はむっとした。

「なれど、ここの暮らしはあまりに寂しゅうございます。奥方さまの徒然《つれづれ》をお慰めするのは、我らの務め。細川の殿さまは決して否とは仰せられますまい」

何なら細川家へ掛け合ってもよい、というくらいの気構えを見せた。

「されど、下賤の者を奥方さまにお近付け申すを、あの殿さまがお許しになるか」

そう言われると、小侍従は途端に自信が失くなってしまう。

今の玉子の立場は微妙であり、誰を近付けるにせよ、細川家の内室であり、明智光秀の娘と気づかれてはならない。玉子自身の身に危険が及ぶこともあり得る。

「奥方さまは、放っておいて差し上げるのがよいと、私は思いまする」

いとは小侍従に聞かせるともない様子で、ふと呟いた。

「それは、何ゆえですか」

すかさず、小侍従はいきり立つ思いで問いただした。

「奥方さまのお心は、小手先の気晴らしで晴れるようなものでもありますまい」

「私の心遣いが無駄じゃと申されますか！」

「まあ、そうじゃな」

いとはにべもない調子で言った。それで、小侍従を黙らせると、

「人は誰しも、己の宿世《すくせ》を他人に負わせることはできませぬ」

いとはさらさらと流麗な物言いで語り出した。

「そなたがいかに奥方さまを哀れもうとも、奥方さまに成り代われぬように、奥方さまのお苦しみを真から分かることなど叶わぬもの」

「いと殿の申すことが正しいとは、私にもよう分かります。されど、奥方さまを放っておけばよい、などと――。私は死んでも申せませせぬ」

小侍従は目頭が熱くなった。それでも、泣くものかと瞬きするのをじっとこらえて、

「いと殿は冷たいお人ですな」

相手をじっと見据えながら、一気に言った。

「公家とはそうしたものじゃと、前に申したことがあるはず」

いとは小侍従の昂奮には全くつられることなく、どこまでも冷静な物言いをする。

「さようでしょうか。私には、そうは思えませせぬ」

小侍従はこの才女を前に、精一杯の威厳を取り繕って言った。

「私とて、『枕草子』くらいは読んでおります。いと殿のご先祖たる清少納言の君は、皇后定子さまのご悲運の折にも、忠義をもって奉公なされた。あれぞ、本朝一の侍女と申すべきではありませせぬか」

それに比べて、あなたは女主人の玉子に冷たすぎる――小侍従はそう叫びたかった。

だが、返ってきたのは、

「忠義と思うてしたことが、忠義として伝わるとは限りませぬ」

と、木で鼻をくくるような物言いであった。

「えっ……」

「奥方さまはそなたの気遣いを知れば、感謝はなさるでしょう。されど、その効果が無かった時、かえって済まぬと、お思いになるのではないか」

「忠義が仇になると――」

小侍従の声はかすれていた。

「明智殿の忠義が信長公に通じたかどうか。明智殿のご奉仕が朝廷に通じたかどうか。よくお考えになられるがよかろう」

実にさらりと、いとは言った。そして、あっけに取られている小侍従を尻目に、

「まあ、楽人やお話し相手を呼ぶくらいは、仇にはなりますまい。手配いたしましょうぞ」

いとは言い捨てて、先に立った。

何のかのと難癖を付けておいて、結局は小侍従の意見を聞き入れるつもりらしい。

小侍従は腹を立てればよいのか、有難がればよいのか、分からなくなって、茫然と座

り込んでいた。

（いと殿という人は、まことは――）

玉子のことを実によく考え、あるいは、思いやってさえいるのではないか。

（いや、まさか、いと殿に限って――）

そもそも、公家衆というものは表面をころころと取り替えられると聞く。その本心のありかなど、容易に読み取れるものではない。第一、いとは玉子に人を信頼するべきではないと、明言したことさえあるではないか。

（分からない……）

しばらくしてようやく立ち上がった時、小侍従はひどく疲れたような気がしていた。

いとが十五歳程度の少年を伴って来たのは、味土野の紅葉が美しい盛りのことであった。

口先だけは皮肉なことを言っていたものの、細川家の了承を取りつけ、玉子の気晴らしとなる話し相手を選び抜き、会見の算段をしたのはすべていとである。

玉子はあまり気乗りのしない様子であったが、小侍従から強いてと勧められて、ようやく承知したのであった。

「顔を見せて、名乗りなさい」

玉子は平伏する少年に向かって、おざなりに言った。

「おそれ入ります。ペトロ助四郎《すけしろう》と申しまする」

少年は貴人の前に出るのが初めてなのか、かなり緊張しているふうに見えた。言われた通り、顔は上げているが、両目を固く閉じてしまっている。

「ペトロ、とな」

玉子が不思議な者を見るような目を向けた。それは、どう聞いても、日本人の名前ではない。京にはよく見かける伴天連《ばてれん》らの名前であろう。

「この者は伴天連にて、ペトロとは洗礼名にござりまする。父母のつけてくれた名は助四郎にて、奥方さまはいずれでも、お好きな方でお呼びくださいませ」

横合いからいとが口を挟んだ。

玉子はしげしげと少年を見つめた。

肌はやや色黒で、痩せ気味の体格をしており、どちらかといえば華奢である。体全体から、純朴で実直そうな感じが伝わってきた。

「そなた、伴天連か」

本来備わっていた好奇心が、玉子の内によみがえったようであった。

伴天連を会見の場に連れ出した、いとの試みは、図に当たったようである。

「は、はい。耶蘇会（イエズス会）に入信しておりまする」

少年の方は玉子から直《じか》に訊かれて、緊張していた。

「伴天連になると、改めて名をつけるのか」

「はい。洗礼という儀式を行い、その時に、有名な尊師たちの中から、一つの名を頂戴します。私のペトロもまた、尊師の御名にござりまする」

「尊師の名をもらうのか。我が国ならば、最澄や空海、法然というところか」

「まあ、さようなものにございます」

「女人の場合はいかがする」

「耶蘇教には優れた女人の尊師もおりまする。女人の場合は、女人の名を頂戴いたします」

そう説明した頃には、ペトロ少年の方も大分落ち着いてきたのか、ようやく目を開けた。が、玉子の姿を見出すなり、少年はたちまちはっと顔を伏せてしまった。

「そう言えば……」

大名の奥方衆にも、少し昔のことだが、耶蘇教徒がいたと聞いたことがある。室町幕府の侍所長官たる四職《しき》家の一、京極家の先主夫人は確か――。

玉子の小さな呟きを聞き留めて、

「京極マリアさまです」

と、いとがすばやく応じた。

「京極家は、近江浅井家に滅ぼされましたが、その浅井家より嫁がれた御方にて、浅井長政殿の妹君でいらっしゃいます」

マリアの夫京極高吉は、浅井長政に滅ぼされている。その長政も、妻であるお市の方の兄信長に滅ぼされた。

この世の多くの女たちが、戦乱の犠牲になっている。マリアもお市の方も、そして、武田勝頼の妻であった北条夫人もまた——。

(その方々が今の私と比べて、いくらかでもましというわけではない)

自分のことしか見えなくなっていたが、玉子一人が特別であったわけではない。不幸は人を盲目にさせる。

「マリアさまが耶蘇教に入信したのは、憂き世を耐えがたく思《おぼ》し召されてのことであろうか」

玉子は身につまされた思いで呟くように言った。その時、それまでうなだれていたペトロが、はっと顔を上げて口を開いた。

「マリアさまとは、神の子イエズスの母、聖なる母の名にござりまする」

「聖なる母……」

「神の子の母は、あまねく耶蘇教徒の母にござりまする。私の……母君にもござりまする」

その時、ペトロの目に一筋の翳がよぎったのを、玉子は見逃さなかった。

「そなた、実の母君は……」

玉子は味土野へ来て初めて、自分以外の他人に関心を寄せた。小侍従は内心であっと驚きの声を上げ、いとの顔には困惑が走った。だが、いとが止めるより早く、ペトロの口が動き出していた。

「私は捨子にござりました。私は耶蘇会の宣教師に拾われて、育てられたのです」

「何と……」

ペトロが孤児になったのも、この戦乱の世の乱れゆえであろう。実の父母は合戦に巻き込まれて命を落としたか、あるいは、貧しさゆえに子を育てられなかったか。

「ですが、哀れんでいただくにはおよびませぬ。私が耶蘇会の宣教師さまとご縁ができたのも、神の恩寵を受ける身となりましたのも、私が捨子であったゆえ。すべては神《デウス》のお導きにございます」

「デウスの……」

茫然と呟く玉子の前で、ペトロは両目をきらきらと輝かせている。今は恐れも遠慮もなく顔を上げ、玉子に顔をさらしている。

だが、その輝く目は玉子を見ているのではなく、どこかにいるであろう神を見ているのに違いなかった。よく見れば、ペトロは少し栗色がかった、明るくて大きな目を持っていた。

「奥方さま。本日はお目見えだけですので、これにて——。次は、南蛮伝来のものなぞ、持って参らせることにいたしましょう」

いとが横から口を挟んだ。

ペトロははっと夢から覚めたような顔をし、玉子もまた、他の者がその場にいたことを忘れていたといったように、いとを見つめた。玉子の輿が乗ったところで、その気を挫くようないとの仕打ちを、小侍従だけがひそかに怨んだ。

「そなたの話をいろいろと聞いてみとうなりました。度々参ってめずらしい話を聞かせておくれ」

「はい」

ペトロは弾かれたように平伏して答えた。

少年を見つめる玉子の瞳は、宮津城で我が子を見つめていた時のように懐かしげに瞬いていた。

三

その年の冬、味土野が雪化粧する頃には、ペトロはすっかり玉子の庵の馴染みとなっていた。

玉子もまた、ペトロに会う以前と比べれば、よくしゃべるようになり、笑顔さえ見せるようになった。

ペトロが来る度、玉子はペトロの生い立ちから現在の生活、それに信仰に関することまで、様々なことを質問した。信仰に関する質問に答える時、ペトロは必ず十字を切り、

「我が主デウスよ、アーメン」

と言う。玉子にも侍女たちにも、それはすっかり馴染みのものとなってしまった。

ペトロは元来人懐こい性格なのか、やがて玉子にも慣れていったが、初めに玉子を見た時は、

「世の中に、あれほどお美しい方がおられるとは思わなかった」

と、後に語った。

聞いたのは小侍従である。ペトロは小侍従が玉子に似ていると思ったし、小侍従本人にもそれを憚らず口にしたが、

「小侍従さまとお話するより、奥方さまとお話する方が気が張ります」

と、打ち明けもした。

「私なぞとは、ご身分の違うお方でございますから――」

ペトロは玉子が明智光秀の娘だとも、細川忠興の妻だとも知らない。

それゆえ、小侍従はそういう物言いで、玉子は特別な人なのだと、ペトロに教えた。

「いえ、ご身分の違いだけではないと思います」

ペトロは聡明そうな瞳を向けて言った。

「奥方さまの御前に出ると、教会の聖母子像を前にした時のような緊張感を覚えるのです」

「それは……観音菩薩像を見るようなものか」

小侍従にはそう尋ねるしかない。ペトロもそれにうなずいた。

「まこと、奥方さまは観音菩薩のごとく、神々しくてお優しいお方ゆえ――」

小侍従もまた、同意してうなずいたが、ペトロは首をかしげてみせた。

「奥方さまは確かに神々しい風情でいらっしゃいますが、お優しいというのなら、奥方さまよりも、いとさまや小侍従さまの方がお優しいと、私は思います」

ペトロは小侍従の機嫌を取るというのではなく、大真面目に言う。小侍従はペトロを叱ることができなくなった。その代わりというわけでもないが、

「いと殿は、そなたに優しくしてくれるのか」

と、それがいかにも疑わしいという物言いで、ペトロに訊いた。

「いとさまはお優しい方です！」

ペトロは少々むきになって言った。

「いとさまは私に、奥方さまは受難多きお方だとおっしゃいました」

「受難……？」

「耶蘇教の教えでは、受難多き者はそれだけ神の恩寵の深いお方です。神はその者をより高く導くために、受難をお与えになるのです。ですが、奥方さまは耶蘇教徒でないゆえに、そのことにお気づきでない。だから、心してお仕えするのじゃ――と、いとさまはおっしゃいました。いとさまは奥方さまのことをよく分かり、心から大切になさっておられます」

「少しお待ち」

小侍従は滔々《とうとう》と語られるペトロの言葉を、つと遮って訊いた。

「今の話では、いと殿はずいぶんと、耶蘇教の教えにくわしい様子じゃが……」

「私も、そう思います」

ペトロは隠す気振りも見せずにうなずいた。

「耶蘇教徒でない方で、あれほど神の教えを理解しておられる方を、私は初めて見ました」

それはどういうことか。

まさか、いとは耶蘇教徒なのか。だが、それならば、そう言えばいいだけのことだし、それを隠す理由は見当たらない。第一、同じ耶蘇教徒であるペトロに対して隠すのもおかしい。

いとの父清原枝賢《しげかた》が昔、耶蘇教徒であったことを知らぬ小侍従は、それが不思議だった。

「でも、小侍従さまとて、いつも奥方さま第一です。だから、いとさまに負けずお優しい方でございます」

ペトロが言った。小侍従が黙り込んでしまったのを、気遣ったのかもしれない。

「嬉しいことを言うてくれる。されど、奥方さまとて優しいお方なのですよ」

「それは分かります。お優しいお方であることは――」

ペトロは少年らしくない気難しい顔をして、考えながら言った。

「ただ、奥方さまのお心はどこか遠い所にあるようで、私どもには届かないのです。あたかも、樹上に花開く美しい花、あの気高い桐の花のように――」

「桐の花……」

桐の木はよく見るが、花には馴染みがない。梅や桜や藤のように、身近にあって目を楽しませてくれることがないためだろう。

「そなたの申しようは少し不遜ですよ。奥方さまは貴いお方。大勢の者のために咲く花ではありませぬ」

本来ならば、庶人が仰ぎ見られるお方ではないのだ――それを暗に教えたつもりである。

だが、それを聞くなり、ペトロは悲しげに首を横に振った。

「私は、自分の目を楽しませたいと思うのではありませぬ。ただ、奥方さまのようなお方が神の御心からも、世の中の迷える人々からも、隔たったお暮らしをしているのがお労しく……」

ペトロの目は潤んでいる。その口にしている内容は、小侍従にはよく分からなかったが、それでもペトロが玉子を心から思いやっていることは分かる。

「奥方さまは、本当にお気の毒なお方なのです」

お労しいという言葉だけを受け取って、小侍従は自分も泣き出しそうになりながら語った。

「今の奥方さまにとって、そなたから耶蘇教や京のお話を聞くのが、唯一のお楽しみなのです。そなたも忙しかろうが、なるべく味土野へ来てくだされよ」

「はい」

と言いつつも、ペトロはどこか寂しそうな、どこか困ったような顔を浮かべていた。

自分の語る道理や理解が、小侍従の心に届いていないことへの悲しみであったかもしれない。

それでも、ペトロは再び参上することを約して、味土野を去った。

山道にはまだ、数日前に降った雪が残っている初春の夕暮れのことであった。

だが、その日を最後に、ペトロは現れなくなった。春の陽気が大地を温ませる頃になっても、ペトロの姿は見えない。

不審を募らせた小侍従が、思い切っていとに尋ねてみると、

「ペトロは将来、修道士になりたいという希望を持っていたゆえ、その仕度があるのやもしれませぬ」

相変わらず硬い感じの声で、そう言われた。

「修道士とは、どうやってなるものですか」

「セミナリヨ、コレジオという伴天連の作りし学び舎《や》に入るのです」

「ペトロはそこに入ってしまうのでしょうか」

「さあ、そこまでは分かりませぬな」

相変わらず、いとの物言いは小侍従への気遣いや優しさなど、微塵もうかがえない。

玉子がペトロに関心を寄せすぎたため、細川家がペトロの来訪を禁じたのではあるまいか。

小侍従はそう疑ったが、それをいとに尋ねてみても答えてはもらえないだろう。

玉子はこの春、無事に男の子を出産していた。細川家には知らせてあるが、引き取るという知らせもない。

与五郎《よごろう》と名付けられた赤子は、そのまま玉子の許で育てられることになった。そのことは、細川家に置いてきた於長や熊千代と会えぬ寂しさを補ってくれる。

それでも、玉子は時折、ペトロのことを思い出すことがあるらしく、

「最近、ペトロは見えませんね」

と、与五郎を抱きながら、ぽつりと呟くこともあった。

やがて、山桜の季節となった。

それほど数があるわけではないが、薄紅色の可憐な桜は心を慰めてくれる。この春の女王のような麗しい桜花こそ、小侍従は玉子にふさわしい花ではないかと思う。

だが、はかないその薄紅色の花弁が散っても、ペトロは現れなかった。

間もなく、暦は夏を迎えた。

この年の夏は、四月の半ば頃からじめじめと蒸し暑く、日中の気温もぐんぐんと上がった。かと思えば、どんよりと曇りがちになり、数日の間、雨がやまぬ日々も続いたりした。

そんな不順な天候が続いたせいだろうか、味土野の地に暮らす里人たちの間に病が流行《はや》り始めた。

これでは、ペトロも余計に足が遠のいてしまうだろうと案じているうち、その病は風邪のようなものではなく、どうやら疫病であるらしいという噂が立った。

人々は高熱を発し、嘔吐と下痢をくり返し、やがて食事を受けつけなくなって死んでゆく。

「疫癘《えきれい》の神じゃ！」

「味土野は、疫癘の神に祟られたのじゃー」

里人たちの間に、恐怖の声が立ち始めた。

玉子の侍女たちも時折、様子を探るために里へ行っては、人々の様子や噂を見聞きして帰って来たが、その度に状況はひどくなってゆく。

「これは、いけませぬ」

難しい顔をしたのは、いとであった。

「里人らが、この疫病を奥方さまのせいじゃと、言い出すやもしれぬ」

「さようにおかしな話があるものですか。何ゆえ、奥方さまのせいなのです」

あまりの愚かしさに、小侍従はあきれた。

「里人は奥方さまのご正体に気づいていよう。これまでは、細川家の意向を気にして、見て見ぬふりをしていたのです。されど、疫病が流行れば、里に何かよからぬ者がいるせいだと思うやもしれぬ」

「では、里人は疫病を奥方さまのせいにして、奥方さまをここから追い出そうとするのでしょうか」

「あり得ぬ話ではありますまい」

いや、下手をすれば、玉子を殺しに来るかもしれない。父母や夫や妻、子供を亡くした者たちは、恐ろしき暴徒と化す。

その時は無論、見張りと守護を兼ねて近隣に潜む細川家の家臣らが、玉子の身を守ってくれよう。

だが、細川家の侍が里人を斬ったとなれば、外聞が悪い上に、事が明智を怨む織田家宿老らに知れるかもしれない。そうなれば、光秀を討った羽柴秀吉や、信長の三男信孝などは、玉子を差し出せと要求してきそうである。

(細川家に知らせねばなるまい)

いとが事態を憂慮しつつ案じているうちに、事はいとの予測よりも早く、悪い方向へと進行してしまった。

五月半ばに入って、疫病の死者数が二十を超えると、もはや我慢ならぬといった様子で、里人の代表が数人、玉子の庵へ押し寄せて来たのである。

「どうにかしてくだせえ!」

彼らは応対に出たいとや小侍従に、何の挨拶もなく突然言った。

「病人の数は減るどころか増える一方だ。このままじゃ、里の者が皆、死んでしまう」

「こちらの奥方さまは偉いお方と聞いとります。わしらを助けてくだされっ」

下手《したで》に出て頼むという形を取ってはいるが、彼らの目は憎しみに燃えている。どうにかしろ、助けてくれというのは、ここから出て行けということに他ならない。

「無礼者めがっ！」

庵の脇から、わらわらと四、五人の侍たちが駆け出して来たのは、あっという間の出来事であった。玉子の見張りと守護を兼ねた細川家の侍たちは、瞬く間に侍女たちの前に立ちふさがった。その手はいずれも刀の柄にかかっている。

「ご家老殿、なりませぬ」

いとがその中で最も年輩の、一同の統率者たる侍に向かって叫んだ。

振り返った侍は、頭に白いものが交じり始めているが、肩幅ががっしりと広く、眼光は鋭い。いとに目を向けている間も、決して里人たちへの警戒心を弛めなかった。

細川家の家老小笠原小斎《しょうさい》である。

この度、玉子警護を自ら願い出て、この味土野に詰めきりであった。才走ったところや派手な働きを見せることはないが、実直な忠臣である。

先に玉子に自決を勧めたことで、忠興の心証を悪くした経緯はあったが、玉子の警護役に就けばそれを忠実に果たす男であった。

「この者らは、武器を持ってはおりませぬぞ」

いとが小斎から目を離さずに言った。

「それがしの役目は奥方さまの御身をお守りすること。この者らが奥方さまに害を成すと分かれば、抜刀もやむを得ぬ」

武士の実直さは頑固さでもある。この手の人間には理が通じない。さすがのいとも困ったことになったと思った時、

「何事です」

と、庵の奥から玉子が姿を見せた。

玉子が里人の前に姿を見せることも、この庵の外の世界に興味を持つのも滅多にないことであった。

「これは……」

玉子の姿を初めて見た里人らは、さすがにふだんなら顔も拝せぬ貴女《きじょ》の登場に驚いたようである。

いとや小侍従の前では、あれほど憤懣を剝き出しにしてみせた里人らが、玉子の姿を見た途端、弾かれたように跪き、土の上に平伏していた。

「味土野の里に疫病が流行っておりまして、死者の数も相当出ておりまする。それで、里人らが奥方さまに助けを求めて参りました次第――」

いとが手短に説明した。

「私に助けを——となと」

玉子の横に引かれた両の眉が、わずかに顰《ひそ》められた。

玉子の前に平伏し、従順な姿勢を取ってはいたものの、土の上に座り込んだ彼らは、先ほどよりもいっそうしぶとく、根が生えたような図々しさを見せている。

何か納得のできるものを示されない限り、里人らは帰らぬだろう。この時、玉子の脳裡にある古歌が浮かんだ。

（いかでかは御裳濯川《みもすそがわ》の……）

玉子は口の中だけで歌を口ずさみ、

「疫病の流行った里の人々は、飲み水をどうしているか」

と、不意に尋ねた。

「……近くの井戸より汲み上げておりまするが……」

里人らは互いに顔を見合わせながら、答えた。

「それは、私たちの使うている水とは異なるのか」

玉子は、今度はいとに目を向ける。

「はい。ここは里よりも上にござりますゆえ、里の井戸は使わず、庵の近くの井戸を使っておりまする」

いとはすらすらと答えた。玉子はうなずき、

「我が家中に、疫病の者はおらぬゆえ、その水は祟られていないのであろう。里人らがその井戸を使えるよう、計らいなさい」

と、命じた。さらに、

「また、しばらくは食物も我が家が食しているのと同じものを、里人らに分け与えよ」

と、これは小笠原小斎ら細川家の侍たちに向かって言った。

「それは……」

細川家に負担を負わせるということである。小斎は困ったように言い淀んだが、玉子はその躊躇いを封じるように、

「さように計らいなさい」

と、強く命じた。その場にいた者に凝視するのを躊躇わせるほど、気品のある態度であった。

「かしこまりました」

玉子の強引な物言いに、いち早くいとが恭しくうなずいてみせると、

「かしこまった」

と、小斎も続いて承諾せぬわけにはいかなくなった。

「奥方さまっ！」

里人らは思わず、地に額を擦り付けて、口々に叫び出した。

「かたじけないお言葉にございます！」

里人らは感動からか、恐れからか、全身をぶるぶると震わせている。


いかでかはみもすそ川の流れ汲む　人にたたらんえきれいの神

――御裳濯川の流れを汲む人々に、どうして疫病の邪神が祟ったりするでしょうか、いいえ、祟ったりはいたしませせぬ。

玉子は一首の歌を吟じてみせた。そして、小侍従に筆と料紙を用意するように言いつけると、さらさらと二枚の紙にこの歌を書きつけた。その一枚を里人に渡し、

「これを、そなたらの井戸に貼り付けておきなさい」

と言い、もう一枚を庵の表の戸に貼らせた。

玉子が明智でも細川でもない、ただの民草のため、何かを為した最初の出来事であった。

里人らはここへ登って来た時の剣幕もどこへやら、帰りはおとなしく従順な犬のように、玉子の前に何度も頭を下げ、名残惜しそうに振り返りながら去って行った。

御裳濯川の流れ――という語から、水が祟っているのではないかと思いついたのは、

玉子の機転である。

もし水でなければ、食事であろう。その根本を解決しないまま、病人の治療だけしていても、病人は快復するどころか、新たな病人が増えるだけである。

和歌を護符のように与えたのは、里人の心を和らげるための方便でしかない。

が、この時、玉子が蒔いた種は、玉子自身でも驚くほどの実を結んだ。

疫病はやがて鎮まり、里人の中に死者も出なくなったのである。

猛威を揮った疫癘の神は去り、夏の暑さが和らいでいったことも手伝って、やがて、蜩の鳴く時節になると、味土野の里はようやく落ち着きを取り戻した。

玉子が味土野へ来て、丸一年が経っていた。

あの歌はただの歌ではない。おそらくは、疫癘の神に祟られた者の魂が、玉子の取り憑いて口ずさませた歌――。

「よき歌にはよき神が憑くのであろう」

表の戸に貼り付けた料紙の歌を見つめながら、玉子は初秋の夕べ、小侍従に語った。

「まことに……」

安堵の息を吐きながら、小侍従もうなずく。が、その眼差しは今もなお、気懸かりそうな色を湛えて、里から続く山道をさすらっていた。

夏も終わってしまった。その間、ペトロは一度も姿を見せていない。

（ペトロは疫癘の神を避けていたのか。それとも、セミナリヨとやらへ行ってしまったのか）

そう思った時、小侍従の目は山道を動く一つの影を見つけた。

四

「おや、姫さま。人影がこちらへ登ってまいります」

そう叫んだ時、小侍従はもうその影が、待ち人のものであることに気づいていた。

「あれは……」

玉子の声色も明るい。

「奥方さま！」

その影は玉子と小侍従の姿を見止めるや、もうこらえ切れなくなったように、こちらへ向かって駆け出してきた。

ペトロの相変わらず痩せた体が、弾むように山道を登って来る。肌の色はこの夏、さらに焼けたのか、明るい褐色に輝いていた。

「ご無事でようございました……」

小侍従さまも――と、玉子にばかり向けられていた大きな目が、しばらくして小侍従にも向けられた。

だが、その眼差しは再び、玉子の方へ戻ってしまう。いくら顔つきが似ていると言っても、玉子と並び立てば、光と影のようなもの——玉子の本物の気品と美しさにはおよぶべくもない。

小侍従はそれが分かっている。ペトロの眼差しがつい玉子へ向かうのも仕方のないことであった。

ペトロは今年で一つ齢を加え、十七歳になっていた。

初めて会った時よりも背が伸び、ほっそりとした体もやや逞しさを備え始めている。

「奥方さまが、疫癘の神に祟られていたらどうしようと、案じてばかりおりました」

ペトロの大きな目は、宵の明星のように輝いている。

玉子は久しぶりに見た爽やかな少年の姿に、心が洗われるような思いがした。

「しばらく姿を見せぬゆえ、もう私のことなど忘れてしもうたのかと思うておりました」

「何の、どうして奥方さまを忘れることがありましょう。奥方さまは私にとって、明けの明星のようなお方でございますのに……」

その言葉に玉子は微笑んだ。

「不思議なこと。私は今、そなたのきらめく双眸を、宵の明星じゃと思うていた」

ペトロの目尻に細かな皺が寄った。

「何ゆえ、無沙汰をしていたのです」

という玉子の問いに、ペトロはいとが言っていた通りの説明を加えた。

すなわち、修道士にならんがため、セミナリヨに入ると言うのである。その仕度のために忙しくなり、味土野を訪ねる暇がなかったのだと、ペトロは言った。

「奥方さまは、私にいろいろとお尋ねになられましたが、私にはそれにお答えする知恵も術もございませぬ。それを身につけたくて、修道士になることを決意いたしました」

と、ペトロは言った。

「では、奥方さまの御ために……と――」

思わず口を挟んだ小侍従の言葉に、振り返ったペトロははにかんだ笑みを浮かべた。

小侍従も微笑み返したものの、心なしか寂しい思いが胸をよぎってゆく。

夕暮れの風が三人の間を縫うように吹き抜けていった。

小侍従だけは、その風の冷気が身に沁みたように感じた。

その間隙を縫うようにして、山道をこちらへ登って来る人々の足音や話し声が、がやがやと聞こえてきた。

「おや、また、誰ぞやが……」

落日はもう山の端に差し掛かって、物の輪郭があいまいな夕暮れ時である。夕明かりの中を透かし見るように目を細めて、小侍従は山道に目をやった。

「あれは、里の者たちでは……」

一人一人の顔立ちがよく見えるわけではないが、着物や歩き方などからそれと知れる。

玉子と小侍従の見覚えのある顔も、先頭にあった。里長《さとおさ》とその助役《すけやく》でもあるのだろう、彼らが他の里人らを率いる格好である。

「何用じゃ」

小侍従が玉子らの前に出て、里人らとの応対に当たった。

「本日は、奥方さまに御礼を申し上げにまかり越しました」

里長らしき初老の男が、以前とは打って変わった恭しい態度で、小侍従に腰を屈めた。

「かような夕暮れ時にどうかと思うたのでござりますが、昼は田畑の仕事もござりまして——。ただ今は人も足りず……」

「礼に参ったとは殊勝なこと。奥方さまはお出ましゆえ、心ゆくまで御礼を申し上げるがよい」

と言って、小侍従が脇へ下がると、里人らの視界には、薄明かりの中に佇む美しい貴女の姿が入ってきた。その傍らには、痩せぎすの少年が貴女の守人のように立っている。

「奥方さまっ！」

里の長がはっと打たれたように跪くや否や、他の者たちも粛々とそれに従って、玉子の前に頭を下げた。

「ほんに里のもんが助かったのは、奥方さまのお蔭。我らは奥方さまを阿弥陀如来のごとく、観音菩薩のごとく、拝んでおりまする」

村の長が両手を前に合わせると、他の者たちもそれに倣う。

そこには、あたかも寺に詣でた集団のごとき様相が現れた。彼らが一心に拝むのは、仏像でも菩薩像でもない、生身の玉子である。里人らはそれを不自然とも思っていない。

玉子の傍らに立つペトロの顔に動揺と困惑が走った。

幼児の頃より宣教師たちに育てられ、耶蘇教の教えの中で人と成ったペトロから見れば、神以外の者を信仰する姿には違和感を覚えるのだろう。

「おやめなさいっ！」

突然、甲高い叫び声が上がった。

小侍従もペトロも里人らも、驚いて声のした方に目をやれば、玉子がいる。

「私は何もしておらぬ」

やはり、落ち着かぬ甲高い声が薄明かりの中を貫いていった。

「いいえ、奥方さまが我らに知恵を与え、霊験あらたかなお歌を詠んでくださいました」

「あの歌は、私が詠んだものではない。古い歌を元にしたものじゃ」

「ですが、あの歌に命を注いでくだされたは、奥方さま。甘《うま》き水と食事を恵んでくだされたのも、奥方さまにござります」

「それだけのことじゃ。阿弥陀如来の観音菩薩の、さように申すは大袈裟であろう」

「したが、我らにはまこと、姫神さまじゃ」

長の言葉に、人々は盛んにうなずいてみせる。

「まことにさようじゃ。姫神さまよ」

「我らが姫神さま」

「これからもずっと、この味土野に留まってくだされいっ」

里の者らは再び両手をすり合わせて、玉子を拝み始めた。

「違うっ！　私はさように大層な者ではないっ！」

その物狂おしい叫び声には、さすがに圧倒されたのか、里人ら皆はしんと静まり返った。

拝む方も拝まれる方も、敬う方も敬われる方も、気まずく重苦しい沈黙が降りた。うっすらと頬に血を上らせた玉子は、ペトロの目には逆上しかけているようにも見えた。

人々から両手を合わせて拝まれれば、困惑するのが当然だろう。だから、玉子の動揺は分からぬでもない。

しかし、この里人らの純朴としか言いようのない祈りを見れば、それをこのように無下にあしらってよいものではなかった。まして、玉子の方が身分もあり教養もある立場であれば、なおのことである。

「姫神さま、奥方さまよ。どうぞ、わしらをお見捨てなさいますすな。わしらは奥方さまをお慕いしております。妻や子を助けてくださいました代わり、奥方さまの御ためならば、火の中にも水の中にも参りましょうぞ。ですから、どうぞ儂らをお嫌いにならないでくだされまし」

助役であろうか、それまで里長の背後に控えていた小柄な男が、急に語りながら玉子の方へ両手を差し伸ばしてきた。玉子をどうこうしようというのではなく、ただあふれんばかりの感謝を表したかっただけであろう。

だが、玉子は目を見開いて驚愕し、そして、その瞳に嫌悪の色を浮かべた。無知蒙昧《もうまい》さへの嫌悪であり、先には玉子を厄病神のように見なしながら、今度は姫神と言って憚らない無節操への嫌悪感であった。

それは、父光秀と親しく付き合いながら、いざという時に光秀を見捨てた義父細川藤孝への嫌悪であり、前日まで優しく労わってくれながら、あの六月二日を境に、自分を邸から追い出して幽閉する夫忠興への嫌悪であった。

そして、玉子はそんな自分をも嫌悪していた。それが余計に苛立ちとなった。

「勝手なことを申すな。誰がそなたらから敬われたいなぞと、申したか！　私は何もしておらぬ。二度と、私の前で手など合わせるでないっ」

皆、勝手だ。この世の者たちは、誰もが身勝手で、他人の心など理解しようともしない。里人らも忠興も藤孝も、光秀さえそうである。そして、玉子自身もそうであった。

玉子は手を差し伸べてきた男から、鋭く身を引いた。その時、打掛の裾が勢い余って、跪いていた男の頬に当たった。不意を衝かれた男は、はっと頬を押さえて玉子を見上げた。

「何ゆえ、さような目で私を見やる！」

玉子は男の目に、驚愕よりも非難の色を見た。男が憤り、自分を咎《とが》めていると見た。

「失せよっ！」

玉子はすっかり逆上して叫んだ。

「もう二度と、我が前に姿を見せるでない」

玉子が頭の上の方から甲高い声を張り上げるのと、

「奥方さまっ！」

それを咎める澄んだ声が上がったのは、ほぼ同時であった。

「この者らは、奥方さまを悪《あ》しく申してはおりませぬ。それどころか、奥方さまを敬うておりますのに……。さようにお咎めになられるのは、奥方さまの御ためになりませぬ」

「そなた、この私を愚弄しやるのか！」

ペトロに忠告されて、玉子の逆上は静まるどころか、さらに高まったようであった。一方、玉子が心を昂ぶらせれば昂ぶらせるほど、ペトロの態度は物静かに落ち着いてゆく。

「奥方さまは私の信ずる教えに、興味を寄せてくださいました。そして、深い叡智でもって、それを理解してくださいました。ですが、奥方さま。神の恩寵とは、頭だけで理解できるものではありませぬ。神は深いお考えでもって、私どもの想像も及ばぬような叡智をお示しになられます。それは、時には、受難という形でもって――」

ペトロは悲しそうな目で、唇を噛み締める玉子を見つめ、続けた。

「神は『汝の敵を愛せよ』とお教えになっておりまする。ですが、奥方さまは世のすべてを敵と思い込み、愛することを遠ざけておられまする。残念ながら、今の奥方さまには、神の深い御心は理解できませんでしょう」

「ペトロよ。奥方さまに対して、何という無礼な申しよう――」

玉子がペトロに対して、怒りをぶつけるより早く、小侍従が二人の間に割って入った。

ペトロを遠ざけてしまえば、それで傷つくのは玉子であった。

「申し訳ございませぬ、小侍従さま。ですが、私を出入り御免にしていただくことはございませぬ。私はもう、こちらには参りませぬゆえ。今日は皆さまにお別れを申し上げに参ったのです」

ペトロは京都のセミナリヨから、九州のセミナリヨへ行くことになったと告げた。

「何と……」

ペトロの九州行きを止めることはできずとも、せめて今日の別離はしんみりと心に沁みる想い出になるはずだった。この味土野の里人らがやって来て、玉子の心を徒《いたずら》に掻き乱すことさえなければ――。

「参りまする」

互いの表情さえくっきりとは見極められぬ残照の薄明かりの中、ペトロは思いを振り切るようにくるりと向きを変えた。そして、里人らの脇をすり抜けて、今来たばかりの山道を再び戻り始めた。

「ペトロ！」

叫んだのは小侍従であった。玉子は呼ばなかった。

だが、その下唇がぎりぎりと白い歯で噛み締められているのを、小侍従は痛ましく見た。

「姫さまっ！」

里人らの前だということも忘れて、小侍従は玉子と二人きりの時の名で呼びかけていた。

「引き止めないでよろしゅうございますか」

玉子の返事はなかった。噛み締められた唇は、夕暮のせいなのか、紅いというより蒼褪めて見える。

玉子は何も言わず、庵の戸口へ踵《きびす》を返した。

「ペトロ！」

小侍従は再び、去り行く少年の背中へ声をかけた。

だが、少年はそれが玉子のものでないと知っているせいか、やはり振り返ろうとはしなかった。

受難

一

天正十（一五八二）年六月十三日、羽柴秀吉は明智光秀を討ち滅ぼして、信長の仇討ちを成功させた。

それから十日余り後の二十七日、織田家相続人を選定する評定が清洲城にて開かれた。世に、「清洲評定」と名高い会議である。

明智討伐の功第一と言うべき秀吉は、当然ながら、織田家臣団における発言力が強い。

ここで、信長の三男信孝を推す柴田勝家と、わずか三歳の信忠嫡男三法師を推す秀吉が衝突――。見事、意を通したのは秀吉であった。

三法師の後見人となった秀吉は、天下人への足掛かりをつけたのである。

一方、信孝と柴田勝家もこれを黙って見過ごしていたわけではない。

まず、浅井家滅亡後、出戻っていた信長の妹お市の方を、柴田勝家が娶った。これにより、柴田勝家は主筋の織田一族に準じる扱いを受ける身となったのである。

お市の方は三人の娘たちを連れて、勝家の越前北庄城《きたのしょうじょう》へ移った。

一方、秀吉は天下の采配を振るい始めた。まず着手したのが、本能寺の変に関する疑惑の追及である。

本能寺の変後、ただちに光秀の許へ祝いに駆けつけ、銀五百枚を受け取った吉田兼《かね》見《み》が問いただされた。

さらに、愛宕百韻に参加した連歌師の里村紹巴《じょうは》が、事前に計画を知らされていたのではないかと詰問された。それも、光秀の付けた発句「ときは今あめが下しる五月かな」が「土岐源氏である光秀が今こそ、天下を領《し》る五月になった」という意味に解釈し得る、との推論からである。

吉田兼見は慌てて銀五十枚を秀吉に返還し、他意なき旨を申し入れた。また、自分は吉田神社の神官に過ぎず、内裏の使者となった覚えはないと言い訳している。

一方の里村紹巴は、発句はもともと「ときは今あめがしたなる五月かな」であったのを、光秀が後から書き換えたのであろうと言い、愛宕百韻が謀議の場であったことはないと弁明した。

結局、両者への取調べは、疑惑が晴れぬままうやむやとなった。

また、本能寺の変後に出家して幽斎《ゆうさい》と名乗っている細川藤孝と忠興父子も、訊問されることはなかった。

藤孝は田辺城を忠興に譲り、自らはそれまで息子が入っていた宮津城へ隠居した。

秀吉は、忠興の妻玉子が成敗も離縁もされていないことを知っていたが、それについての詰問もなかった。ただ、玉子は捨て置かれた。

秀吉の方も、それどころではなく、柴田勝家および織田信孝との確執にかかりきりだったのである。

同じ天正十年の冬には、清洲評定により柴田方の居城とされた長浜城が、秀吉軍によって攻略――。岐阜城の織田信孝も秀吉に降伏させられた。

この間、越前北庄城にいた勝家は雪に阻まれて、進軍できない。

翌天正十一年が明けると、勝家は雪溶けを待ちかねたように兵を動かした。

四月には、近江国の賤ヶ岳《しずがたけ》にて、両軍は激突――。

世に賤ヶ岳の七本槍と名高い加藤清正や福島正則など、秀吉子飼いの若き武将らの活躍により、この合戦は秀吉軍の勝利に終わった。

北庄城に敗走した柴田勝家が、お市の方と共に城内で果てたのは、四月二十四日のことである。

夏の夜の夢路はかなき跡の名を　雲居にあげよ山ほととぎす

夏の夜の夢ははかないが、山ほととぎすよ、どうか天空に向かって声高く鳴き、私の名跡を留めておくれ——という勝家の辞世に対し、お市の方は詠み返した。

さらぬだにうちぬる程も夏の夜の　夢路をさそふほととぎすかな

——はかない夏の夜の夢の中、死出の道に誘いでもするかのように、ほととぎすが鳴いている……。

ほととぎすは、この世とあの世を渡す鳥と言われている。その鳴き声はあの世への道標だったかもしれない。

お市の方の忘れ形見である三人の娘たちは、秀吉の陣に送り届けられた。

こうして、織田家宿老の最有力者を片付けた秀吉は、いよいよ天下統一に邁進することになる。

己の居住地を大坂に定めた秀吉は、灰燼に帰した安土城をも凌ぐ大坂城を建造し始めた。

同時に、臣従を誓った大名らにも、大坂に邸を建て、そこに妻子を住まわせるよう命を下した。

「年が明けたら、奥方を呼び戻されてはいかがか」

この時、秀吉は忠興にもそう勧めた。

それは、明智光秀の娘であることをもって、玉子を罪人扱いはしないという天下人の承認である。同時に、秀吉の目の届く場所に居住を限定せよという命令でもあった。

それでも、この申し出は忠興を狂喜させた。

「ありがたき……ありがたき幸せにござりまするっ！」

日頃、感情を露《あらわ》にすることのない忠興が、声を詰まらせながら、秀吉の前に平伏していた。

室町幕府の管領家に連なる若き当主が、足軽出の小男の前に額《ぬか》づいたのである。

だが、玉子の境遇を思えば、忠興はつまらぬ自尊心や自負心などは、捨てて惜しいとは思わなかった。

「我が妻も、羽柴さまにいかほど感謝することでござりましょう」

あまりの嬉しさから、忠興は玉子の内心なぞ確かめることもなく、秀吉の機嫌を取るためだけについ口を滑らせた。

「ふむ、ふむ」

そうであろう、というように、秀吉は薄い髭を弄《いじ》りながらうなずいている。そして、この抜け目のない男は、この機を決して逃さなかった。

「してみれば、まずは奥方を大坂の細川邸に入れられよ。そして、落ち着いたら、登城させるがよい」

えっと驚きの声を漏らさず、言葉を呑み込むだけで、忠興は必死であった。

登城させよとは、秀吉が自ら玉子を引見するということか。そのまま玉子の身柄を留め置き、逆臣の娘として辱めを受けさせるつもりか。いや、それよりも――。

（秀吉公が、玉子を御覧になれば――）

秀吉はたいそうな好色という噂である。

若い頃は、側室を置くような余裕もなかったのか、正妻の浅野氏の娘於禰《おね》一人を守っていたようだが、城持ちになると、徐々に側室を増やし始めた。つい最近になって、浅井長政の妹で京極家に嫁いだマリアの娘、竜子が秀吉の側に上がったという噂もある。

京極家は近江源氏に連なる名門である。

現在の当主高次《たかつぐ》は本能寺の変の折、明智光秀に付き、その後は行方をくらませていた。ところが、京極竜子が秀吉の側室となることによって、高次は取り立てられ、領地まで与えられたのである。

その竜子と同じ運命が、玉子を襲わないと言えるだろうか。

（玉子を登城なぞさせとうはない！）

それが忠興の正直な気持ちである。だが、王者の機嫌を損ねるわけにはいかない。第一、秀吉の許しがなければ、玉子を細川の邸へ迎え入れることもできないのである。

忠興の肩が小刻みに震えていた。それは、そのまま忠興の心の葛藤であった。

が、最終的に忠興は折れた。

「しかと、そのようにいたしますでしょう」

さらに頭を深く下げて言う。もはや畳に額を擦り付けんばかりになって、忠興は屈辱に耐えた。

まずは、玉子を味土野から救い出さねばならない。が、万一にも玉子が秀吉の毒牙にかけられそうになった時には――。

（その前に、私が手に掛けてやろう）

煮えたぎるばかりの熱情が、体中を駆け抜けてゆく。それはもう、玉子への愛情なのか、玉子を妻としたために味わわされた屈辱や苦悩のせいなのか、忠興自身にも分からなくなった。

――哀れは、逆臣の娘を入れた我が家の方じゃ。

父幽斎の苦々しげな言葉が、不意に耳許によみがえっていた。

大坂の細川邸が出来上がったら、ただちにそちらから引き移って参れ――年が明けるのも待てぬかのように、忠興からの伝言が届けられたのは、天正十一年の年の暮れであった。

過ぎ去ってみれば、味土野での暮らしもそれほど長かったわけではない。ちょうど一年半の山野暮らしであった。

その報に狂喜したのは小侍従であり、玉子は顔色さえほとんど変えなかった。その意味では、清原いとの態度もまた、玉子と似たり寄ったりのものである。

小侍従は年が暮れぬうちに――と言いながら、早速、味土野の庵を引き上げる仕度に取りかかった。そのため、暮れも間近い師走の寒夜、玉子の傍らにいたのは、いと一人であった。

書を読むわけでも、筆を執るわけでもない一夜、火を灯した燭台は一つしかない。時々、灯心の燃えるじりじりという音が聞こえてくる。

「細川の家は変わってしまったでしょうな」

静寂を侵して、不意に玉子はぽつりと言った。いとは取り澄ました表情一つ変えるではない。それを見ているうちに、玉子はこれは滅多にない好機だと気づいた。

「いとよ。前々から、そなたに訊きたいと思うていたことがあります」

玉子は思い切って言った。

「何でござりましょう」

いとは膝を玉子の方に向け、威儀を正した。その表情の乏しい角張った印象の顔を見ていると、玉子は何となく気後《きおく》れがして、そなたは忠興さまをお慕いしているのかとは言い出しかねた。

「そなたは他家へ嫁ぐつもりはないのですか」

回りくどい物言いになったのも、そのためである。

「今は、特にございませぬが……」

いとの物言いは淡々として落ち着いている。艶めいた話題でも、それが自分に関することでも、動揺することがないらしい。

「でも、嫁がぬと決めたわけでもないのでしょう」

いとは何とも返事をしない。

「私がそなたを巻き込んでしまったゆえ、済まぬと思うておりました。私はいつここから出られるや分からぬ身でありましたゆえ。こうして意外に早くもお許しが出ましたけれど、これはそなたのためにもよかったのでありましょう。そなたも細川家へ戻れば、よき縁に恵まれるやもしれぬ」

いとの細い目がいっそう細くなった。それは、うっかり触れれば怪我をするような鋭さを宿していた。

「細川家へ戻るのは奥方さまにござります。味土野へ参るも細川家へ戻るも、すべて奥方さまお一人の宿世。何ゆえ、それを正面から受け止めず、他人のことにすり替えてしまわれるのですか」

見抜かれている――玉子は表情を強張らせた。

確かに、玉子は帰邸に関して、感想をいっさい述べなかった。いとのために喜んでみせることで、帰邸を受け容れようとした。だが、それが正直な気持ちでもある。帰邸の報を聞いてまず浮かんだ感想は、喜びではなく戸惑いの方であった。

「私は帰りたいのか、帰りとうないのか。帰ってよいものか、よからぬものか。それが分かりませぬ」

玉子はぽつりぽつりと言葉を漏らすように呟いた。

「帰るも帰らざるも、奥方さまの宿世《すくせ》にござります。何もせず流されてゆくも、奥方さまの宿世。帰らぬと言い張って、ここに留まるも、あるいは行方をくらませるのもまた、奥方さまの宿世。女人の一生は女一人で決められぬように見えて、実はそうではありませぬ」

「そなたは強い女子ですね」

玉子は目を見張っていとを見つめた。

女の宿世について、これほど語れる女など、滅多にいないであろう。

「そなたのように考えられればよいが、私には分からぬことが多すぎるのです。父上が何ゆえ信長公を討ったのか。何ゆえ、忠興さまは私を離縁なさらなかったか。私は明智の娘として生きるべきか、忠興さまの妻として生きるべきか。それとも、ただ三人の子の母としてだけ生きるべきか。いいえ、それよりも何よりも――」

一気に語って、玉子は息が続かなくなったのか、苦しげに喘《あえ》いだ。一呼吸を置いてから口を開き、

「私は何ゆえ、忠興さまの妻になったのじゃろう」

茫然と呟くように言う。

だが、力の入らぬ声はその一言のみであった。その後は一気に、まるで体の奥に溜まっていた鬱憤を吐き出すようにして、玉子は続けた。

「無論、細川に嫁いだ十六歳の当時、私に父母の言いつけに背く道理はなく、父上の主君信長公のご命令に背く力はなかった。そうだとしても、あの時、もっとしかとした覚悟を持って、己の道を見定めていれば――。今の私には、忠興さまの妻であることも、子らの母であることも重いのです。もしも細川に嫁いでいなければ、このような俗世の縁が私を縛ることもなかったであろうに……」

「奥方さまには、俗世の縁が煩わしいのでございますするか」

「そうかもしれませぬ。忠興さまもそうでありましょう。おそらく、私のことが重荷

になっておられる」

いとに同意してほしかったのか、あるいは否定してほしかったのか、玉子には分からない。ただ、いとの何らかの反応を期待していたのは確かである。

だが、忠興の内心なぞ知らぬ、とでも言いたげに、いとは表情も変えない。

（それは、そなたの本心ではあるまい！）

激情の塊が玉子の心を突き抜けて、

「そなた、忠興さまを――」

気づいた時には、玉子はそう口走っていた。

「そなた、忠興さまをお慕いしていたのではありませぬか」

自分が何を口走ったのか気づくと、もう舌の動きは止まらなくなった。

「そなたが誰にも嫁がぬのとて、そのせいではありますまいか」

「私が、若殿を――？」

声は尻上がりで、ただそれだけを聞けば、意外そうな呟きに聞こえるかもしれない。

だが、玉子はもう上辺だけには惑わされなかった。

「いとせめて……」

切札がある。

忠興が玉子によこした後朝の歌を、代作したいとが唐様の紙に書き残した古歌の一節——。

いとの細い目が、この時は精一杯大きく見開かれていた。

二

「よう、戻った……」

天正十二年が明け、早春のうちに玉子は与五郎を連れて、大坂の細川邸へ入った。家臣らの出迎えもなければ、細川家から手伝いの侍女たちが大勢よこされるわけでもない。ただ、家老の小笠原小斎が数人の部下と共に案内に立っただけであった。邸へ入る時も人目につかぬように——と命じられていたのか、小笠原小斎はひそやかに玉子を奥へ導いた。時刻も黄昏時の、人の顔さえ定かには見極められぬ頃合であった。

それでも、玉子はその夜のうちに、子供たちに会わせてもらえるだろうと期待していたのだが、

「熊千代さまも於長さまも、もはやお休みでいらっしゃいますゆえ」

乳母たちからは、体《てい》よく断られてしまった。

玉子が子供たちと別れた時、於長は三歳、熊千代は二歳でしかなかった。二人とも

母の顔は覚えていないだろう。今はもう、於長が六歳、熊千代は五歳である。

せめて寝顔だけでも見せてもらいたいと、玉子は望んでいたが、何やら急《せ》かされるようにして忠興の居室へ連れて行かれた。

家臣や侍女らの前で、感情を露にすることのない忠興は、玉子が一別以来の挨拶を述べている間も、ただむっつりとうなずくだけであったが、気を利かせた家臣らが下がってしまうと、

「よう、無事に戻ってくれた」

と言い、玉子の髪をぎこちなく撫ぜた。

「よう、耐えてくれたな」

子供の頭を撫ぜるように上下していた掌が、そのまますっと肩まで下りて、玉子の体を抱いた。

玉子のまろやかだった両肩は、何の苦労も知らぬ頃に比すれば、ずいぶんと痩せ細ってしまった。忠興はそれを苦労の跡と思い、いっそう哀れさを覚えたようである。

「つらかったであろう」

と、玉子を労わり、

「寂しかった……」

と、正直に告白した。

それは、昔とは少し違ったふうに見える夫の姿であった。

容赦なく妻を幽閉して憚らぬ冷酷な男——一人で暮らしている間に、怨みからか寂しさからか、忠興は玉子の中でそんな像を結んでいた。が、それは錯覚だったのではないか。そんなふうに考えていたのも、自分の心が以前よりもずっと捻《ねじ》くれていたせいではないか。

その夜、蕩《とろ》けるように優しい労わりと、貪欲さの剝き出しになったような激しい愛撫をその身に受けながら、玉子はそう考えを改めるまでになっていた。

(やり直せるのかもしれない)

空洞になった心を埋め尽くしていた闇の一部に、小さな光明が灯ったようであった。

細川の家は確かに玉子を邪魔者扱いしたが、忠興はそうではなかった。熊千代と於長もいる。仮に、子供たちが玉子を忘れて、人見知りするようなことがあったとしても、怒ったり消沈したりすることなく、改めて母と子の絆を結べばよい。そうすれば、玉子は再び細川の家に居るべき場所を取り戻すことが叶うだろう。

——桃の夭夭たる……。

父光秀の朗々と謡う声が聴こえる。

もう夭夭たる桃のように夭《わか》くはないが、あの頃の純心さに戻ることができるかもしれない。

玉子は忠興がもたらしてくれた心身の火照りに包まれながら、心が満たされていった。

その火照りが突然冷やされたのは、深夜の忠興の呟きであった。

すでに忠興の体は玉子の白い裸身からは離れている。仰向けになった忠興の目は、障子の向こう側から漏れるかすかな明かりを透かして、天井をじっと見つめていた。その両眼は深い闇を吸い込んだように、どこまでも虚ろであった。

「秀吉公が、そなたに会いたいと仰せじゃ……」

忠興の表情は見えないが、その声は途方に暮れた様子であった。

「秀吉が私に会いたい、と――」

玉子は今や天下人に最も近い位置にいる男を、呼び捨てにした。

秀吉は父光秀の仇である。秀吉にとっても、玉子は憎い男の娘であろう。その玉子に会いたいという秀吉の意図が分からない。まさかその場で拘束し、父の連座と称して殺されるのか。

だが、忠興の不安は別の要素にあった。

「そなたの美貌の噂が、お耳に届いたのであろう」

物憂げに、忠興は言った。

「まさか、それだけで……」

会ってみたいなどと言い出すであろうか。

「秀吉公は好色じゃ。まさか大名の正妻に手出しはすまいが、そなたは……」

そこで言いにくそうに、忠興は言葉を置いた。

「逆臣の娘なれば、何をしてもよい、と――？」

すかさず玉子が叫ぶように言う。

「私はさほどに、秀吉から蔑《さげす》まれようとは思いませぬ」

仇から辱《はずかし》めを受けるなぞ、武士の娘として承服しかねる。

まさか、忠興は秀吉に会いに行けと、玉子に命じるのか。そのために、味土野から玉子を呼び寄せたのか。忠興は秀吉の機嫌を取り結べるなら、玉子などどうなってもよいと思っているのか。

（あるいは、殿にはこの一年半の間に……）

側に置く女ができたのかもしれない。

大名の夫が側室を置くのは当然である。父光秀は複雑な事情で母と結ばれ、苦労を共にしたという労わりがあったせいか、側室は置かなかった。だが、それは特殊な例である。

「無論、私とて、そなたが辱められるなぞ耐えられぬ」

その時は玉子を殺そうとまで思いつめた忠興である。だが、まさか当人に向かって、それは口にできなかったので、勢い忠興の声は弱々しく聞こえた。

「もしや、殿にはお側に置かれた方がおられるのではありませぬか」

玉子は突如として鉄砲玉のような言葉を投げつけた。心に浮かんだことをそのまま口に出すのは、味土野へ行く前からの玉子の癖である。

「何ゆえ、今、さようなことを訊く」

忠興は玉子の唐突さに驚き、理解できぬという顔を向けた。一年半ぶりに愛を交わした興も冷めたような眼差しをした。

「それでは、お答えになっておりませぬ」

玉子がなおも引き下がらずに迫るのをうるさそうに聞き、

「故明智光忠《みつただ》が娘じゃ」

忠興は不快げに答えた。

「光忠が娘……」

明智光忠とは父光秀の従兄弟で、丹波八上城の城主であった。光秀が山崎の合戦で秀吉に敗れると、光忠も自害して果てている。その娘は玉子の又従姉妹になるわけだが、その娘が玉子を頼って細川家を訪ねて来たので引き取ったのだという。

秀吉の手前、光秀の娘は城中に置けなくとも、遠縁の娘ならばごまかせるということか。だが、そうした状況に付け込んで、妻の縁者の娘をこそこそと抱くなぞ、何と

見えた。

「そなたに似ていたので、ついその気になった……」と、忠興は悪びれたふうもなく言う。玉子には、夫が図々しく開き直ったように見えた。

（私は……やはりこの方をよくは分かっていなかった）

玉子は衝撃と失望を嚙み締めて、己の膝を睨みつけるように見た。

膝前の合わせは、夫に抱かれた後のまま、艶かしく乱れている。その有様さえ口惜しく思われて、玉子は忠興にも自分にも腹が立った。

――私は若殿とは何の関わりもござりませぬ。

いとの淡々とした声がよみがえった。味土野での冬の一夜、いとに忠興との関係を問いただした時のことである。

「私は、大殿の側女《そばめ》でござりましたゆえ――」

その重大な告白さえ、いとは淡々と答えた。

いとが幽斎の愛人だったのは、玉子が嫁いでくるまでだったという。玉子付きの侍女となれば、幽斎の側にはいられなくなる。幽斎から玉子に仕えるよう命じられ、いとはそれを承諾したが、忠興としては父の愛人に妻の世話をされるなぞ、居心地が悪かったのだろう。いとの翻意を促すような気遣いを、何度か見せたのだという。

「いとせめて恋しきときはぬばたまの夜の衣をかへしてぞきる――というは、大殿のことはそのように夢でお慕いするゆえ、私は大事ございませぬというご返事でした」

でも、それでは自分のせいで、いとは幽斎の側室としての立場を捨てたことになるのか。

玉子も身の縮む思いで、問いただすと、

「私は、世間に認められた側室でもありませぬ。御子でも産めばそうなったでしょうが、侍女だか側女だか分からぬような状態で、大殿にお仕えしていたのです。そのまずるずるといい加減な立場を続けるよりも、よい機会でございました」

と、むしろさばさばした口吻で、いとは言った。

「でも、大殿をお慕いしていたのでしょう」

いとせめて――の歌が、それを表している。

「お慕いしていた時があったのは事実。なれど、この世に常なるものなぞありますまい」

いとは、悟り切ったような口を利いた。

だが、この衝撃的な事実と、愛憎の泥沼を突き抜けたようないとの言葉は、かえって玉子を物思いの沼に浸した。

「恋の情けとは何でありましょうな。一体、何のために人は恋をするのか」

「さあ、それは有り余るほどの先人の書物を読んでも、あきれるほど長い人生を生きても、最後まで分からぬ問いかけなのではありますまいか」

いとの返事は相変わらず何かを突き抜けている。

「そなたは御仏を厚く敬っているのですか」

と、玉子は尋ねた。世の無常を説くのは御仏の教えである。もっとも、仏教徒でなかろうとも、この乱世の虚しさは、自然と世の無常を知らせてくれるであろうが……。

「さあ、経典は読みますが、千日詣《もう》でなぞをする熱心さはござりませぬ」

興の乗らぬ口ぶりで、いとは答えた。

「そなたの知恵は経典から来ているのか。だが、そればかりではない。そなたは何か、この世の道理を突き抜けた目を持っておるようじゃ。教えてくだされ。さような目はどうやって持つものなのか」

玉子の目には、いとの知恵の深さはどんな学僧も及ばぬもののように見える。

「知恵と申すなら、我が父枝賢殿こそ、世に並び立つ者のない知恵者でござります。もっとも、枝賢殿に限らず、吉田兼見卿も細川の大殿も知恵者でござりましょうが……」

「そなたが挙げたお方はどなたも、賢きお方というよりは、小賢しいお方のように、私には思われます」

「小賢しいなぞという言葉では物足りますまい。悪賢いと申し上げるのです。なれど、その悪賢さをも含めた知恵が、まことの知恵ではありますまいか」

いとは悪びれず言った。

「その悪企みを躊躇せぬ我が父ですが、その知恵の源にはどうやら耶蘇会の教えがあるように、私には思われまする」

「耶蘇会の――。ペトロが入信している……？」

ペトロと口にする時、玉子の目に翳りが走った。

――今の奥方さまには、神の深い御心は理解できませんでしょう。

鋭い批判の言葉を最後、姿を消したペトロの記憶は、小さな棘のように突き刺さっていた。

「我が父は内裏の禁教令が出た時に、棄教いたしましたが、何の、あの父のこと。表で捨てたように見せかけて、裏で信心し続けるなぞ、たやすいことにござりまする」

「では、枝賢卿は、隠れ耶蘇教徒と――」

「さあ、我が娘にとて、本心を見せるお人ではありませぬゆえ」

いととの会話はそれで終わった。

いとの言葉は玉子に様々なことを考えさせる。そこには、深い叡智の光が潜んでいそうで、それは今の玉子には見えない。いとも進んで見せようとはしない。それゆえ、もどかしいままに、いつも会話は途切れてしまう。

この時も、いとは細川の家へ帰るのを躊躇う玉子に、どうせよという答えは与えなかった。

玉子は、いとが幽斎から決然と離れたように、己の人生を決めることができない。結果として、玉子は己の意志を述べる場も与えられぬまま、細川家の大坂邸ができ上がるや否や、そこへ引き取られることになった。結局は、流されるのに身を任せたのである。

いとはそれをよいとも悪いとも言わなかった。ただ、淡々と玉子に従った。

そして、玉子は忠興に再会し、忠興に抱かれ、再びその未来に光明を見出したように思いきや、同じ一夜のうちに忠興から裏切られ、先よりも深い闇の中に置き去りにされた気分である。

(私はいつも、いとのように潔く生きられない)

玉子はその夜の闇よりもいっそう暗澹たる気持ちになって、思うのだった。

「怒ったのか」

玉子の長い沈黙を、側室を置いたせいかと誤解した忠興は、機嫌を取るように膝に置かれた玉子の手を取って言った。

「光忠の娘のことなぞ、何でもない。我が正妻はそなたじゃ」

「殿はその正妻を、秀吉の許へ行かせるおつもりでしょう」

「一、二度の催促ならば、あれこれと理由を付けて引き延ばせる。だが、それ以上、秀吉公がそなたに執心を見せた場合は……」

「その時は、お家のために秀吉が許へ参れ、と――」

忠興はそうせよとは言わなかった。ただ、無言でそれしかあるまいという吐息を漏らしたのみである。玉子はそんな夫を卑劣だと思いながら、上から見下ろしていた。

「万が一、辱めを受けそうになった時は分かっておるな」

代わりに、忠興はそう玉子を促した。自決して果てよ、と言うつもりか。

無論、玉子とて敵に辱めなぞ受けるつもりは毛頭ない。だが、忠興の今の気持ちは、玉子を思いやってのものであろうか。それとも、玉子の恥辱は夫である我が身の屈辱――その己の名誉と自尊心を保たんがため、玉子に自決を促しているのであろうか。

（分からない……。殿のお心が私には分からぬ）

いや、分からぬのは忠興一人ではない。玉子には、いとの心も分からないし、秀吉の心も分からない。何よりも、亡くなった父光秀の心とて、いまだに分かってはいなかった。

所詮、他人の心なぞ、たとえ夫や父親であっても分からぬものであるのか。

障子の向こうから漏れていた明かりがふっと消えた。油がなくなったのか。宿直《とのい》の者が吹き消したのか。

忠興に取られていた玉子の手首がぐいと引かれた。玉子はそのまま引きずられるように褥《しとね》の上に横たえさせられた。

「まるで白玉のようじゃ」

玉子の顔を上からのぞき込むように見、その頬から肩、肩から胸へ、白い柔肌の感触を楽しむように撫ぜながら、忠興は感嘆の吐息を漏らした。忠興はもう、玉子と秀吉の話も側室の話もするつもりはないようであった。

玉子は瞼を伏せた。長い睫毛がかすかに震えている。それは、久しぶりの夫の愛撫に、敏感に応じながら、淫らな振舞いに及ぶのを懸命にこらえる貞淑な妻の様子とも見えた。

だが、その時の玉子が己の闇を見つめていたことを、忠興は知らない。細川の家へ帰り来てなお、いや、帰り来ていっそう深く暗くなった闇の色を、玉子はじっと耐えて見つめていた。

三

梅がほころぶ時節になると、もはや細川家では玉子のことを隠し切れなくなった。その上、やれ梅だ桜だ、花見に遣わせ――と、再三にわたる秀吉の依頼を斥《しりぞ》けることもできず、二月には玉子を大坂城へ登城させることにした。

「なりませぬっ！」

語気を強くして叫んだのは、小侍従であった。

「姫さまのお父君を討ったお方の許へ、姫さまをやるなど――」

相変わらず、小侍従は公の場を除いては、玉子を姫さまと呼び続けている。もっとも、この時は、玉子の傍らに忠興もいたのだが、小侍従は昂奮してそのことも忘れているらしい。

「それならば、私が姫さまの御身代わりとなって、大坂城へ参りましょう」

小侍従は勢いに任せて言った。

「何と！　そうしてくれるか」

すかさず言ったのは忠興であった。その横顔が明るく耀いているのを、玉子は横からあきれて眺めた。

「それでは、小侍従の身が危うくございます」

玉子は落ち着いた声で、忠興をたしなめるように言った。

忠興の思考は、第一に我が身大事、細川家大事が来る。次に、忠興との距離が近い者から順に、情けが分け与えられる。この場合、玉子と小侍従を比べてみれば、妻である玉子の身が大事であるから、そのためには小侍従を犠牲にしてもかまわぬという思考である。

「まさか、秀吉公とて、小侍従を捕らえて幽閉することはあるまい」

「ならば、私が参ってもようございましょう」

今の玉子はすでに秀吉の前へ行く覚悟を育てていた。父を殺した男が会いたいというのなら、会ってやってもよい。明智の娘として、あだや父の名誉を傷つけぬだけの振舞いをしてみせよう。

「そなたが参って、万一のことがあれば、と案じているのではないか」

苛々と、忠興は言った。

味土野から戻って以来、どこか玉子はふてぶてしくなった。

昔は、気が強く聡明であっても、根は素直で従順であったのに、今は口には出さずとも、忠興を見下したような目つきをする。その意味では、玉子ほどの美貌ではないが、玉子に似て色白のおとなしい側室、明智光忠の娘の方が忠興の心を癒してくれた。

光忠の娘は、父が逆臣光秀に従ったことを恥じ、細川家の厄介になっていることを感謝し、忠興の正妻で又従姉妹の玉子に申し訳なく思うのか、常に控えめな女である。

（逆臣の一族ならば、それらしくしておれば、可愛げがあるものを！）

この時も、小侍従が自ら身代わりを申し出てくれたのである。侍女の忠義を素直に受け取って、感謝だけしておればよいものを——。

「その万一のことが、小侍従の身にならば、起こってもよい、と——」

この時も、玉子は小賢しく忠興に逆らってくる。

「奥方さま」

たまらず、小侍従が口を挟んだ。今度は忠興を意識して、奥方さまと呼んでいる。

「私は奥方さまの侍女にございます。主人のために働くが侍女の仕事。それに、おそれ多いことながら、私は昔より奥方さまに似ていると言われてまいりました。齢も同じ、会うたことのない人であれば、私を奥方さまと信じて疑いますまい」

だが、玉子は小侍従には目も向けなかった。そのまま光る目を忠興に据えて、

「殿は、媵《よう》というものをご存知ですか」

と、急に話題を変えた。

「よう、だと——。何のことか」

玉子が博識であることは、忠興も知っている。だが、自分の妻が侍女の前で知識を

披露し、それを自分が知らぬことを露呈させられるのは不快であった。

「古代、中国で正妻となる妻に付いて、婚家へ赴いた侍女のことにござります。必ず血縁の未婚の娘が選ばれました。その侍女たちは正妻が子を生《な》さなかった場合、側室となって子を生す役目を負っていたからにございます」

忠興は玉子の言わんとすることが分からぬのか、不機嫌そうに口を引き結んだままである。

「殿は昔、小侍従を寝所に誘われたことがございましたな」

「姫さまっ！」

小侍従が悲鳴のような声を上げた。

「私が何も気づかなかったとでも、お思いですか」

忠興も小侍従もはっと息を呑んだ。小侍従は玉子の顔を見ていられずに、すでにうつむいている。

「案ずるな、小侍従。私はさようなことで驚いたりはせぬ。殿は誰ぞやに、側室を片手の指に余るほど置いてみたいと漏らされたそうな。そなたをお誘いにならぬ方がおかしい」

「側室の話は、酒の席での戯れじゃ」

「小侍従を誘われたのも戯れでござりますか」

玉子は鋭く切り返した。

「されど、小侍従は私との約束を守ってくれました。私が嫁いだ翌朝に、小侍従にお願いをしたのです。どうか、忠興さまの滕にはならないでおくれ、と――。ですが、私の血縁に連なる他の娘を、滕のように扱われるのならば、小侍従を側室にお迎えくださった方がようございました」

これまで光忠の娘について、一切の意見を差し挟まなかった玉子の、それは痛烈な皮肉であった。

「殿は、小侍従が秀吉公の閨《ねや》のお相手をさせられてもよいと、おっしゃったも同然。されど、私は、私との約束を守ってくれた小侍従を、さような目に遭わせとうありませぬ」

小侍従ははっと息を呑んでいた。

まさか、秀吉が玉子に伽《とぎ》をさせることになろうとは、予想もしていなかった。

だが、昔から、合戦の勝者は、敗者の一族の女たちをどう扱ってもよいという風習がある。

山崎の合戦の大将であった秀吉が、敵の大将の美貌の娘を、遅ればせながら我がものにしたとしても、それは歴史上いくつもあった悲しい逸話の一つでしかない。

(でも、それならば、なおのこと、姫さまを登城させるわけにはいかぬ)

忠実な小侍従はいっそう心を強くした。だが、玉子も忠興を前に退かなかった。

「ご安心くださいませ。私は、秀吉には指一本触れさせませぬ。いざという時には、明智光秀が娘として潔く死んでいきとうございますゆえ」

細川忠興の妻と言わぬところが、せめてもの玉子の矜持であった。

光忠の娘を側室にして愛し、ひそかに小侍従を誘い、相手にされなければ、その女を秀吉に差し出そうとする忠興への、せめてもの抗議であった。

その心意気が透けて見えたのだろう、忠興はついに癇癪を爆発させた。

「勝手にしろっ！」

と言って、玉子の部屋を出て行き、そのまま光忠の娘の部屋へ行ってしまった。


「なりませぬっ！」

小侍従もなかなかに頑固であった。

どうあっても、自分が玉子の代わりとなって登城すると言って聞かない。だが、主人である玉子の方も、簡単に折れるような性格ではない。

「私は亡き奥方さまに、会わせる顔がありませぬ」

涙ながらに、小侍従は訴えた。

小侍従が奥方さまと呼ぶのは、玉子の母熙子のことである。母のことを持ち出されると、玉子もわずかに怯《ひる》んで譲歩した。

「ならば、こういたしましょう。細川の内室が登城するのに、侍女を連れて行かぬわけがない。そなたが玉子になり、私が小侍従になる。それでよいですね」

「姫さまが私に……」

小侍従は当惑したようである。

「私たちの顔が似ていることは、細川の家中の者ならば皆存じておる。秀吉がその噂を耳にしていたとしても、何の差支えもありますまい。大丈夫です。二人一緒ならば、私たちは互いに互いの身を守ることができましょう」

「それは、私の身が危うくなった時、姫さまが実は私こそが細川の内室ですと、名乗りを上げるということではありませぬか」

「さようなことはいたしませぬ。秀吉の怒りを買うことにもなり、付け入る隙を与えることにもなりかねない。秀吉はおそらく、明智家と親しかった当家を滅ぼしてもかまわぬと思っておりますからね」

いざという時は二人で知恵を出し合えばよい——玉子にそう諭《さと》されてようやく、小侍従はしぶしぶ承知した。

登城する日は、二月半ばと前もって決められている。その日は春の盛りの暖かな風が吹く、晴れやかな好日であった。ちょうど、桜の花も咲きかけた頃合である。玉子や小侍従の心とは裏腹に、外の景色は美しいであろう。

この日になっても、忠興は玉子の前に姿を見せなかった。

だが、侍女を通じて、小侍従が玉子の身代わりになることは知らされていたから、ひとまず安心はしているのだろう。これで、玉子がどうしても登城すると言い張っていたなら、もうひと悶着があったであろうが、小侍従が登城するのならかまわぬとばかり、忠興は家臣や侍女らにすべてを任せ切っていた。

玉子が侍女に成りすまして、大坂城へ行くことを、忠興は知らない。

そのことは、玉子の側近く仕える者しか知らず、玉子は固く口止めしていた。

それゆえ、登城の一行が細川邸を出立して、忠興がようやく機嫌を和らげた時にはもう、玉子は小侍従と同じ輿《こし》の中にいたのである。

「何だと！　奥方は侍女の形《なり》をして、大坂城へ上がった、と――」

忠興は絶句したその後で、地団駄を踏まんばかりに憤激したが、輿が城へ向かった以上、もはやどうにもならなかった。

大坂城下にある細川邸から、城まではさほどの距離はない。無論、輿でゆっくり進んで行くので、多少の時はかかるが、午《うま》の刻に邸を出立した一行は、未《ひつじ》一つ（午後一時）までには城門をくぐっていた。

秀吉に謁見するのは、未三つ（午後二時）ということになっている。

一行は控えの間に通され、そこでしばらく休憩することになった。

秀吉の前には、侍女一人を伴って行くことが許され、その他の侍女や家臣らは、控えの間に留め置かれることになった。

無論、その一人の侍女とは玉子である。一行に従って控えの間まで来ていたいとも、ここで別れねばならない。

「何か、お指図はございませぬか」

いとが侍女姿の玉子に目を向けて尋ねた。派手な装束を着ていなくとも、やはり玉子の美貌は際立っている。似たような顔立ちをしている小侍従が、普段の玉子よりもずっと豪奢で贅沢な打掛を召しているというのに、どこか精彩に欠けて見えるのは、生まれながらの美質が異なるせいか。

「申《さる》の刻が過ぎても、私も小侍従も戻らず、何の連絡もなければ、そなたは細川邸へ戻るよう」

一刻半（三時間）ほどの間である。

「かしこまりました」

いとは相変わらず落ち着いて答えた。

「大丈夫です。大したことはありませんでしょう」

玉子もまた、落ち着いている。一人、小侍従のみが少し蒼褪めた顔をしていた。

「こたびはお城にお招きくださり、ありがたき幸せに存じまする」

小姓にかしずかれた秀吉を前に、平伏して挨拶を申し述べているのは小侍従である。

玉子はその少し下がった所で、小侍従よりももっと深く平伏していた。小侍従が顔を上げても、玉子はなおも頭を下げ続けている。侍女の身分で許しなく、城主の顔を仰ぎ見るのは無礼であった。

「いやいや、大したことはない。誰彼かまわず城に招くは、わしの道楽のようなものじゃ。所詮は足軽上がりじゃによって、城を築く身となればこそ、人をあっと言わせるようなものを作りとうてな。亡き上さまの安土城も、そうであったが……」

秀吉は噂通りのおしゃべり好きなのか、その舌は滑らかに回っていた。が、安土城の話題は滑らかな舌鋒を少し鈍らせた。壮麗な安土城の一部を灰燼に帰せしめた原因は、他ならぬ玉子の父が作った。その光秀を、秀吉が討った。

城の話からつい口を滑らせたというふうに繕って、実は秀吉は綿密な計算をしていたのではないか。玉子の反応を見守って、下手な逆心を抱いていないか、確かめていたのかもしれない。

やはり、秀吉はじっと玉子の様子をうかがっていた。

小侍従は伏目がちのまま、いっさい反応を示さない。秀吉から光秀や信長の話を出された時は、とにかく付け込まれないことを第一とし、ひたすら聞き流すと取り決めていた。

秀吉はなおも玉子の本心を探ろうとしてか、手を変え品を変え、様々な話を仕掛けてきた。安土城を凌ぐ天守閣を作ったという話も、城内に黄金の茶室を作るという計画も、すべては玉子の反応をうかがうためであったようだ。

そのいずれにも、小侍従は反応を示さないか、曖昧にうなずくばかりであった。見ようによっては、美貌なだけの愚鈍な女に見えたことであろう。秀吉は、正妻の於禰が聡明な女と評判高いように、聡明で教養のある女を好むらしい。ここへ至って、高貴な女人たちを側室に迎えているのも、彼女たちに教養があるからであろう。

そこで、小侍従がわざと愚劣に振舞って、秀吉が玉子への関心を失くしてくれれば、それでよし。そうでなければ――。

「そこな、侍女よ。顔を上げよ」

不意に、秀吉が玉子の方へ目を向けて言った。その眼差しは蛇のように執拗に、山犬のごとく貪欲に、頭を下げ続けたままの玉子の黒髪に注がれていた。

「はい」

玉子はその時初めて、顔を上げた。臆することなく、少し離れた所にいる秀吉の顔を仰ぎ見る。

思っていたよりもずっと、穏やかで愛嬌のある顔をしていた。

信長から猿と呼ばれていた噂は玉子も耳にしていたが、その男の顔は決して醜くも卑しくもなかった。

むしろ、人好きのする面であった。まだ四十代という齢にしては、いささか小皺が多い。それが猿と呼ばれた理由なのであろうが、おそらく若い頃からそうだったのではないか。ただ、それでも、

(怖い――)

と、玉子に思わせたのは、顔中を皺だらけにして笑《え》んでいてもなお、少しも笑っていないその目のせいであった。

秀吉の目の奥には、どうしても欲しいものが手に入らぬか、あるいは大事な何かを失った者の、救いようのない闇が見える。それは、飽くことなく求め続け、手に入れ続けてもなお、満足することを知らぬ地獄の道を往く者の眼差しであった。

(私も、こんな目をしているのか)

玉子は不意に恐ろしくなった。

玉子は本能寺の変とそれに続く山崎の合戦で、大事なものを失った。いや、苦労を知らぬ娘時代のすべてを失ったと言ってよい。だが、この眼前の男からすべてを奪ったのが、父光秀だったとしたら――。

秀吉に天下への野心があったのは間違いないが、信長を殺してまで手に入れる気はさらさらなかったであろう。

信長の作る天下こそが、秀吉の理想の天下であった。秀吉の天下は信長の天下を受け継いだものであろうが、信長不在の天下は、どこまでも秀吉を空虚にさせる。

そんな虚しい心の闇が、秀吉の目の奥にはあった。それを読み取ってしまった玉子は、急に恐ろしくなった。

「ほうっ、これは何と、よう似ておるか」

秀吉は布団の上に飛び上がるようにして、驚いた。そのひょうきんな態度はこの男の得意とするものであったようだ。

「そこな、侍女よ。これへ参れ」

秀吉は気軽い調子で、自分の膝をぽんぽんと叩いた。まさか、そこへ乗れというわけでもなかろうが、大名の正妻である玉子には言えぬことでも、その侍女にならば、気安く言えることがある。秀吉の目と鼻の先へ参れ、などということは、仮にも細川家の内室に対しては言えぬことであろう。

「それでは、失礼させていただきまする」

玉子は臆せずに言って、その場を立った。

女人にしては背の高い玉子は、立つと芍薬の花のような薫り高さがあった。玉子は単なる侍女にしては驚くほどの落ち着きぶりで、細川家の内室を演じる小侍従の脇を通り過ぎると、秀吉の真ん前に腰を下ろした。

「ふうむ……」

秀吉は玉子の顔の前に鼻を近付け、じっくりと値踏みするように、その顔を見つめている。やがて、額の頭から耳の付け根、頤の先、目の縁《ふち》にある小さな黒子まで、嘗めるように見尽くした秀吉は、

「その方《ほう》に、大坂城の中をゆるりと見せてやりたいのう」

薄い顎鬚をしきりにねじりながら言った。

「私は、奥方さまの御供でございますゆえ」

「奥方は細川の邸へ帰ればよかろう」

そっけなく秀吉は言った。小侍従には興味が湧かぬようであった。

「わしは、その方に城を見せたいのじゃ」

「何ゆえ、奥方さまを差し置いて、私に残れとおっしゃいますか」

「さて、何ゆえであろうな。ただ、そちが気に入ったというだけのことじゃ」

秀吉はにんまりと笑って見せた。

「とは申せ、私は奥方さまと細川の殿さまのお指図でしか動けませぬ」

「では、そこな奥方にわしが訊いてやろう。どうか、この侍女、しばらくわしに貸し

てくれぬかの」

「それは、細川の殿のお許しがなければ……」

困惑したまま、小侍従が掠れた声で言う。何とかして玉子を連れて帰らなければ、と小侍従も必死であった。

「では、忠興に使いをやろう。その許しが得られればよいのじゃな」

忠興が逆らうはずはないと、決めてかかるような物言いであった。

「それでは、私から細川の殿へ御文を認《したた》めまする。筆と紙をお貸しいただけましょうや」

「そうか、そうか」

秀吉は上機嫌にうなずき、小姓に筆と紙の用意を言いつけた。文机まで持ち運ばれ、そこに墨と筆の仕度が調えられた。

「では――」

はらはらして成行きを見守るしかない小侍従の前で、玉子は立ち上がった。その時、玉子の懐から、ぽとりと何か重そうなものが落ちた。

（何じゃ）

秀吉の目が畳の上のものに吸い寄せられる。

それは、小振りの短刀であった。

（何と！　こやつはわしの前へ刀を持ってまいったか）

差し違えるつもりであったのだろうか。確かに、秀吉は光秀の仇であろうが……。

いつしか、秀吉の頤が下に下がっていた。

「ご無礼をば、いたしました」

玉子は短刀を落とした後も、少しも動揺することなく、ゆっくりとそれを拾い上げた。それから、再び懐の中にしかとしまい込んだ。

「では、御文を書かせていただきまする」

玉子は言って、秀吉に軽く頭を下げ、再び立ち上がろうとした。

「やめじゃ、やめじゃ」

玉子の動きを遮るように、秀吉がさばさばした口調で言った。玉子は上げかけた腰を再び畳の上へ落とし込み、秀吉の口の動きをじっと見守っている。

秀吉は右手を目の前で、ひらひらと横に振った。

「その方に城を見せるのはやめじゃ。奥方と共に細川邸へ帰るがよい」

「これは……残念でござりますが、仕方ありませぬ。承知つかまつりました」

玉子がしずしずと言って、頭を下げた。その顔の前へ再び、己の鼻先を近付けるようにして、

「わしは下賤の生まれゆえかの、鼻が利く。特に、高貴な女子の薫り高い肌の匂いは、

ただちに嗅ぎ分けることができるのじゃ」

衒《てら》いも見せず、ぬけぬけと秀吉は言った。それは、侍女が玉子であることに気づいていたという意味か。

「天晴《あっぱ》れな女子じゃ。そなたは、いやいや、忠興にはもったいない……」

目を玉子の上にじっと据えて、秀吉は言った。

「いや、光秀の娘でももったいないくらいじゃ」

秀吉はからからと笑い出した。

「褒美を取らせる」

秀吉はおもむろに言うや、小姓に目くばせをした。

小姓は心得た様子で奥へ下がると、しばらくして漆の盆を捧げ持って現れた。その上には、金糸銀糸のまばゆい派手な小袖が二枚と、茶を入れたと思われる筒が載っている。

「これは、わしが細川の内室にやるのではない。そこの侍女一人にやるものである。よって、細川よりの礼は無用ぞ」

小侍従に聞かせるつもりなのか、秀吉は少し声を高くして言った。

その後で再び玉子の前に顔を近付けると、やや声を落とし、

「礼を申したくなれば、その方が一人で参るがよい。まあ、それはないであろうがの」

と、言った。

続いて、明るく渇いた笑い声が室内に満ちた。秀吉は上機嫌に笑いながら、もう用は済んだとばかりに立ち上がる。どこかせっかちで慌ただしい立居に、その性格がよく表れていた。

去って行く小さな痩せた背中を、玉子と小侍従が平伏して見送る。

玉子が秀吉に会った、最初で最後の時であった。

四

玉子が細川家へ戻った天正十二年、秀吉は配下の武将らを率いて、信長の次男織田信雄《のぶかつ》と徳川家康の連合軍を相手に合戦を繰り広げた。

小牧《こまき》、長久手《ながくて》の合戦である。

無論、忠興は参戦を命じられた。

この合戦は、秀吉と家康の一騎打ちというほどのものではなく、かつて信長の同盟者であったという自負を捨て切れぬ家康が、信雄の誘いを餌に最後の意地を見せたというだけのものである。勝敗のみを言うのなら、圧倒的な大軍勢を敷く秀吉に、家康の三河勢が負けぬまでも勝利することは難しかった。

よって、両者共に動かず、睨み合いが続いた。むしろ、先に動いた方が敵に叩かれて敗北するということが、どちらにも分かっていた。

だが、この時、先に動いたのは秀吉軍である。

秀吉の甥で養子の秀次《ひでつぐ》が家康軍に攻撃をしかけたものの、隙のない家康の用兵術に翻弄されて敗走――。三河勢のしぶとさに懲《こ》りた秀吉は、脇の甘い信雄に近付き、驚くべき手際のよさで、同盟を結んでしまった。

信雄を助けるという名目で起った家康は、戦うための大義名分を失ったのである。

最後は、秀吉の駆け引きが勝利を収めたのであった。

ただ、この合戦は徒《いたずら》に長引き、結局、七ヶ月という歳月を費やしている。

忠興も参戦してからは、一度も邸に帰ることがなかった。

年が明ければ、長女の於長は七歳、長男の熊千代は六歳になる。次男の与五郎はやっと三歳だ。

だが、味土野で暮らしていた一年半、離れて暮らしていたせいか、玉子は上の二人の子供たちに隔たりを感じることがあった。

もちろん、可愛くないというのではない。初めのうち、人見知りしていた熊千代も於長も、やがては納得して、玉子のことを母上と呼び始めた。

だが、あからさまにではないものの、細川の家中は跡継ぎである熊千代を、できるだけ玉子に近付けまいとしているようであった。熊千代からは、明智光秀にまつわるすべてを取り除きたいということか。

小牧、長久手の合戦が終わると、忠興も邸へ戻って来た。

そして、天正十三年七月、秀吉は近衛前久《さきひさ》の猶子となって関白に就任し、翌年十月にはついに徳川家康を上洛させて配下に加えている。

十一月には、正親町《おおぎまち》天皇が譲位して後陽成天皇が即位した。

秀吉は豊臣の姓を頂戴して、以後、豊臣秀吉と名乗ることになる。

この年の十月、玉子は再び、男子を産んだ。忠興の三男光千代《みつちよ》、後の肥後熊本藩主忠利《ただとし》である。

味土野へ行く前のように、子を授かったことを素直に喜べない。また、味土野で与五郎を産んだ時のように、この上もない心の慰めと思うこともできない。

今では全幅の信頼を寄せることのできなくなった夫の子供を産むことに、玉子は抵抗さえ覚えていた。

だが、忠興の方は玉子のそうした心の葛藤に、気づく気配はなかった。

光千代の誕生を喜び、玉子との深い交わりは取り戻したと思ったらしい。

この光千代は上の子らに比べると、ひどく小柄でひ弱な子であった。

（私のせいではないか）

誕生を喜んでやれない母のせいで、光千代は病弱に生まれてしまった——玉子はふとそのように考えた。

そして、そう思った時から、光千代は他の子供たちよりも大切な宝となった。

このようにひ弱では、武士として立つことさえ、ままならぬかもしれない。

忠興の態度も、自らの幼名を与えた長男熊千代の時に比べて、光千代には冷たいように見える。

いずれ出家させて、学問の道へ進ませるのがよいかもしれぬとさえ、漏らしたこともあった。それが悪いというのではないが、忠興の関心の薄さが、玉子にはいっそう不憫である。

（この子は、私が守ってやりたい……）

玉子の心が忠興や他の子供たちを離れて、光千代一人に向かい始めた頃、天正十五年が明けた。

いよいよ秀吉は九州攻めのため、大軍勢を繰り出すことを決定——。

小牧、長久手の合戦の時のように、忠興も参戦した。この時は九州までの遠征であるため、小牧、長久手よりも長い留守になるかもしれない。そもそも、秀吉は負けない戦い方を好む長期戦型の武将であるから、半年くらいの長丁場は普通である。

二月十一日、忠興を見送って、大坂の細川邸はひっそりと静まり返った。

ところが、それから数日も経ずして、光千代が高熱を発して床に就いたため、忠興出陣以上の大騒ぎになった。医師に見せる一方で、細川家が帰依《きえ》する禅宗の寺社へ多大な布施が奉納され、玉子は朝も夕もなく看病と祈りに明け暮れた。

戦場に赴いた忠興は、ひ弱な三男が病に罹ったからといって、邸に帰ることはできない。

玉子は一人で、光千代を喪《うしな》うかもしれぬという不安に耐えねばならなかった。

「光千代の病は……私の罪深さゆえではありますまいか」

いくら神仏に祈っても、容態がよくならない光千代の小さな顔を見下ろしながら、玉子はぽつりと呟いた。もはや精も根も尽き果てた横顔である。

「奥方さまの罪とは、何でござりますか」

傍らにはいとだけがいた。寝ずの看病に疲れ果てて、一度部屋へ下がった小侍従と交替したのである。

「私は、殿や大殿をお怨みしておりました。秀吉公をもお怨み申した。頭の片側では、秀吉公が我が父を討ったのも、殿や大殿が私を幽閉なされたのも、やむを得ぬことと分かってはいる。それでいながら、怨みを捨てられませんでした。それなのに、私は殿の御子をお産みしたのです。これが、罪でなくして何でありましょう……」

「御仏の教えには、さようなものはありませぬ」

「そなたの物言いはまるで、御仏以外の教えにはそれがあるというようですね」

「耶蘇教です」

いとはあっさりと答えた。きっぱりとした物言いであった。

「あの、ペトロが入信していた耶蘇教ですか」

味土野でほんの一時を共にした一人の少年を、玉子はやっと思い出し、ほろ苦い気持ちになった。

「耶蘇教には、人にはすべて原《もと》なる罪があると申します。人は生まれながらにして罪を負っている、と――」

「すべての人が、罪人だというのですか」

玉子の目は大きく見開かれている。

「神は、人が神の叡智を知ることを望まれませんでした。にもかかわらず、人は知恵をつけた。それこそが、人の罪だというのです」

「そなたの申すことは、よう分かりませぬ」

玉子は首を横に振って、小さく溜息を吐いた。もっと分かるところから、順を追って話してもらわなければ理解できそうにない。

「生まれたことが罪になるなぞ、私には承服できぬ」

いとはさもあろうというように、うなずいてみせた。だが、

「私にお尋ねあそばされても、お答えのしようがござりませぬ」

とだけ言って、耶蘇教の詳しい教義を自ら玉子に説明しようとはしなかった。その代わり、

「お聞きになりたいですか。その教えを――」

と、玉子の心を掻き立てるようなことを言い出した。

もっとも、いとの声はいつもと同じように落ち着いているので、それが玉子を誘っているように聞こえるわけではなかった。それでも、玉子の疲れ果て、渇き切った心は、いとの言葉に十分惹かれた。それを察したかのように、

「お連れいたしましょう。耶蘇教の教会へ――」

いとが言った。

行きたい――玉子はそう答えてしまいたかった。その衝動はかつて知らぬほど激しかった。だが、既《すんで》のところで、玉子は思い止まった。

「されど、光千代をこのままにはしておけませぬ」

光千代は今、眠っているが、いつ急変するか分からない容態だった。その時、母が傍らに付いていてやれないのは、あまりに切ない。だが、

「光千代さまをお助けしたくないのですか」

と、いとは畳みかけた。

「耶蘇教の教会へ参れば、光千代が助かると申すのですか」

「助かる、というのは、身一つのことでございますか。それとも、魂の救いのことでございますか」

「無論、身が助かりさえすればよいとは思いませぬ。が、今は……」

光千代の命が助かりさえすれば、他には何も望まぬ。それが玉子の本心である。

「身の救いならば、よき医師《くすし》におすがりなされませ。それ以上のよき方策はありませぬ。ですが、もしもそれで光千代さまが助からなかった時、奥方さまはいかがあそばします」

「いかが、とは──」

「その時、医師を怨んだり、神仏をお怨みしたりするのですか。かつて細川の大殿や若殿や秀吉公を怨んだごとく──」

「いと……」

「南無阿弥陀仏を何千回唱えても、南無妙法蓮華経を何万回唱えても、光千代さまの寿命が初めから決まっていたものならば、奥方さまの願いは叶えられますまい。人はそれと分かっていても祈り、祈りが叶えられれば神仏に感謝を捧げ、叶えられなければ信心を失ってゆく。それでは、何の救いにもなりませぬ。怨むことをくり返しているだけでは、人は地獄の鉄輪《かなわ》から抜け出せぬのです」

それは、浄土宗や一向宗、日蓮宗など、仏教の教義に対する明らかな挑戦であった。

「そなたは、耶蘇教を信じているのですか」

いとの物言いは明らかに耶蘇教徒のそれではないか。そう疑いつつ、玉子が問うと、

「私は、耶蘇教徒ではありませぬ。ですが、そうなりたいという思いはござりまする」

いとはきっぱりと答えた。

「何ゆえ、人の世には道理に合わぬことばかりがあるのか。何ゆえ、身分高く生まれる者と、一日の米にさえありつけぬ者がいるのか。何ゆえ、臣下が主君を倒す非道がまかり通り、敗れた者の一族は虐殺されるか、凌辱されることに甘んじなければならぬのか」

いとの言葉を引き取って、玉子が歌うように先を続けた。

「何ゆえ、私が逆臣の娘と呼ばれねばならぬのか。何ゆえ、私を侮辱する細川の家に留まらねばならぬのか。何ゆえ光千代がひ弱な体に生まれついたのか。何ゆえ、それが私の子でなければならぬのか！」

最後は叩きつけるような叫び声となった。誰にぶつけることもできぬ激情の塊を、玉子は投げ出すようにして叫んだ。

「その問いに、耶蘇教は答えてくれますか」

できる限り、気を静めて問う玉子の言葉に、

「おそらくは――」

　いとは目を伏せて答えた。

「参りましょう。耶蘇教の教会へ――」

　玉子は衣擦れの音と共に立ち上がった。

五

　太陽暦でいう三月十九日は、耶蘇教の教会は復活祭に向けた準備で美しく飾り付けられており、復活祭のための説教が行われていた。

　日本の暦でいうところの二月十一日のその日は、彼岸の時期と重なっており、寺社へ参る人の数も多い。

　その人々に紛れて、一見、どこぞの公家か大名家に仕える侍女と思われる女たちの集団が、教会へやって来た。女主人らしき格好の人物はいない。誰もが皆、目立たぬような小作りであった。

　だが、見る人が見れば、立居振舞いや口の利き方、目のやり方一つで、人の立場や生育環境が分かるものである。セスペデス神父は人間をよく見てきた人であり、それだけの力があった。

その女性たちの中に、一人、教会の正面に飾られた聖母子の像を、食い入るように眺めている二十代半ばほどの夫人がいた。たとえるならば、その夫人の心身からは紅蓮の炎が立つようであり、その一方で、全身が白い氷塊に閉じ込められているようにも見えた。火と氷と――両極端に激しいものを、その身内に秘めている女性である。

（人並みでない人生を過ごしてきたに違いない）

セスペデス神父はそう感じた。

夫人は教会に強い興味を抱いているようであったが、神父からは声はかけなかった。だが、夫人の方から何らかの助けを求められることがあるかと思い、その背後に近付いて行った。

その夫人以外の女性たちは、皆、全体として慎ましやかで行儀がよく、教会の美しい飾り付けに驚嘆したり、夫人と同じように聖母子像を黙って見つめたりしていた。だが、同じように聖母子像を眺めていても、その眼差しの真剣さは、夫人とは比べものにならなかった。

そうするうち、夫人の蒼ざめた唇から何か言葉が漏れた。

「みつちよ……」

音声は聞き取れたが、日本語のよく分からぬセスペデス神父にはよく分からない。

「失礼……します」

セスペデス神父は適度な距離を置いた位置から、夫人に声をかけた。

「何か、おっしゃいましたか」

セスペデス神父の発音の仕方は、ひどくゆっくりで途切れがちである。やや不自然だが、聞き取れぬわけではない。

夫人は振り返った。

そして、セスペデス神父が教会で相応の地位にある人物と見て取ったのか、礼儀正しく一礼した。だが、自分の呟きについては二度と口にしなかった。

「あの小さな御子は、どなたの御子ですか」

夫人は聖母子像を指で示しながら、神父に尋ねた。そのくらいの日本語ならば神父にも分かる。

「神の御子イエズスにござりまする」

「おお、あの方がイエズスさまか。イエズスさまは神の子と聞く。ならば、あの方は姫神じゃな」

夫人は頬を紅く染め、独り言らしく早口で言った。

「ひめ……が……み……」

早口になると、セスペデス神父にはもう分からなくなる。実際、イエズスしかよく聞き取れなかった。困惑したセスペデス神父は、日本人の高井コスメ修道士《イルマン》を呼んだ。

コスメ修道士が近付いて、神父から事情を訊くと、夫人へ向き直って答えた。

「あの方は神ではありませぬ。聖母マリアさまでござります。耶蘇教に神は一人ですゆえ――」

「奥方さま。耶蘇教の神とはただ一人にて、唯一絶対のお方にござります。かのマリアなる女性は人間でござりますが、神の声を聞き、神の子をみごもったのです。ゆえに、耶蘇教では神の子の母として、崇められております る」

夫人の傍らにいた一人の女が、さらにくわしい説明を加えた。その女は夫人より年長に見えるが、落ち着いて聡明そうな物言いをし、さらには教義にもよく通じているものと見える。

「では、マリアは神の妻なのですね」

「いいえ、マリアはあくまでも人であって、神に選ばれた女人。かように人の叡智ではうかがい知れぬことを、奇蹟と申しまする」

「ならば、神は奇蹟を起こして、死すべき赤子の命を助けてくださるでしょうか」

夫人の眼差しが付き人の女から、コスメ修道士の許へ返ってきた。コスメ修道士は心中でひそかにうなずいた。難題を抱えて教会に足を運ぶ人は決して少なくない。この夫人の悩みはどうやら我が子の病気であるようだ。

「奇蹟は神のご意志であって、人がうかがい知るものではありません」

「では、祈っても無駄ということですか」

「祈りこそ神との対話でござります。息をするのと同じことにて、人は祈らないでは生きられませぬ。ただ、人には知ってはならぬものがあります。神の叡智にとやかく申すは、人の領分ではありません」

「それでは、死んでいく子を、ただ黙って見ていよ、と——」

コスメ修道士は、夫人の瞳が炎のように燃え上がるのを見た。それは、先ほど夫人の後ろ姿に、セスペデス神父が見た炎と同じものであったろう。

「こちらへ来てください」

コスメ修道士は夫人と傍らの女を連れて、教会の祭壇に近付いた。すると、それ以外の女たちも皆、修道士の後にしずしずと従って付いて来る。

やはり、問いを発した夫人が、それ以外の女たちの主人であろうと、コスメ修道士もセスペデス神父と同じ意見を持った。

「これを御覧くださいませ」

それは、祭壇脇に描かれた壁画であった。外から入る陽光で、ほの明るく照らし出されているが、さらによく見えるように、コスメ修道士は蝋燭の火も用意していた。

火を近付けると、十字架にかけられた一人の男が腋を槍で鋭く抉られ、血を流している姿がぼうっと浮かび上がった。

声こそ立てないが、あまりの凄惨さにはっと息を呑む女たちの気配が伝わってくる。だが、夫人は顔色を変えもしなかった。夫人に説明していた年上の女もまた、夫人と同じように落ち着いている。

「イエズスの受難《パッシオン》」

コスメ修道士は説明を加えた。

「先ほどの赤子がこのお方です。神の子イエズスはこうして十字架にかけられ、無実の罪で処刑されたのです」

「無実の罪とは何と道理に合わぬ……」

夫人の唇から重い吐息が漏れた。

「いいえ、道理に合わぬことは世の中に多くあります。さようなことばかりです」

夫人は大きくうなずいている。

「されど、これが神の愛と申すもの」

そこで、コスメ修道士は厳かに言った。

「イエズスの受難。神は愛する我が子に対してさえ十字架を負わせ、荊《いばら》の冠を被せました。あなたや周りの人が苦しんでおられる時こそ、神の愛、神の施しと思うべきです。あなたの受難をイエズスの受難と比べてはなりませぬ。人の世のどんな苦悩よりも深い苦悩、どんな受難よりも重い受難を、イエズスはその身に負われました。あなたの受難は神があなたを選び、あなたを愛するがために、あなたを試されたのです」

夫人はもう何も言わなかった。

ただ、教会へ来た時は蒼ざめていた唇が、ほんの少し色づいて、しかもかすかに震えているのを、コスメ修道士は見た。

夫人はすべてを理解したのだ。

セスペデス神父ほどではないが、コスメ修道士もまた、人を見る目を持っている。

（この夫人は、類いまれな理解力と想像力を持つお人だ）

耶蘇教について深い知識もない日本の女性が、ここまでの理解力を示すのは難しい。

「今日はこれ以上、長くお教えをお聞きすることができませぬ。ですが、これからもご教義をお聞かせ願いとう存じます」

夫人はそう言った。

「どうぞ、御名をお聞かせくださいませ」

コスメ修道士が尋ねると、夫人は深く長い溜息を吐いた。

「事情がございまして、今、それを申し上げることができませぬ。私は頻繁にお参りすることが叶いませぬが、他の者たちはまたお参りさせていただくでしょう。私もその口を通して、お教えを承ることといたします」

夫人は言った。どうやら、目立たぬ侍女のような格好をしているのは、外の日本人の目をごまかすためであって、教会の神父、修道士たちに隠すつもりはないらしい。

「私は、己の不幸せを道理に合わぬものと考え、世を怨み、己の宿世を怨み、世の人を怨んでまいりました。ですが、それが神の与えたもうた受難であると思えば、違った心持ちになれるようです。胸の痞《つかえ》がすうっとおりてゆくような……」

長い睫毛が小刻みに震え、その下の大きな瞳が見開かれている。深い叡智を宿した黒い瞳であった。

「お聞かせいただきとう存じます。その神の受難は、幼い子供にも分け与えられるものでございますか」

「無論にござります。イエズスと同じ年に生まれた子供たちは、イエズスと疑われ、大勢の嬰児が命を喪いました。耶蘇教ではその子らを聖嬰児《サンジノサン》といって、聖人に列し、聖母と同様に崇めておりまする」

「まあ……」

夫人は小さな溜息を吐いた。

「何と不憫なお話でしょう。しかし、昔の私ならば、ただ涙して終わっておりました。ですが、それも神の愛であるということですね」

「さようにござります」

コスメ修道士は今や驚嘆して、夫人の顔を茫然と見つめていた。

なぜか、自然と頭が下がった。そして、頭を上げるや、驚きの目を背後のセスペデス神父に向けた。

（並の女人ではない）

夫人と女たちの一行が、大坂の町の雑踏に消えてから、コスメ修道士は夫人とのやり取りを、セスペデス神父の母国語スペイン語で早口に語り始めた。

美しき光

一

「もっと、イエズスのお話が知りたい」

教会から帰って来てからの玉子は、そればかり口にするようになった。

不思議なことに、玉子が光千代の命を神の手に預けた心持ちになると、その容態は快復していった。

病弱な体質までは変わらないが、高熱はすっかり治まってしまった。

（これこそが、神のご意志――）

玉子の心は耶蘇教に傾いていったが、邸の留守を預かる女主人が、頻繁に邸を空けるわけにはいかない。ましてや、家老小笠原小斎などの目をくらませるのも難しい。

「私が教会へ参って、神父さまや修道士さまから教えを聞き、それを奥方さまにお伝えいたしましょう」

自らそう言ってくれたのは、いとであった。玉子は喜んでその申し出を容《い》れた。

「イエズスが何ゆえ十字架にかけられたのか。その折の様子や、その後の世界のこと。さらには、そなたが以前、話してくれた人の原《もと》なる罪についても知りたい。聖嬰児の受難についても――」

玉子の口からは、次々とあふれるように問いかけが出てくる。

「さように多くの問いについて、お答えを持ち帰るのは難《かと》うござりまする」

いとはめずらしく、口許をほころばせて玉子に言った。

玉子は驚いた。耶蘇教の教えとは、ただそれについて語り合うだけで、こうも人と人との仲を和らげてくれるものなのか、と――。

かつて、紀貫之は『古今和歌集』の「仮名序」で言った。

「力をも入れずして、天地を動かし、目に見えぬ鬼神をもあはれと思はせ、男女の仲も和らげ、猛《たけ》き武士《もののふ》の心をも慰むるは、歌なり」と――。

だが、この乱世は昔の歌人には想像もし得なかったであろう。死が明日に迫る世の中において、歌の力だけに頼るのは心許ない。

（歌に代わるものが必要なのだ）

玉子は我が身と我が心を振り返った。

それこそが、耶蘇教の教えではないのか。

少なくとも、玉子の問いに耶蘇教は答えてくれた。

――何ゆえ、人の幸不幸の量には大いなる差異があるのか。

――何ゆえ、私が他の人の知らぬ苦難を一身に負わねばならぬのか。

(何ゆえ、私が……)

(何ゆえ、私だけが……)

玉子の中に渦巻いていた荒涼たる嵐――。

コスメ修道士はそれを「受難」と呼んで、玉子に説き明かしてくれた。

受難は神が決めるものであり、それは神が人を憎むからではなく、人を愛するがゆえに下すものである、と――。さらに、人はそうした神の意志を知ろうとするべきではない、ということ――。

その先へさらに進めば、さらなる深い叡智の光が待ち受けているような予感さえある。

いとは教会へ通い、熱心にコスメ修道士から教えを受け、それを正確に玉子に伝えた。

イエズスの誕生はすでに預言者なる者によって、予知されていたということ。それを恐れたベツレヘムという町の悪王が、己の権力を奪われることを恐れて、イエズスの生誕と予言された前後に生まれた幼児たちを皆殺しにし、後にその時の嬰児たちが世界で最初の殉教者として、聖嬰児と称されたこと。

一つ教えられれば、再び次の疑問が湧く。殉教の意味は分かるが、殉教者とは崇められるべきものなのか。なぜ知恵を持たない嬰児が敬われるのか。

「耶蘇教では、人が知恵を持つことを、悪と教えておりまする」

「そこが分かりませぬ。耶蘇教で知恵を否定するのであれば、何ゆえ神父や修道士たちが学問を修めるのですか」

「神は人が知恵を持つことを喜ばれませんでしたが、一度知恵を付けた人間は、いっそう高い叡智を求めるようになりまする。神はそれを受け入れ、騙し合いや奪い合いなど、悪を覚えた人間たちに、神の子であるイエズスを救世主としてお遣わしになられたのでござります」

いとの説明はすうっと玉子の心に染み透ってゆく。絡み合い、滞って、理解を阻んでいたいくつかの疑問が、解きほぐされ、明るい光を帯びて、玉子の前に立ち現れる。

「無知な人間たちは、神の子を磔にいたしましたが、神は人を見捨てませんでした。イエズスは死して七日の後に復活いたしました。復活したイエズスを最初に発見したのは、イエズスによって救われた女、マリア・マグダレーナにござりまする」

「マリア・マグダレーナ……」

「イエズスを産んだ聖母マリアとは別人にて、同じ名でござりました。この者は春を跪《ひさ》いでおりましたが、イエズスの姿を見るなり、その尊さをただちに悟り、その足に口づけをして同行を願い出たと申しまする」

「何ゆえ、イエズスが尊き神の御子だと分かったのでしょうか」

「マリア・マグダレーナもまた、神によって選ばれた人だからでござりましょう」

玉子は深くうなずいた。

そして、自分たちが初めて大坂の教会を訪ねたその日、復活祭のための説教が行われていたことを知り、ますますこの逸話が自分にもたらしてくれる福音を思った。

「いとよ。私は洗礼を受けたい」

「奥方さま……」

いとは明るく輝きそうになる顔を、無理に何かで押し止めているような、不可思議な表情を浮かべた。

「私は、そのお考えを尊いと思います。私もまた、洗礼を受けたいと思うております。ですが、奥方さまの受洗については、やはり殿さまのご許可を得るべきではありますまいか」

「いとよ……」

玉子は深く長い吐息を吐いた。

「信仰の問題について、夫に許可を取らねばならぬとは、厄介な身の上です。私はそなたがうらやましい」

「とは申せ、高山右近さまとお親しい殿さまが、よもや奥方さまの信仰を妨げるとは思えませせぬ」

いとは言った。

高山右近は耶蘇教徒の大名で、細川忠興とは茶の湯の友でもある。耶蘇教に触れる前の玉子も、右近のことは見知っていた。忠興は右近から聞かされる耶蘇教の教えに、深い共感こそ示さなかったが、その教えを理解してはいたようだ。

ならば、その教えに玉子が入信するのを、あえて止めるようなことはするまい。

いとがそう思い、玉子が納得したのは当然だった。

ところが、いとが耶蘇教の教会と玉子の部屋を往復していた頃――。

九州の島津討伐を果たし、西日本全域を掌中に収めた秀吉は、天正十五（一五八七）年六月、突如として伴天連追放令を発布したのである。

この時、高山右近は断固として棄教を拒否した。その結果、領土召し上げの上、追放処分となってしまう。この知らせは大坂の町をどよめかせた。

これは、耶蘇教への帰依や信仰を禁じたものではなく、布教を禁じたものであった。耶蘇教の信徒が罰せられるわけではなかったが、セスペデス神父やコスメ修道士が受けた衝撃は大きい。

「私はすぐにも受洗したい」

玉子は、もはや忠興の許可など取る気はなかった。

あの忠興のことである。伴天連追放令が出た今となっては、玉子の受洗など許すはずがなく、それが細川家や己の立場を危うくすると喚き出すに違いない。

ならば、忠興には受洗の事実を知らせまいと、玉子は心を決めた。それこそが夫婦にとって、最も幸福なあり方である。心の最も大事な部分を秘めねばならぬ夫婦とは虚しいが、そういう夫を持つ宿世であったと思うしかない。

「されど、奥方さまの外出については、小笠原小斎が目を光らせておりまする」

いとは複雑な表情で告げた。外出先に付いて来られては、教会へは行けなくなる。

「ひとまず、私が教会へ行き、神父さまに、奥方さまの受洗について問うてまいりましょう。ただ、私自身は次の参詣の折に、受洗を果たしとう存じます。お許しいただけましょうや」

いとの頬がほのかに色づいている。まるで教会へ通う度に、いとは若返ってゆくようだ。

「許すも許さぬもない。信仰は、その人の心が決めるものではありませぬか」

「私はかつて誰も信ずるべきでないと、奥方さまに申し上げました。私自身、誰のことも信じていない、と――。されど、そんな私を神は愛してくれました。私は神を信じようと思いまする」

「そなたの口から、さような言葉を聞くことになろうとは……」

玉子はいとの言葉に心を揺さぶられていた。互いに見つめ合う二人の目の中に、信頼の光が浮かんでいる。

「奥方さまより先に、正しき道に入りますこと、お許しくださりませ。されど、奥方さまの道が正しい光に照らされるのも、遠いことではありませぬ」

「私は細川の家を出ることになっても、受洗の望みを果たしたいと思うております。そのことを、神父さま、修道士さまにしかと伝えておくれ」

玉子は威儀を正して、いとの前に頭を下げた。いとは少し後ろへ退き、玉子の前にいっそう深く頭を下げた。


伴天連禁止令が発布され、大騒ぎをしている教会に、数人の女人が訪ねて来たのは七月の初めであった。

コスメ修道士はその内の一人をよく知っている。

清原いとと名乗る女は今では、細川家に仕える者だと打ち明けていたし、女主人が当主細川忠興の正妻玉子であることも告げていた。コスメ修道士はその玉子の父親が、本能寺で信長を討った明智光秀であることも知っている。

この危うい状況の中、大名家の夫人が教会の理解者であるのは喜ばしく、闇の中に一筋の光明を見出した思いだと、セスペデス神父も言った。

女人たちはこの日、一人残らず、受洗を希望した。

セスペデス神父は清原いとに、マリアという洗礼名を与えた。

「その御名は、我が奥方さまにこそ、ふさわしかろうと思いますが……」

「おお、そうではありませぬ。マリアとは母なる者の御名にて、奥方のことを心から憂えるあなたに似つかわしいと、神がお決めになられました」

と、たどたどしい日本語で、セスペデス神父は言った。さらに、

「奥方には、奥方にふさわしい洗礼名を考えておりまする」

と、続けて言う。

いとは、神父には深い考えがあるのだろう――と、これを受け容れた。

「マリア……」

セスペデス神父の唇が、今与えられたばかりのいとの名を呼んだ。

「はい――」

胸の前に組んだ両手がおかしなくらい震えるのを、いとは必死にこらえた。それは、いとの信ずる神へのおそれであり、かつて何も信じぬと言い切った己の無知への許しを乞う姿勢であった。

「あなたの頭上に、神の許しと恩寵のあらんことを――。神と子と聖霊の御名において、アーメン」

「アーメン……」

いともまた、セスペデス神父の言葉をなぞって唱えた。

暗い夜道に、空から明るい陽光が降り注ぐような心地がする。この恩寵の光を一人で受けるのは、あまりにおそれ多い。

いとは、玉子が受洗を強く望んでいる――と、セスペデス神父に伝えた。

「奥方さまはそのために、お家を出ることになってもかまわぬ、とまで――」

「お家を出る！」

その時、セスペデス神父は大きな叫び声を上げた。

神の家を出ることとは、耶蘇教ではすなわち破門である。日本の大名夫人にとって、家を出ることの重みがそれに匹敵するほどであることを、神父はよく察していた。

「お家を出るのは、よろしくありますまい」

神父は回らぬ舌を必死に動かして、いとに言った。

「事が大きくなって、我々が細川家や関白殿から攻撃されるのは困りまする」

そう言われて、いとははたと考え込んだ。

確かに、玉子が改宗の上、細川家を出ることになれば、忠興は大騒ぎをすることだろう。玉子を連れ戻そうと躍起になるであろうし、場合によっては関白秀吉の袖にすがって、大坂中の教会を探索するのではあるまいか。

その時のことを想像すると、さすがにいとはぞっとした気分になった。すると、

「奥方がそこまで考えておられるなら、方法がないわけでもない。マリアよ、あなたが奥方に洗礼を授けなさい」

セスペデス神父がいとに告げた。すでに、その表情から困惑の色は消え、迷いの晴れたような顔つきである。

「私が、奥方さまに洗礼を授けるのですか」

いとは目を見張って、神父を見つめ返した。

「そうです。やり方はくわしくお教えします。そのための道具も聖水も貸して差し上げる。あなたが奥方を正しき道に導きなさい。これは神の思し召しです」

セスペデス神父の厳かな声を前に、いとは跪いた姿のまま、自然と頭を深く垂れていた。

二

大坂の七月は、暦の上では秋とはいえ、夏の名残でまだ蒸し暑い。それでも、さす

がに夜は涼やかになり、小袖を一枚重ねないと、肌寒く感じられることがあった。

玉子の洗礼を急がねばならない。忠興が九州から戻ってくる前に——。

玉子もいとも焦っていた。

洗礼を受けてから、いとは数回教会に通い、セスペデス神父より洗礼を授ける方法をしかと学んできた。

授ける言葉も道具の使い方も、決して難解なわけではないが、いとは正確を期した。玉子が耶蘇教に入信する儀式である。より慎重でなければならず、儀式は荘厳であることが求められた。

——恩寵《ガラシア》。

と、セスペデス神父は玉子の洗礼名を告げた。

「奥方は、それを最も欲されているようにお見受けしました」

玉子とセスペデス神父はただ一度、会ったきりである。

それでも、玉子の心の闇と切なる望みに、たちまちにして達してしまった神父は、やはり優れた導師であった。

そして、七月の深更、いとは玉子の居室を教会の祭壇のように設《しつら》えさせた。

この時、その仕度を手伝ったのは、いとと共に教会へ赴き、共に洗礼を受けた女たちである。ここにいる女の中で、まだ洗礼を受けていないのは、玉子と小侍従のみであった。

小侍従は、教義について、玉子と語り合うだけの理解には届いていない。しかし、玉子の受難をすべて見聞きし、その苦悩をよく知っている。それだけに、玉子の魂が耶蘇教の救いを求める道筋をたどったことに、深い理解を示していた。

（姫さまが受洗なさる時か、それより後に、私もまた――）

小侍従は以前から、玉子にそう告げていた。玉子より先に受洗しなかったのは、それが侍女としての弁《わきま》えであると、考えていたからである。

「そなたは、そなたの考えの通りになさい」

玉子は常に小侍従にはそう言い続けてきた。

「信仰はそれぞれの心の問題です。私が信ずるからと言って、そなたが耶蘇教徒になるのであれば、それは神への冒瀆ともなりましょう」

「いいえ、私は確かに姫さまのことを第一に考えておりますが、姫さまに倣《なら》って受洗を望むのではありませぬ。姫さまよりお聞きしたお教えに、私自身、感じ入ることがござりましたので――」

小侍従はそう答えて、慎ましく頭を下げた。だが、それには少しばかり偽りが交じっている。

（これで、あのペトロと同じ世界に行ける）

小侍従が耶蘇教を思う時、第一に頭に浮かぶのは、玉子よりもペトロ少年の面影の方であった。

最後に見せたペトロの悲しげな顔が、小侍従の脳裡には今なお深く刻まれている。

小侍従が幾多の縁談を断り、二十五歳になった今も独り身を通しているのは、ひとえにペトロ少年の面影が消え残っているせいかもしれなかった。

（私は、あの少年に恋してしまったのだろうか）

夜空に浮かぶ星の輝きに、そう尋ねたこともある。その一方、

（仮にそうだとしても、ペトロがお慕いしていたのは姫さまのはず）

桐の花のように遠い女性だと、玉子を評したペトロの寂しげな横顔もはっきりと覚えている。それに、ペトロが誰を愛していようと、彼は修道士になると言っていた。その願いを叶えていれば、妻帯はできず、恋愛もご法度であろう。

（想うても想うても、叶えられぬ想い――）

ならば、せめていっそ、同じ信心を抱いていたい。こうした思いは、玉子やいとの信仰の厚さ、真剣さに比すれば、あまりに不純ではないか。小侍従はひそかにそう思い、恥じることもあった。

（でも、私はこうすることでしか、救われないのだもの……）

小侍従はこうして洗礼を受ける覚悟を決め、いとにその決意を話した。

「できるなら、奥方さまに続いて、私もいと殿から洗礼を授けられたいのです」

いとは、小侍従の複雑な内心に気づいているのかいないのか、セスペデス神父の許へ出向いて、小侍従の洗礼名も授かってきてくれた。

その名をルチアという。

「聖ルチアは神への信仰厚く、人の男には嫁がぬと心を決めていたが、その目のあまりの美しさから、男たちが夢中になった。それを知ったルチアは、自分の目を傷つけて男たちの心を封じたという」

いとの口を通して、ルチアが聖人に列せられた経緯を聞いた小侍従は、心をおののかせた。

ペトロへの想いを捨て切れぬ自分に、その強さや凄まじさはない。だが、玉子ならばあるかもしれないと、小侍従はふと思った。

「その御名ならば、姫さまの方がふさわしい……」

そう呟いた小侍従に、

「私も、同じことを申した……」

と、いとはいつになく優しげな口ぶりで、小侍従に打ち明けた。

「私もマリアという名は奥方さまにこそ、ふさわしかろう、と——。ですが、神父さまは奥方さまには、それ以上にふさわしい名があると申され、私に聖母の名を下さった。すべては神の思し召しですぞ」

だから、そなたは聖ルチアの名を受け継ぐがよい——いとのささやきに、小侍従は少女のように小さくうなずいていた。


夜の祭壇は調《ととの》えられた。

燭台も蝋燭も教会から十分に持ち運ばれている。燭台の上に置かれた蝋燭の芯には、すべて火が点されていた。そのため、玉子の居室は昼のように明るく見える。

居室の一番奥に、背を向けていとが立ち、その両脇には燭台を持つ侍女と、聖水の桶を持つ侍女が立った。玉子は戸口に背を向け、いとの正面に跪いて腰から上を起こし、両手を胸の前で組み合わせている。

「神のお許しにより、そなたに恩寵の名を賜る。汝、ガラシアよ」

「はい」

「その頭上に神のお許しと恩寵の宿らんことを——。神と子と聖霊の御名において、アーメン」

「アーメン……」

列席した侍女たちが唱和し、それに続いて、玉子の感動に震える声が同じ言葉を唱えた。

そして、いとの手によって、聖水が振りかけられる。ほのかに爽やかな花の香りが立つようであった。

ガラシアとなった玉子は、手を組み合わせたまま、閉じていた瞼をそっと開けた。輝かしい炎が視界を明るくし、その光明にいとと侍女たちの姿が照り映えている。

「神よ、私を受け容れてくださいましたこと、感謝いたします」

玉子はまず祈りを捧げた。そして、その眼差しをいとの上にしかと据えると、

「これからは、そなたを姉と思いたい」

と、感動にあふれた声で言った。そして、いとの返事は待たず、

「マリア、我が姉よ。どうぞ我が手を取って、我が名をお呼びください」

それまでいとに対しては向けたことのない温かな声でもって、玉子は言った。

「我が妹ガラシアよ。あなたの頭上に、いつも神の恩寵があらんことを、私は祈ります」

「今宵のことは、生涯忘れませぬ」

玉子はいとの手を取り、額の前に押しいただくようにして、しばらくの間、じっと目を閉ざしていた。


いとが行き慣れた教会へ足を運んだのは、その翌朝のことであった。

昨夜の様子が、いとの眼裏に蝋燭の炎と共に、ちらちらとちらついている。玉子もそうだったであろうが、昨夜の出来事はいとにとっても、胸震わせる感動的なものであった。

玉子の洗礼が終わった後、いとは小侍従にも洗礼を授けた。小侍従はルチアとなった。

小侍従は儀式において、返事をする以外は終始、無言であったが、それでも心の奥では玉子に劣らぬ感動を催しているようであった。

実際、翌朝になって、そっと邸を出ようとしたいとの行動に気づいたのは、小侍従だけであった。小侍従は一晩中、眠らなかったのか、昨夜と同じ小袖を着て門前に佇んでいたのである。あたかも、いとが門を潜ることを見越して、そこで待ちかまえていたようであった。

「教会へ参られるのですか」

小侍従は玉子によく似た目をまっすぐいとに向けて、問うた。そう思って見るせいか、小侍従の眼差しはいっそう澄んで、知性の深さは玉子に及ばずとも、はっとするほど美しく見えた。

「私もどうぞ、御供をさせてください」

小侍従は決して退かぬという面構えを見せて言った。

「どうしてもと言うなら、付いて来なされ」

小侍従の覚悟を察し、いとは静かな声で承知した。

秋の気配であろう、明け方の町は一面、乳白色の霧によって埋もれている。

二人は霧に霞んだ足許ばかりを見て歩き続け、道中は一言も口を聞かなかった。やがて、前方に、霧の中から突き出た十字架が現れた。

教会の朝は早い。セスペデス神父もコスメ修道士もまだ来ていなかったが、その下で働く世話係の下男であろうか、日本人の男が掃除をしていた。おそらくは、この男も耶蘇教徒なのであろう。

「ご苦労さまです」

「お祈りをさせていただきたくて、参りました……」

いとは男に言った。男はこんなに早くから祈祷者がいることに驚いていたが、何ゆえかと尋ねたり、迷惑そうな顔を見せたりすることはなかった。

「どうぞ」

男は言葉短く言って、いとと小侍従を中へ通した。

祈祷の場からは男も遠慮して出て行ったので、教会の中はいとと小侍従の二人きりである。いとはまず祭壇の前まで進み、そこに跪いて、聖母子像に祈りを捧げ始めた。

その間、無言であった。

小侍従もまた、いとの態度に倣って、その背後で祈りを捧げた。

小侍従はひたすら神に謝罪し続けた。純粋な信心と呼ぶべきものを持たずして、信徒になってしまったことへの詫びをしなければならない。その一心から、早朝の門前でいとが出てくるのを待っていたのである。

そうするうち、小侍従はいとの声を聞いた。いつの間にか、いとは声を出して語り始めている。

「私は奥方さまに洗礼を授けました。本来、洗礼を授けられるのは、教会に仕える者だけです。私は教会に仕える身でなくして、その尊きお役目を侵しました。それゆえ、これより後は真に教会に仕える者として、修道女さまのごとく神への貞操と純潔を守りとうござります る」

いとは祭壇の聖母子像に告白するとも、背後に佇む小侍従に聞かせるともなく、語り続けている。

「修道女とは……」

祈祷の邪魔になるかと半ば恐れつつ、他に人がいないのだから、と勇気を出して、小侍従は尋ねた。

「仏道でいうところの尼のことじゃ。したが、我が国では髪を下ろし、墨染めの衣を着ないでは、尼と認めてもらえませぬ。仏道の者でないゆえ、墨染めの衣は着られぬが、髪を下ろすことはできましょうぞ」

そう言うなり、いとは素早く懐剣を取り出し、あっと言う間に銀の鞘を払うと、小侍従の目の前で髪をばっさりと切り落とした。

「あっ！」

小侍従が声を上げた時にはもう、いとの懐剣はその黒髪を肩の辺りで半分ほど断ち切っていた。小侍従がそれを止めようとしてももう遅い。左半分が尼削ぎで、右半分が腰の長さとあっては、とうてい不都合である。

何も言えずにいる小侍従の前で、いとはざくりざくりと、右半分の髪も切り落とした。

何ゆえ——と問うのがふつうである。だが、切られた黒髪が床に無造作に落ちるのを見ているうちに、小侍従にはもう、そんなことはもうどうでもよくなっていた。その代わり、胸は熱く沸き立ち、どうしようもない焦りを帯びた。

「いと殿！」

小侍従はいとの背中に、剣先のような鋭い声を浴びせていた。

「私にもその懐剣をお貸し下さりませ。私も、いと殿に倣いとうございます」

だが、いとの背中は少しの動きも見せなかった。返事もなかった。

「いと殿、聞いておられますするか」

焦《じ》れて、小侍従はさらに苛々と言い募る。すると、

「そなたがそれをすれば、奥方さまが一人きりになってしまわれる」

いとは思いもかけぬことを言い出した。

「神の妻となり、そのお教えを忠実に守って生きることは、奥方さまの切なる願いであろう。それを貫いた私を、奥方さまはうらやましく御覧になるはずじゃ。本来ならば、奥方さまのお許しを得て髪を切るべきであったが、暇《いとま》がなく、かような仕儀となった。されど、そなたはやはり、奥方さまのお許しを得てからそうするのがよいと思う」

それは、ひとえに玉子の心を一筋に思うがゆえの言葉であった。

——いとさまはお優しい方です！

——いとさまは奥方さまのことをよく分かり、心から大切になさっておられます。

ペトロ少年の言葉が、小侍従の耳許によみがえっていた。

「ルチア殿」

と、いとは小侍従を呼んだ。

「人にはそれぞれ神の与えたもうた道がある。この身を正しく律して、己の道を生きれば、それでよい。神はいつも私たちを見ていてくださいます」

「……はい、マリアさま」

小侍従は素直にうなずいた。

（私も、皆さまのように正しく生きたい）

たとえ受洗のきっかけが疚《やま》しいものであろうとも――小侍従は聖母子像に向かって、再び手を合わせていた。

その時、霧がやっと晴れたのか、薔薇窓から極彩色の光が入り込み、教会の内を七色に染めた。

三

九州攻めが終わって、忠興はその秋のうちに大坂の細川邸に凱旋した。秀吉の全国制覇はもはや関東に根強く粘る北条氏と、さらにその北方で旗幟《きし》を鮮明にしていない伊達氏、最上氏を残すのみとなった。

だが、邸内の話題となったのは、九州攻めよりも伴天連追放令と高山右近の処遇の方である。玉子はさあらぬ体で、高山右近の哀れな末路を語る夫の話に耳を傾けていた。

玉子は改宗したことを、忠興に告げなかった。

セスペデス神父やコスメ修道士のことを思えば、その方がよいと、いとが助言したからである。だが、いとの尼削ぎだけは隠し切れるものではない。いとの改宗を知った時、忠興はいとの身柄をどうするであろうか。

「時に、小笠原がいとのことを申していたが、何かあったか」

やがて、忠興は話の矛先を変えて、玉子に訊いた。

いとの身の上の変化を、玉子はいちいち小笠原に告げてはいない。が、その髪の変化は一目瞭然である。その上、髪を下ろしながら、いとは墨染めの衣を着るわけでも、寺に入るでもない。小笠原の感覚からすれば、異様な女に見えたことであろう。

「髪を切ったことでございましょう」

玉子はさりげなく答えた。

「髪を切ったとは、出家いたしたのか」

「まあ、さようなものにございます」

「さようなものとは……」

「いとは耶蘇教に入信し、その尼になったのでございます」

玉子は思い切って告げた。

「耶蘇教に、だと！」

忠興は大きな声を上げた。

伴天連追放令が出たにも拘らず、入信するいともいとなら、それを見過ごした玉子も玉子である。

（まさか、玉子も入信しているのではあるまいな）

すでに逆臣の娘として、十分に忠興を苦しめてきたこの美貌の妻が、またしても自分のお荷物になることを、忠興は恐れた。そして、恐れるがゆえに、玉子に問うことを避けた。

「いとをここへ呼べ」

忠興は控えていた侍女の一人にそう命じた。

いとが来るまでの間に、いとの父清原枝賢がかつて耶蘇教徒であり、すでに棄教していたことを、忠興は思い出した。ならば、いとも棄教させればよい――忠興は心を決めた。

「お呼びにより、まかり越しました」

いとはまず襖の向こうから、挨拶をし、忠興の「入れ」という言葉に従って、玉子の居室に姿を見せた。

「殿さまにおかれましては、晴れてご無事のご凱旋、まことにおめでたく存じ上げまする」

いとは恭しく丁重に挨拶した。だが、その髪は忠興を呪うように、肩の辺りで揺れ動いている。

「うむ。そなたもよう、奥方に仕え、我が家を守ってくれた。礼を申すぞ」

　忠興は先走る思いを抑え、どうにかこうにか普段通りに挨拶を返す。が、忠興の我慢もそこまでであった。

「して、そなたの髪はいかがしたのじゃ」

「お知らせが遅れましてござりまするが、耶蘇教に入信した証しにござりまする」

「そなた、よもや関白殿が伴天連追放令を出されたのを知らぬわけでもあるまい」

「関白殿の命《めい》が出るより先に、いとは入信していたのです」

　脇から玉子が口を挟んだ。それは事実ではないが、その場を丸く収める方便である。

「では、分かっておろうが、天下の情勢は変わったのじゃ。我が家に仕える以上、棄教してもらわねばならぬぞ」

「お待ちくださいい。いとが入信いたしたのは、それなりの覚悟があってのこと。命《めい》が出たからと言って、そうたやすく教えを捨てることなどできますまい。いましばらくのご猶予を賜りとう存じます」

「ならぬ！」

　言下に、忠興は玉子の願いを撥《は》ねつけた。

「関白殿は我が家を信用しておられぬ。さような家に、伴天連の侍女がおると知れば、たちまち高山右近殿と同じ運命が我が家を見舞うことになるのだ」

「何を大袈裟な……。たかが耶蘇教徒の侍女を使っていたくらいで、追放にはなりますまい」

「そなたがいる！」

玉子ののん気な発言に我慢しきれず、忠興はつい口走ってしまった。

「そなたは逆臣明智殿の娘ぞ」

「逆臣という名を、殿の口から聞こうとは思いませなんだ……」

玉子は、顔面を蒼白にして言い返した。

「いっそ、はっきりと申されませ。そなたがこの邸にいるのが悪い、と——。私のせいで、いとが信仰を棄てさせられるのは不憫にございます。いとをこのままにしておく代わり、私をこの邸から追い出してくださいませ」

気づいた時には、玉子はそう口走っていた。

これほど逆上して、夫にぶつかるつもりは初めはなかった。

だが、今なお敬愛する父を、逆臣と呼ぶ夫に仕え続けたいとは思わない。それよりも、玉子は自分に洗礼を授け、恩寵の名を与えてくれたいとの信仰の方を大事にしたい。

「そなたはまた、ならぬことを言う。そなたがこの邸を出たら、幼い子らはいかがするのじゃ」

「熊千代はご当家がお放しにならぬでしょうから、置いてまいりましょう。於長と与五郎も置いて行けと申されるなら、そういたします。私はただ、光千代だけを連れて行きとうございます」

「そなたは母親でありながら、子供たちを分け隔てするか」

「殿がかまわぬと仰せならば、四人の子をすべて私が連れてまいります。ご側室の数も多いゆえ、もはや跡継ぎのお子には困りますまい。どなたでも、気に入られた方をご正室にお据えなされませ」

「ならぬ、ならぬっ！」

忠興は喚くように叫んだ。

「正室はそなたじゃ。私は何があろうと、そなたを手放しはせぬぞ！」

それは、玉子への労わりや愛情とはかけ離れた、負けん気と執着心から出た言葉であった。おぞましい悪鬼の執着心である。

玉子の心にもその時、意地の悪い悪鬼が生まれた。洗礼を受け、あれほど清々しい澄んだ心持ちを経験していながら、誘惑の悪鬼はわずかな隙間から入り込んでくるものだと、この時、玉子は知った。

「ならば、どうあっても、私をお側には置けぬ理由を教えて進ぜましょう」

玉子は意地悪く言い放った。

「耶蘇教に入信したのは、ここなるいとばかりではありませぬ。私もまた、耶蘇教の信徒にございます」

「何だと！」

という忠興の鈍くくぐもった声と、

「申し訳ござりませぬっ！」

と、いとの平伏して叫ぶ声が重なった。

「私が、奥方さまに入信をお勧めしたのでござりまする。奥方さまはただちに棄教あそばしますでしょう。そして、私はご当家を立ち退《の》かせていただきまする」

それは玉子と教会を守るための、いとの方便であった。

「ならぬっ！」

今度は、玉子が叫んだ。

「殿が私をこの邸から出してくださらぬのならば、そなたが私の傍らを離れることも許さぬ。そなたには今まで通り、私に仕えてもらいます」

玉子も意地になっていた。そのふてぶてしさが忠興の怒りをさらに煽った。忠興は我知らず腰の刀に手をやっていた。

玉子の眼差しは忠興の手の動きに従って、その刀の鞘の上に止まったが、驚きもせず脅えもしなかった。

（斬りたければ、お斬りになればよい）

玉子は開き直ってそう言っているようである。

耶蘇教徒が自害を禁じていることを、高山右近の口を通して、忠興も聞いていた。なればこそ、忠興に斬らせようと、玉子はかくも図々しく居直っているのか。

（ええい、忌々《いまいま》しい女め！）

忠興は内心で咆《ほ》えた。が、刀を抜くことだけはどうにかこらえた。

「そなたもいとも、この大坂の邸より出ることを禁ずる。棄教をせぬというのなら、死するまでそうしてここにおるのじゃ。それから、小笠原小斎をこれへ――」

忠興は無情な宣告を下すと、傍らに控えた侍女に家老の小斎を呼びにやらせた。

小斎が何事かと駆けて来るまで、玉子も忠興も、そして、いともまた、口を利《き》かないでいる。

「何事でござりましょうや」

忠興の剣幕のただならぬ様子を一瞬で見分けた小斎は、目を白黒させて尋ねた。

「奥方の侍女に耶蘇教徒がおった。他にもおるやもしれぬゆえ、そちにその詮議を申しつける」

「かしこまりましてござりまする」

小斎はその場に平伏して、忠興の命を受けた。

「耶蘇教を信ずる者は、今や関白殿のご治世に逆らう者じゃ。さような者がいたら、決して邸から出すことなく、ただちに私に報告せよ」

「ははあっ――」

生真面目な小斎はただひたすら、忠興の命を奉じるばかりである。もっとも、耶蘇教徒でもない家臣であれば、それが当然であろう。

小斎はいずれ、己がこの耶蘇教の教義に深く関わることになるのを、この時はまだ知らないでいた。

四

邸の外へ出てはならぬ――というのが玉子に対する忠興の命令であったが、邸内に仕える者に対しては、決して奥へ近付くなと、忠興は命じていた。

玉子付きの侍女らはともかくとして、それ以外の人間を、忠興は玉子に近付けまいとしたのである。

「殿は、奥方さまがあまりのご美貌ゆえ、他人の目には触れさせまいとしておられるのさ」

「何とまあ、嫉妬深いことよの」

外の者ばかりでなく、邸の中の者にまで見せないとなれば、玉子が明智光秀の娘であることは関係ない。となれば、玉子の改宗を知らぬ者たちは皆、これを忠興の嫉妬深さのせいであろうと噂した。

そうした噂に踊らされたのであろうか、ある時、下人が一人、奥の台所にまぎれ込んだ。たまたま、それを忠興が見咎めてしまった。

忠興は玉子といとの耶蘇教入信のことがあってから、使用人の耳目に慎重になり、彼らが持場を離れて邸内をうろつくことを厳しく取り締まっていた。

「そなたはいつから、この邸にいるのか」

と、忠興は訊いた。

「へえ、一年前に相成りまする」

若い下人は恐るおそる答えた。

「ならば、邸の様子に不案内ということはあるまい！」

忠興はかっと目を見開くなり、一刀の下に下人を斬り下げた。

「わああっ！」

驚愕と痛撃による断末魔の叫び声が上がった。

「何ごとですか」

この時、奥から玉子が姿を現した。

「何ゆえ、出て参ったか」

ぐわっと口を大きく開けて、忠興は玉子につかみかからんばかりの勢いで言った。

「異様な声が聞こえたからです。これは、殿がなさったお仕打ちにござりまするか」

「さようじゃ。何か文句でもあるかっ！」

すっかり自棄《やけ》になった感じで、忠興はその場で死に切れず呻いている下男の首に、再び刀を振り下ろした。

ざくりと首の骨に刃のぶつかる音がして、下男の息の根は止まった。

「文句なぞ、ございませぬ」

玉子は落ち着いた声で切り返した。忠興が刀を振るう間、目を閉じることさえなかった。

「この不憫な男も私も、殿にはさぞかし気に食わぬ者でございましょうな」

そう言うなり、玉子は下男の倒れ伏している土間へ下りていった。男の遺骸の傍らには、忠興の刀が転がっている。玉子はそれを取り上げると、血の付いた刃の部分を自らの小袖でそっと拭った。小袖には血の跡が付き、生臭い臭いが移った。

「殿には殿の意地がござりましょうが、私には私の意地がございます」

玉子は立ち去り際、忠興に向かってそう言い残した。

玉子はその日、小袖を脱がなかった。夜、寝所で休む時もなお、その小袖を脱がなかった。

翌日になっても、その翌日になっても、同じ小袖を着続けていた。まるで忠興への当てつけであるかのように——。

「そなたは蛇のような女子だ」

怒りに任せて、忠興は怒鳴りつけた。

「鬼の妻には、蛇がなるものでございましょう。私どもはよう釣り合いが取れていると存じます」

玉子は澄まして言い返した。

己を蛇と言われて動じることなく、罪なき下人を叩き切った夫に、痛烈な皮肉を浴びせ返す妻——。

忠興はもはや返す言葉も持たなかった。

天正十五年、玉子が洗礼を受けた年の終わり、次男与五郎が危篤に陥った。病弱な三男光千代にばかり気を引かれていた玉子は、与五郎からそれを責められているように感じた。

（私がいけなかった……）

と、思った瞬間、与五郎への深い愛が怒涛のように湧き起こってきた。それは、

（この子にも洗礼を受けさせてやりたい）

という思いに変じた。

もしも命尽きる運命であるならば、その前に受洗させなければならない。玉子は早速、いとを口説き落としてセスペデス神父の許へ遣わした。そして、玉子の時と同じように、いとを代理人として与五郎を受洗させた。

すると、その効あってか、数日もすると、与五郎の容態はどうにか危機を脱することができた。

（これぞ、神の恩寵――）

与五郎の枕辺で手を合わせながら、玉子は恩寵の光が見えるような気がする。

それは、昔見た琵琶湖の虹色の光彩をなぜか思い出させ、玉子はもうあの頃から、自分が神に仕える運命は決まっていたのではないかとさえ思えてくるのだった。

（誰も、私の話を信じてくれなかったのは、そのせいかもしれない）

あの光彩が神の御業であったならば、それも当然である。

（では、あの時、私と一緒にあの光を見た父上は……）

何ゆえ主君信長を討ったのか――その答えの出ない問いかけをするつもりは、もはやない。ただ、父がその命の終わりに苦悩していたのかどうか、それが気に懸かった。

（父上にも、洗礼を受けさせて差し上げられたら……）

きっと、安らかに神の御許へ行くことができたであろうに——と、玉子は思わずにはいられなかった。

「姫さま、一大事にござりまするっ！」

久しぶりの物思いは、小侍従の叫び声によって遮られた。

「与五郎の容態が悪化したのですか」

小侍従の切羽《せっぱ》詰まった顔を見るなり、玉子は腰を浮かしていた。

「いいえ、違います」

小侍従は大きく頭を振った。その後、いつになく昂《たか》ぶった眼差しをじっと玉子に当て、

「殿さまが、耶蘇教に入信した侍女どもを、折檻するとおっしゃって……」

と、最後の方は半ば喘ぐようにしながら言った。

「何ですって！」

玉子は顔色を険しくして、たちまち立ち上がった。冷静さを失っている小侍従を急かして、忠興と侍女たちのいる場所へ案内させる。

忠興は、玉子の住まいする奥と呼ばれる一角にいた。だが、この日は滅多に出入りすることのない侍女たちの女部屋の方にいる。

「殿っ！」

足音も高く部屋に駆け込んだ玉子の表情も強張っていたが、それを迎える忠興の顔はもっと恐ろしげに歪んでいた。

仁王立ちになった忠興の前には、一人の侍女が引き据えられ、その後ろに十五、六人ばかりの女たちが膝を揃えて座っている。

いともまた、その場にいた。いとは忠興の前に引き据えられた侍女を庇うように、その傍らに座している。これは、顔色も変えず、ひどく落ち着いていた。肩の辺りで尼剃ぎにした髪が、何とも勇ましい。

忠興の背後には、初老の男が一人控えていた。忠興から、耶蘇教に入信した見込みのある侍女を詮議せよと、命じられていた家老の小笠原小斎である。小斎は息巻く忠興とは対照的に、何やら喧嘩に負けた老犬のごとくしおたれて見えた。

「殿さま、これはいかなることでございましょうや」

その場に漂う険悪な空気を、玉子の清涼な声が鋭く切り裂いた。

「どうもこうもない。こ奴らが耶蘇教の信者であると分かったゆえに、棄教を命じていたところじゃ」

「殿さまは先にもいとに棄教をお迫りになり、耶蘇教徒たる者、いかにもその信心を翻させること難しと、お悟りになられたでしょうに……」

玉子は引き据えられた侍女と忠興の間に立ち塞がろうとして、足を踏み出した。だが、それに気づいた忠興は、さらに一歩足を前に踏み出して、玉子に割り込ませまいとした。

　忠興はもう、手を伸ばしさえすれば、侍女の髪先に触れそうなほどの位置にいる。

「さようじゃな。そのこと、よう存じておる」

　忠興の口ぶりは、不気味なくらい落ち着いていた。忠興にしてはめずらしいことである。だが、口許には、凄惨とも見える笑みが浮かんでいた。

「それゆえ、この者に言い聞かせておったのじゃ。棄教せねば、この場で、その方の耳を削ぎ、鼻を切り取って、細川の邸から追い出すぞよ、と――」

「されば、皆は何と――」

　玉子は忠興の言葉の悲惨さに耳を覆いたくなるのをぐっとこらえ、心を励まして訊《き》き返した。忠興はよくぞ訊いてくれたというように、肩をそびやかしてみせる。

「この者、どうぞ耳を削ぎ取り、鼻を切ってくれと申す」

「それで、殿さまはまことにそれをなさろうというのですか」

　玉子が迫ると、忠興も「する」とは言わず、重苦しい無言を続けた。だが、それを打ち破ったのは、引き据えられた侍女の方であった。

「どうぞ、思いのままになすってくださりませ。これも、神の与えたもうた受難にござりますれば、私は甘んじて受ける覚悟にござりまする」

「おう、そなたらが結託して、我が細川家を危機に陥れようと企むならば、私にも考えがある」

忠興は勢いに任せて、腰に差していた脇差しを抜いた。磨き抜かれた白刃が不気味な鈍い光を放った。

「お待ちくださいませ」

玉子は思わず、忠興の腕にすがり付いた。

「結託なぞと……。我らは何も殿さまを困らせとうて、耶蘇教徒になったのではありませぬ」

「何を申すかっ！」

忠興は大喝するなり、玉子の手を振り切ろうとした。玉子も振り落とされまいと必死にすがり付く。

「そなたやいとも含め、二十人もの耶蘇教徒がこの邸にはおる。かような話が関白殿下のお耳に入ってみよ。細川の家は謀叛を企むと、ただちに取りつぶされてしまうわ」

その二十人は今、この場に顔をそろえている。玉子にいとに小侍従の他、十七名の侍女たちであった。

皆、玉子に仕え、耶蘇教の教えに共鳴し、神父や修道士の話を聞いて心を震わせ、入信を決意した心の確かな者ばかりである。

（見捨てるわけにはいかない）

主人としてばかりでなく、妹を思う姉のような気持ちで、玉子は思った。

たとえ使用人の身であろうとも、同じく耶蘇教を信じる身としては大切な同胞である。

「殿さま」

玉子は忠興の袖を離すと、その場に跪いた。

「この者をお斬りになるのならば、その前にこの私をお斬りくださいませ」

その姿は、忠興の目にはついに居直ったと映った。玉子がこうまで図々しい女に変じたのも、すべて耶蘇教のせいに違いない。

「殿、お静まりくださりませ」

忠興の昂ぶりを察したのか、後ろにおとなしく控えていた小笠原小斎がその時初めて、声をかけた。

小斎は明らかに消沈していた。それは、主命により自ら取り調べた結果が、この悲惨でおぞましい現状を引き起こしたことへの自責の念からであった。

「何にしましても、奥の御事。すべてこの場にて収めてくださりますれば、関白殿下のお耳にこの不始末が入ることもござりますまい」

小斎は忠興の怒りを静めようと、口を添えてくれた。

「この邸に置くことまかりならぬということであれば、この小斎めが責任を持って、女どもを追い出しますれば――」

「小斎よ、なりませぬ」

小斎の心遣いをありがたいとは思いつつ、玉子はそればかりは承服できぬと口を挟んだ。

「この者たちは私の魂の拠り所。邸から出すことは許しませぬ。この者どもを出すというのなら、どうぞ私も共に細川の御家からお出しくださいませ」

この言葉自体が、玉子を手放したくない忠興にしてみれば、脅しなのである。ついに、忠興は逆上した。

「うぬっ！　そなたらはそろいもそろって、私を愚弄するかっ！」

忠興の脇差しが空を切った。

あっと声を上げて、玉子や小斎がそれを止めようと思う隙《ひま》もなかった。忠興の振った刃は、侍女の耳に向かって飛んだのである。

しゃっという狂気じみた躁《さわ》がしい音が鳴った。何が切れ、何が傷ついたのか、ただちには分からなかった。声を上げる者は誰もいない。

脇差しはいつ忠興の手から離れたのか、そのまま床の上に落ちた。

かたりという乾いた音が、妙に空々しく鳴り響いた。

それが人々の意識を急に覚ました。

玉子は脇差しに奪われていた眼差しを、横に座る侍女に戻した。

最初に目に入ったのは、侍女の姿ではなく、明るすぎる生々しい鮮血の色であった。

途端に、血の生臭い臭いが玉子の鼻を突いた。

侍女は右手で頬の辺りを押さえている。その白い指の隙間から、どくどくと血が流れ続けている。

侍女は気丈であった。泣き声一つ上げず、耳を手で押さえ、唇を千切れそうなほどに嚙み締めながら、気も狂わんばかりの痛みと衝撃に耐えている。

「くわっ！」

忠興の口から、恐怖とも雄叫びともつかぬ声が漏れた。

だが、確かな言葉はその口からは漏れなかった。

すると、続けてもっと恐ろしいことが起こった。いとと小侍従を除く十六人の侍女たちが、一斉に懐から短刀を取り出すと、自らの右耳を断ち切ったのである。

部屋中に凄惨な臭いが立ち込めた。

「そなたたち、一体、何を――」

玉子は悲鳴を上げた。いとも小侍従も何も知らなかったものらしく、茫然として声も出せない。

「決めて……いたのです。私たちの誰が、殿さまの折檻を最初に受けようと、残る者たちは同じ受難をこの身に負わん、と――」

侍女の一人が苦痛に唇も歯も震わせながら、切れ切れに事情を語ってくれた。

「何という……」

玉子は絶句した。

「我らは邸を出てまいります……る」

最初に耳を切られた侍女が、玉子に片手をついて言った。

「いとさまと小侍従殿だけは……どうぞ、お側に――。そう思うたゆえ、この受難は残る我らだけで負うことにいたしまし……た」

「いいえ」

玉子は耳から血を流し続ける侍女の体を横から抱き、

「そなたらだけを行かせはしませぬ」

と、語気強く言った。

「私は、子供たちを連れて、細川の御家を出てまいります！」

瞋《いか》りに燃え上がった眼差しを夫に向けて、玉子はきっぱりと告げた。

五

「私は、耶蘇教の盛んな西国の地に隠棲したい」

玉子はその旨を、小侍従を教会に遣わしてセスペデス神父に伝えると共に、文を通して教えを乞うようになっていたオルガンティノ司祭にも、文で伝えた。

オルガンティノ司祭は京都に南蛮寺を建てた他、安土にセミナリヨを築いてその院長を務めるなど、日本の布教のために尽力した宣教師である。

信長や秀吉ともつながりがあり、高山右近の領地高槻に新しいセミナリヨを建てる許可を得ていたが、伴天連追放令が出されると、高山右近と共に小豆島に逃れていた。

オルガンティノ司祭はその地から、信徒を励ます運動をしていたのである。

「私は夫と離縁をし、細川の家を出て、西国にて隠棲したいと思うております。この後は、お教えのため、尽力させてくださいませ」

玉子が言い送った事情はそのようなものであった。

それに対し、オルガンティノ司祭は玉子に宛てて直に文を書くことはせず、セスペデス神父へ書簡をもってそれを伝えた。細川家への配慮である。よって、司祭の言葉は神父と小侍従を通した上で、玉子に伝えられることになった。

小侍従が教会に呼ばれたのは、玉子が必死の訴えをしてから、ひと月も経った秋の日である。

午の刻前に邸を出た小侍従は、宵の頃になって帰って来た。

「神父さまは何とおっしゃいましたか」

待ちかねて問う玉子の前に、小侍従は膝をそろえて着座した。

「神父さまはたいそう厳しいお言葉をおっしゃいました」

「ならば、甘んじてお聞きいたしましょう」

玉子も威儀を正して、聞く姿勢になる。

「なかなか、申し上げにくい言葉もあるのですが……」

「どんなお言葉であれ、それは神父さまのお口を通して、神がおっしゃったお言葉です。聞かないでおくことも、聞き捨てにすることも許されぬことでしょう」

なおも躊躇う小侍従を、玉子はきっぱりとした口調で促した。

「されば、お伝え申します。神父さまはオルガンティノ司祭さまのお言葉としてこうおっしゃいました。姫さまは日の本の女性でありながら『忍従』を知らぬ、と――」

「私が忍従を知らぬ、と――」

玉子はさすがに茫然として呟いた。

自分ほど忍従を強いられた女は他にはいない、とさえ思う。

父光秀の謀叛、細川家の裏切り、果ては夫と義父の手で家を追われ、子と引き離され、山里に幽閉されてもなお、自分は耐え続けてきた。このことで、忠興や幽斎を責めたことは一度もない。

それでもなお、忍従を知らぬと言われるのか。それも、玉子が誰よりも厚く信頼し、深く敬愛する耶蘇教の司祭や神父たちから――。

「妻が夫に従うは、忍従の道でございましょう。忍従がひとえによいわけではありませぬが、美徳であることは間違いありませぬ。日の本の女性は南蛮の女性たちより、この美徳を多く持っている。しかるに、姫さまは……」

「この美徳が足りぬと、仰せられたのですね」

玉子は小侍従の言葉を、もうそれ以上聞きたくないというように遮って言った。

「はい……」

申し訳なさそうに、小侍従は俯く。

だが、司祭の言葉を伝えなければならぬという使命に燃えているのか、この日の小侍従はそれで引き下がらなかった。

「司祭さまのお言葉には続きがございます。神は何ゆえ、あなたに暴君の夫を差し向けられたのか。それはあなたの信仰を試すためです。なぜならば、困難に出会って人の徳は最もよく磨かれ、美しき光を放つからなのです」

「美しき光……」

今度は遮るというより、じっくりと考え込むように、玉子は呟いていた。

「神の御心の深さと大きさを理解しなさい。悪鬼は時に、あなたを悪《あ》しき道や堕落の道へ誘うやもしれないが、決して負けてはなりませぬ。我々は、信仰を妨げる何者にも敗れるわけにはいきませぬ」

と、小侍従は司祭の言葉を語り終えた。

この司祭の言葉はもっと難解で、それを小侍従自身が理解するため、何度もセスペデス神父との間に問答をくり返し、そのために時がかかってしまったのだと、小侍従は申し訳なさそうに付け加えた。

その慎ましく謙虚な姿を見ているうちに、玉子は急に司祭らの言葉の意味が理解できた。

（私はまたも、自分のことしか考えていなかった……）

玉子は思わず顔を被《おお》って、

「小侍従よ、私は恥ずかしい」

と、呻くように言った。

「私は洗礼を受けた時、それまでの自分を恥じたのでした。身勝手な生き方をしていたと、確かにそう思っていた。それなのに、私は今も司祭さまや神父さまのお苦しい立場を、思いやることを忘れていたのです」

　伴天連追放令が出されて、布教活動の妨害は無論、神父たちへの迫害も始まっているのだろう。

　玉子が忠興を通して被っている迫害もまた、その大きな流れの一つに過ぎない。それなのに、オルガンティノ司祭やセスペデス神父が忍従に身を委ねている時、一人大声で自分のつらさだけを喚き立てていたのである。

　――困難に出会って人の徳は最もよく磨かれ、美しき光を放つ。

　玉子は司祭の言葉を噛み締めるように、心でくり返し唱えた。そうして、ようやく玉子が落ち着くと、

「実は、お目通りを願い出ている者がいるのですが……」

　遠慮がちに小侍従が切り出した。

「私に、ですか」

「はい」

　おかしなことである。外の者が玉子に会うことを、忠興が許可するはずがない。そう思っていると、

「殿さまのお許しはいただきました。仏道の法師殿でございますゆえ」

　と、玉子の心を見透かしたように、小侍従が説明した。だが、その言葉に玉子はが

っかりした。

「私は、法師殿になど会いとうありませぬ」

玉子にとって、もはや仏教は異教である。その信仰を勧められても、宗旨を変えるわけにはいかない。

「そう申されますな。その法師殿は、オルガンティノ司祭さまのご意向で遣わされた者にござりまする」

「オルガンティノ司祭さまが法師を――」

「僧侶の形《なり》はしておりますが……」

小侍従は唇の端に意味ありげな微笑を浮かべると、もうそれ以上の説明は加えず、立ち上がって襖の前まで歩いて行った。そこの畳に膝をつけると、向こう側に前もって待たせてあった相手のために、襖を開ける。

そこには墨染めの衣を着た若い僧侶が一人、青々と剃り上げた頭を玉子に向けて平伏していた。

「面を上げよ」

仕方なく玉子は言った。その言葉に、僧侶の上半身がゆっくりと上がり、最後にはその清々しい顔立ちが露《あらわ》になる。

「あっ！」

思わず玉子は声を放っていた。

「ペトロ！」

墨染めの若き僧侶は、何とすっかり大人びた旧知の少年であった。ペトロは顔をほころばせ、白い前歯を少し見せて笑っている。

「そなた、その格好は……」

「これは方便です、奥方さま」

奥方さまと呼ぶ呼び方もそのままである。もっとも、その声はすっかり大人の男の声になっていた。

「私はあくまでも耶蘇教徒。いまだ修道士ではありませぬが、心は神の使徒にございます」

「いと殿が髪を下ろしたのと、同じお覚悟ということでしょう」

小侍従が脇から言葉を添えた。

「司祭さまのご命令で、奥方さまのお手伝いをすることになりました」

「私の手伝い……？」

玉子が不審な声を上げたのへかぶせるように、

「オルガンティノ司祭さまは、奥方さまにおかれては、ぜひとも神へのご奉仕をなさるのがよい、と――。お邸から出ること叶わずば、親のなき子をお邸へ招いてお世話などいたすがよい、と――」

　慌てた調子で小侍従が言った。

　どうやら、司祭の勧めによってペトロはやって来たらしいが、すでに玉子が承諾したものと聞かされていたようだ。

　玉子はうなずいた。

「それならば、殿もお咎めにはなりますまい」

「大変尊いお心がけでございます」

　嬉しそうにペトロが言って、玉子の前に再び頭を下げた。

「ようやく奥方さまと、同じ世界を見ることが叶いました」

　しみじみと一語一語を噛み締めるように、ペトロは言う。

　傍らでは、小侍従が少し複雑そうな、少し寂しそうな表情を浮かべながら、精一杯微笑んでいた。

ペトロ殉教

一

天正十七（一五八九）年、秀吉は大坂の淀に築城を始めた。経費や人夫を負担するのは諸大名である。細川家もその一部を普請することになった。

この年、玉子は他の諸大名の奥方らと共に、大坂の邸を出て京の邸へ移された。二年前に聚楽第《じゅらくだい》が成って以来、秀吉は京都で政務を執るようになっていたからである。

淀城は、秀吉が大坂と京を往復するその中間地点に作られた。この城の主《あるじ》は、若くて華麗な一人の女人である。

秀吉の側室で、浅井長政の娘茶々――。

信長の妹お市の方の長女で、母亡き後は秀吉の庇護下にあったが、やがてその側室となり、この年、一子鶴松《つるまつ》を産んだ。長年、跡継ぎに恵まれなかった秀吉は飛び上がって喜び、茶々に淀城を与えたのである。

これによって、数多い秀吉の夫人の中で、茶々は北政所《きたのまんどころ》於禰《おね》に次ぐ地位を得た。

翌天正十八年、秀吉は懸案だった関東の北条氏を滅ぼし、奥州の伊達氏、最上氏を従えて、とうとう天下統一を成し遂げている。

信長から秀吉に受け継がれた「天下布武」は、まさに順風満帆と見えた。

翌天正十九年二月十三日、天下の人々を驚かせる一大事が起こった。

秀吉の茶人として名を馳せ、聚楽第に邸まで賜った千利休が、突如として堺へ追放の身となったのである。

この日、去り行く利休を淀川べりで見送ったのは、茶人の古田織部《おりべ》と細川忠興のみであった。

忠興はこの頃、利休門下の茶人として、利休七哲にも数えられている。

無論、秀吉の怒りを買った利休を、この後に及んで庇い立てしようという者はいない。常に細川家大事と生きてきた忠興もその一人に違いないが、それでも師を見送る姿には、深い嘆きと権力者への無言の抗議がこめられている。

「私は間もなく、死を仰せつけられるでしょう」

利休は淀川を渡る船に乗る前に、二人の弟子たちに語った。

不要なものを廃し、究極の美をわずか二畳の空間に作り上げた粋人の眼差しは、深く澄み切っていた。

さようなことはありますまい――などという言葉だけの慰めを、織部も忠興も口にすることはできなかった。

「忠興殿にはお譲りしたい遺品がある」

利休は、忠興の顔にしかと目を据えて言った。

「関白より所望されたが、強いて断った逸品じゃ。受け取ってくださるな」

利休はもう秀吉を、殿下と敬称をつけて呼ばなかった。

「無論にござりまする」

忠興は即座にそう答えていた。利休が秀吉を憤らせた要因かもしれぬ品である。譲り受ければ、それだけで秀吉の不興を買うかもしれない。

だが、それればかりは師の形見として必ずや守り通してみせると、忠興はひそかに心に念じた。

運命はいつも、忠興の大事な人を奪い去ってゆく。

日輪を仰ぎ見るごとく憧れていた主君織田信長しかり、教養深く義に厚い義父明智光秀しかり、茶の湯の世界への戸を開いてくれた師匠の利休しかり――。

あわや、妻の玉子まで奪われかけたが、それだけは必死に抵抗して我が手に取り戻した。

（もう二度と手放すまい）

と、忠興は心に決めている。

花曇りの中、利休を乗せた船は、淀川の靄の中にやがて消えた。

それから半月後の二十八日、利休は急遽、京都に召還され、武士のごとく切腹を仰せつけられた。

享年七十──。

忠興はこの年、わずか二十九歳である。祖父と孫のような師弟の間には、切り離せぬ絆があった。

利休が忠興に遺したのは、灯籠一基である。茶室の庭に据えるための品であろう。

この灯籠は笠の一部が欠けていた。秀吉に所望された時に、利休がわざと欠けさせたものであるという。

(欠灯籠──これは決して人手には渡しませぬぞ)

忠興は人知れず、男泣きに泣いて心に誓った。

同じ年の八月、秀吉の長男鶴松が疫神にさらわれるがごとく、小さな命の灯を消した。

秀吉は即座に髻《もとどり》を切って、哀悼の意を表した。この時、徳川家康をはじめとする諸大名が皆、髻を落としたため、髻塚ができたという。

憔悴《しょうすい》した秀吉は十二月、甥で養子の秀次《ひでつぐ》を跡継ぎと定め、関白の位と聚楽第を譲り渡した。

そして、その翌年、秀吉は心の空洞を埋めんとするかのごとく、諸大名を仰天させる政策を打ち出した。

朝鮮出兵である。

文禄《ぶんろく》元（一五九二）年と年号も改めたこの年三月、忠興も朝鮮遠征のため、出陣することになった。

玉子は十四歳になった長女於長と共に、夫を京の邸で見送った。

於長はつい最近、秀吉の重臣前野長康《ながやす》の嫡男景定《かげさだ》と婚約が成った。長康も景定も共に、関白秀次の家老として召し抱えられることになり、今後の活躍が期待できる。

新関白との縁を作るのは、細川家にとって願ってもない話であった。

翌文禄二年になっても、朝鮮半島での合戦は続いていたが、十五歳になった於長は京の細川邸から前野家へ嫁いで行った。忠興出征中のことなので、采配はすべて玉子が振るった。

「桃の夭夭たる、灼灼たる其の華、之の子于《ここ》に帰《とつ》ぐ、其の室家に宜しからん……」

玉子が父光秀からこの詩を歌ってもらったのは、十六歳の時である。

そして、今、嫁いでゆく夭《わか》い娘に、玉子は同じ詩を歌ってやった。

「私も、娘が生まれたら、嫁ぐ時にこの詩を歌ってやりとうござりまする」

於長が涙を溜めて言った時、玉子はつと胸を衝かれた。

亡き光秀がこの言葉を聞けば、どれほど嬉しがってくれることか。だが、それでも玉子は光秀のことを於長には語らなかった。祖父の顔も知らず、本能寺の記憶もないはずの娘は、つらいことは何も知らなくてよい。

（どうか、娘は私のような苦悩を味わいませぬよう——）

玉子は神に祈りを捧げた。

文禄元年四月、釜山《プサン》に上陸した日本軍は当初、勝利に次ぐ勝利を重ねていった。翌五月には早くも、李氏朝鮮の都漢城《ハンソン》を占領している。

ところが、同じ四月と五月に、李舜臣《イスンシン》率いる朝鮮水軍が、後方の日本船団に激しい攻撃を加えており、陸上の大勝利に比して水上では苦戦を強いられていた。また、七月には、北方の最前線平壌《ピョンヤン》が朝鮮を援護する明《みん》軍によって急襲され、この辺りから日本軍は苦戦の様相を呈し始めた。

日本軍は釜山を中心とし、その西方攻撃を計画する。九月には、細川忠興の指揮する日本軍が晋州《チンジュ》城を攻撃した。が、金時敏《キムシミン》に阻まれて失敗に終わった。

このように大陸に渡った日本軍が苦しい戦闘を行っていた頃、秀吉は九州で指揮を執っていた。

この時、秀吉は九州に側室の淀の方を伴っている。

ところが、文禄二年になって、淀の方は一人ひそかに畿内へ戻された。二人目の子を懐妊したためである。これは、もはや子を持つことは無理であろうと落胆していた秀吉を狂喜させた。

八月、大坂城にて生まれたのは男子で、お拾《ひろい》と名付けられた。

この頃、利のない朝鮮出兵に対して、日本側では厭戦気分が蔓延しており、秀吉も和平交渉を進めることを決した。これによって、出陣していた諸大名の一部は帰国が叶い、忠興も戻って来ている。

忠興はただちに大坂城へ登城して、お拾誕生の祝詞を述べた。この時、秀吉から自慢げにお拾を披露された忠興は、その老父の溺愛ぶりにいささか閉口させられた。

その一方で、忠興はある人物の顔を思い浮かべずにはいられない。

(関白秀次さまは、いかが相成る)

忠興と玉子の娘於長は、秀次の側近前野景定に嫁いでいる。

もしも、秀吉がお拾可愛さから秀次を除こうとしたならば、前野家も同じ災厄に見舞われるかもしれない。その時、細川家はその煽りを食らわないでいられるだろうか。

(私が、かように思うていることを知れば……)

玉子はおそらく自分を軽蔑するだろうと、忠興は思った。

娘の幸せよりも先に、家の無事を思う自分を、疎ましく思わぬわけでもない。事実、本能寺の変の折、二十歳の忠興は、玉子との離縁を迫った父幽斎に歯向かっている。

だが、三十路を超えた今、忠興には家を第一に重んじる父の気持ちが分かってしまう。そして、父と同じ道を歩んで行く自らの老いた背中を、想像することもできる。

（むしろ、玉子は私よりもずっと大胆に生きている）

実家明智家を失い、婚家からも追い出された過去を持つためか、玉子は家の枠組みにとらわれることがない。そのためか、耶蘇教の信仰に心底打ち込み、何かを失うことを恐れていない。

それに引き換え、忠興は常に失うまいと恐れ続け、秀吉に隙を見せるまいと気を張っていなければならないのだった。

文禄三年、秀吉は京都に伏見城を建造し始めた。

これは、関白秀次に譲った聚楽第の代わりであるが、一方で、秀次との全面対決に備えてのものとも見えた。

お拾の誕生後、秀次はその脅えや焦りからなのか、奇矯な行動を取り始めた。

夜な夜な京の町を徘徊して、女をかどわかしたり、あるいは無理にさらったりする。または、辻斬りと称して、夜の巷を徘徊し、目に留まった者を片っ端から斬っていくという噂もある。

殺生関白――それが、秀次の綽名となった。

辻斬りは根拠のない噂であったが、女狂いは事実であり、三十人近くもの女たちが聚楽第に囲われていた。

その中に、最上義光《よしみつ》の娘駒姫《こまひめ》がいた。

東国一の美女という名を取ったこの姫を、天正十九年の九戸《くのへ》攻めの折に、秀次は見初めた。その時、駒姫はわずか十一歳であったという。娘の幼さと秀次の荒淫から渋り続けた義光を、秀次は数年かけて口説き落とした。そして、四年後の文禄四年、十五歳になった駒姫はようやく秀次の側室となるため、上京した。

ところが、この頃にはもう、秀次の立場は抜差しならぬところに来ていた。

この年の春、忠興は秀吉に呼び出されて、背中に冷や水をかけられるような思いをしている。

「秀次の噂を耳にしておろうの」

秀吉から問われた忠興は、どう答えたものか弱り果て、

「はっ――」

と、応じるだけに止めた。

「殺生関白ごときは、豊臣を憎む庶民のあてつけじゃろう。女狂いもまあ、わしとて

人のことは言えぬ。じゃが、よからぬのは伴天連どもがどうやら隠密に、聚楽第への接触を図っておるらしいことよ」

「伴天連どもが、ですか」

忠興は深々と下げていた頭を上げてしまった。

秀次は耶蘇教徒ではない。無論、この時代の権力者の常として、伴天連との接触が皆無ということはあり得ないし、彼らの秀次に対する評価もなかなかよい。彼らは今、伴天連追放令を発した秀吉を見限り、秀次にこそ期待をかけ始めたのであろう。

「伴天連どもの背後には南蛮の商人がおる。南蛮の商人の後ろには南蛮国の大王がついておる。その王が日の本を征服せんという野望を持たぬと、どうして言えよう」

自身が朝鮮を、そして、明国を征服せんと望んだゆえに、秀吉の言葉には妙な説得力がある。

「わしは知っておるのよ。伴天連どもが布教を容易にするには、船団を率いて日の本を征服してしまうのが一番の早道だと、国の大王に進言しているのをな」

「まことでござりまするか！」

忠興の言葉にはあえて返事を与えず、

「時に知っておるか。かの明智光秀が本能寺に討ち入る前、伴天連の宣教師が坂本城に出入りしていた、という話を——」

と、おもむろに続けた。

「何ですと！」

今度は、腰を抜かさんばかりに、忠興は驚いた。

「ほう、奥方からは何も聞いておらぬか」

「存じませぬ」

下手な疑いをかけられてはたまらない。忠興はここぞとばかりに強く否定した。

「時に、周到な伴天連どもが、光秀の娘であるそちの奥方に近付いているなどということはあるまいの」

「ござりませぬ」

生唾を飲み込んで、忠興は答えた。

だから、言わぬことではない。秀吉は細川家の周辺を調べ上げている。一度、疑念を持たれてしまえば、細川家は颪に吹き飛ばされる枯葉のように散らされてしまう。

忠興が玉子への腹立たしさと憤りに、胸が煮えたぎる思いがした。

「ところで、そちは関白から黄金百枚を借りているそうだな」

突然の秀吉の言葉が、忠興の肝をたちまち冷やした。

「借用証の写しを見たと申す者がおる」

それは秀次の許に送られた秀吉の隠密であろうか。

「いずれにしても、秀次の黄金は伴天連どもを通して、手に入れたものやもしれぬ。何でも、伴天連どもの国の王は、黄金でできた南の島を領有しているとか申すでな」

「太閤《たいこう》殿下……」

関白を秀次に譲って以来、秀吉の呼び名となっているその敬称を、忠興は喉の奥から搾り出すようにして口にしていた。

（どうぞ、お目こぼしを――）

そう言って頭を下げてしまいたい衝動に駆られる。が、それは大名の意地も矜持も捨て去った姿であり、秀次の陰謀に荷担していたと、故なき誤解をかけられることにもなろう。

結局、忠興はその席では何も言えなかった。ただ、背中をすうっと落ちてゆく汗の冷たさを感じていただけである。

（とにかく、是が非でも玉子は棄教させねばならぬ）

そして、どこかから黄金百枚を借りて、関白秀次に返済してしまわなければ――。

いや、それをしても、於長はどうなる。前野の家は取りつぶしになり、於長は……。

それに、あの一途で頑固な玉子が果たして棄教をよしとするか。

いつものように果てしない泥沼の言い争いを思うと、忠興は目の前が暗くなる気がしていた。

二

玉子の居室である奥の間には、燭台に火が一つだけ点されている。極力、明かりを廃させたのは、己の心を静かに見定めたかったからである。

大坂城へ呼ばれた忠興は帰るなり、暗い顔つきで玉子に語った。太閤秀吉が関白秀次への疑念を強めていること、秀次に金を借りたことを知られ詰問されたこと、於長の嫁いだ前野家も危ういかもしれぬということ――。

――棄教せよ。

それまでしつこいくらいに言い続けてきた言葉は、この日、忠興の口からは出てこなかった。ただ、忠興は最後に言ったのである。

「いざという時には、そなたも覚悟を決めてくれ」

その覚悟とは、武士の妻として潔く自害せよということか。

北庄城にて、夫柴田勝家と共に自刃したお市の方――。夫武田勝頼と継子と共に落ち延びる途上、ついに敵に見つかり自決して果てた北条夫人――。

(私もまた、あの方たちのようになるのか)

だが、耶蘇教では自殺は罪悪とされ、決して許されない。それとも、我が国における切腹は自殺とは見なされないのか。死を望んで死ぬのではない。生き恥をさらさぬために死を選ぶのである。

　教義ではここをどう解釈するのか、玉子には分からなかった。

（ペトロならば、私の問いに答えてくれるかもしれない）

　玉子は薄暗い居室にペトロを呼んだ。墨染めの衣を着たペトロは、今では何の疑いを持たれることもなく、玉子の居室に出入りできる。

「いかなる事情があろうとも、自害はならぬ。それが耶蘇教のお教えにござりまする」

　玉子の悩みを聞き終えたペトロは、明瞭な口ぶりで即座に答えた。

「されど……」

　玉子の躊躇いがちな呟きに、ペトロは分かっていると言うふうにうなずいてみせた。

「それは、我が国の風習を知らぬ外《と》つ国の方のお考え。私は耶蘇教を奉じる者でござりますが、奥方さまのご苦悩も分かりまする。ですが、いざとなれば、ご当家の殿さまが、奥方さまを手にかけてくださると存じまする。それならば、自害ではありますまい」

「さような余裕がなければ、いかがであろう。もし殿が囚われの身になり、この邸に太閤の軍勢が迫りでもしたら……」

「ご安心なされませ。その時は——」

ペトロの褐色がかった瞳が、優しく玉子に注がれた。

「私が、奥方さまを刺し殺して差し上げまする」

「ペトロ……」

玉子は思わず目を見張った。

少年の頃から知るこのペトロが、急に別人のように見えた。それは、少年ではない一人の男の姿のようでもあり、イエズスが玉子を救わんとして降臨した姿のようでもあった。いや、玉子にこれほど優しく、これほど無償の愛を注いでくれた男は――。

（父上……）

玉子は心に自然と浮かんだその想いを、そのまま言葉にした。

「そなたのごとく、私に優しくしてくれたのは私の亡き父上だけじゃ」

「さようでございますするか」

玉子の父が何者か知らぬわけでもなかろうが、ペトロはそう言って静かにうなずくばかりであった。

「耶蘇教の教徒とは、そなたのごとくあるべきなのでしょうな。されど、私はそなたほど優しゅうない」

「さようなことはございませぬ。奥方さまは孤児たちを集め、我が子のごとく慈しみ、世話をしておやりになるではございませぬか。奥方さまは神へのご奉仕を存分に果たしておられまする」

ペトロの言葉に、玉子は寂しく首を横に振った。

「そなたも知っての通り、私は怒りっぽく、人を怨んでは許すことができず、喜びをもって人生に思いを馳せることができなんだ。洗礼を受けた後は救われたと思うこともあったが、つまるところ、私は変わっておらぬ。侍女を傷つけた殿が怨めしく、お家大事と棄教を迫る殿が憎く、許すことができぬ……」

俯きながら、玉子は神の前でするように、罪を告白する。

「のう、ペトロよ。私はいかがすればよい。教えてくだされ。私はまだつらいのじゃ」

人に弱みを見せることのない玉子の、血を吐くような叫びであった。

「殿を怨み、太閤を憎むこの心が瞋恚の炎となって燃え上がった時、私はどうなるのであろう。もしかしたら、父上と同じことを為《な》すのではありますまいか」

「奥方さまは、亡きお父上が、怨恨から信長公を討ったとお思いでございまするか」

ペトロは動揺を見せず、いつに変わらぬ落ち着いた声で尋ねた。

「いや、そうではないと信じてきたつもりじゃ。なれど、我が身内が瞋恚に焼かれる時、私はこれが父上の怨念の血ではないか、と――」

「奥方さま。これは、私の独り言としてお聞きくださいませ」

不意に、ペトロは言い出した。

「私がこのペトロという使徒の頭の御名を頂戴した時、ある方がお教えくださいました。このペトロという名は、己の命を賭して悪鬼から日の本を守った、ある人の名でもあるのだ、と――。その者は仮の洗礼を受けただけで、信徒とも認められず、ゆえに聖人としても名が残らないであろうが、ペトロの名に恥ずかしからぬ聖人である、と――」

「ペトロよ。それは、よもや――」

玉子の声が震えた。その脳裡には、これまで思い浮かべたことのない見知らぬ父光秀の姿が浮かんでいた。光秀が十字架を手に、祈りを捧げるその姿が――。

（まさか――）

と思った時、

「私の独り言でございます」

というペトロの言葉で、玉子の空想は止まった。ペトロの頬には、温かな笑みが浮かんでいる。それを見ると、玉子はもうそれ以上尋ねることができなくなった。

「先に、奥方さまは殿さまを許せぬとおっしゃいました。しかしながら、奥方さま。そのお考えには非がございます」

「非とは、どのような――」

「許すか許さぬか、それを決めるのは奥方さまでなく、神でございます。奥方さまのお父上の行いを、許すも許さぬも神がお決めになること。人の為すべきことではありませぬ。そもそも、許すという行いは、許す側が許される側の上に立つことであり、神ならぬ人の身には傲慢な行いと申せましょう」

かつて味土野でペトロからたしなめられた時、我を愚弄するかと憤った玉子は、この時、ペトロの言葉におとなしく耳を傾けていた。己の考えを傲慢と言われても、腹は立たなかった。

「人の善悪はすべて神が見てくださっています。そして、道理に合わぬ不幸せに遭遇した者には労わりと慰めを、罪を犯した者には報いと教訓を、罪を悔い改めた者には愛と許しを、それぞれお与えくださいます。ゆえに、奥方さまは殿さまを許そうとするのではなく――」

ペトロの言葉はいったん途切れた。何かを振り切るように、玉子から目をそらした後で、

「ただ、愛すればよいのでござりまする」

ペトロは一気にそう口にした。その語尾が震えていることに、玉子は気づかなかった。

「そなたは昔、味土野にて私に『汝の敵を愛せよ』という言葉を教えてくれた……」

「覚えていてくださいましたか」

ペトロは目を玉子の方に戻すと、初めて歯を見せて笑った。味土野にいた頃の幼い面差しが、ふとよみがえった。

「そなたは何ゆえ、こうも優しいのですか」

玉子はしみじみとペトロの顔を見つめながら訊いた。

目の前の若者が、父を思うがごとく、我が子を思うがごとく、いや、神を思うがごとく愛しく感じられる。味土野より帰って以来、肉親でない人間にこれほど大きく心を動かされたのは、初めてのことであった。

「神よ」

すると、玉子の凝視に居たたまれなくなったかのように、突然、ペトロが手を合わせて祈りの姿勢を取った。

「私をお許しくださりませ」

ペトロは目をしかと閉ざしている。

「もとより神の使徒たる我が身。この世の女人を愛する心は神に捧げてございます。なれど、同じ神を戴《いただ》く信徒の女人に、心からの敬愛を捧げんことを――。どうか、神よ。それがたとえ罪であっても、お許しくださいませ」

それは、告解の形を借りた愛の告白であった。

「ペトロ……よ」

玉子の声は震えている。

「何もおっしゃらないでくださりませ」

ペトロは聞くのを恐れるかのように、玉子に先んじて言った。告解を終えたその顔は、すでに穏やかさを取り戻している。玉子の方が動揺させられそうなほど、澄んだ瞳がまっすぐに玉子を見つめていた。

やがて、ペトロは右手の薬指から、銀の指輪を外してみせると、それを玉子の掌に載せた。

「これは、神の使徒たる証しの指輪。これを奥方さま——いえ、ガラシアさまに持っていていただきたいのです」

まるで別れの際の餞《はなむけ》のようではないかと、玉子はふと不吉なことを思った。だが、伴天連追放令が出され、関白秀次に謀叛の疑いがかけられそうな今となっては、明日のことさえ定かではない。

玉子は黙って、ペトロの手から指輪を受け取った。その時、

「いつくしみ深き、友なるイエズスは……」

ペトロの口から、美しい旋律と清らかな言の葉が、透明な細い糸のようにこぼれ出てきた。

いつくしみ深き、友なるイエズスは、罪、咎、憂いを取り去りたまう。
心の嘆きを包まず述べて、などかは下ろさぬ、負える重荷を――。

ペトロの歌声はもはや少年のような壊れやすさはなかったが、しっとりと潤ってどこか憂いがあった。

「祈祷三一二という曲です。セミナリヨで習った歌の中で、私の最も好きな歌です」

ペトロは歌い終えると、そう教えた。

「何と、美しい曲なのでしょう。それに、この言の葉の何と胸に響くことか」

「私はいつも、この曲を歌う時、ガラシアさまを思い出しておりました」

ガラシアの罪、ガラシアの咎、憂い、そして、心の嘆き――それらは、ペトロが味土野にいた頃から、ガラシアの負える重荷として知っているものであった。

この歌には二番、三番があるという。玉子はぜひすべてを歌って聞かせてほしいとせがんだ。

ペトロは澄んだ声で、続きを歌い始める。

いつくしみ深き、友なるイエズスは、我らの弱きを知りてあわれむ。
悩み悲しみに沈める時も、祈りにこたえて慰めたまわん。

いつくしみ深き、友なるイエズスは、変わらぬ愛もて導きたまう。

世の友我らを棄《す》て去る時も、祈りにこたえて労わりたまわん。


ペトロの細雨《さいう》のような歌声がやんだ。

「世の友我らを棄て去る時も……」

玉子の脳裡に、味土野での孤独な日々が思い起こされる。あのつらかった日々、いや、神の言葉を聞く術《すべ》も持たず、自分一人がつらいと思い込んでいた日々、はかない夕明かりの中、背中を向けて去って行った一人の少年の姿も――。

「大切にいたします……」

玉子はペトロが載せてくれた銀の指輪を、しかと両手に握り締めた。何とも言えず敬虔で荘厳な感覚が、全身を貫いていった。

――世の友我らを棄て去る時も、祈りに応えて労わりたまわん。

玉子は目を閉じて、その言葉を胸に呟く。

神を思うことと、人を思うことの間に、いかなる違いがあるのか、玉子には分からなくなっていた。

イエズスを愛することと、男を愛することに、どんな違いがあるのかも分からない。

分からなくさせたのは、少年の頃から知るこの一人の耶蘇教徒の男であった。

目を開ければ、涙がこぼれてしまうだろう。心にあふれるこの豊かな思いを、玉子はただ必死にこらえることしかできなかった。だが、ようやく心を静め、もう大丈夫とばかり、こわごわと目を開けた途端、玉子の目からは涙があふれ出てきた。若き神の使徒の清々しい姿が、目にまぶしくてならない。


「この指輪の代わりに、私の十字架をあなたが持っていてください。どうか――」

玉子は人目に触れぬよう、首にかけた十字架を懐の中に入れて隠している。まだ肌の温もりの残っているそれを、玉子は首から外してペトロに手渡した。

それは、あたかも銀の指輪の対として誂《あつら》えたような、黄金の十字架であった。

ペトロは一瞬、その温もりに驚いたような表情をしたものの、それが失われるのを恐れるかのように、掌にしかと包み込んだ。

三

文禄四（一五九五）年七月八日、秀吉から追放命令を受けた秀次は、その足で高野山へ逃れ、そこでただちに出家を果たした。

この時、家老前野長康、景定父子は秀次の謀叛に関わったとされ、捕縛の上、中村一氏《かずうじ》にお預けの身となっている。さらに、景定の妻於長にも捕縛命令が出されていた。

「於長を！　於長をどうぞ、こちらへお迎えあそばしてくださいませ」

玉子はそのことを知るなり、いつもはめったに動かぬ居室を出て、忠興のいる大広間に駆け込んだ。

棄教の問題ですっかり仲をこじらせ、今や心の触れ合うこともない夫婦であるが、それでも於長を案じる気持ちは同じである。ただ、この時の忠興は例の黄金百枚の件で、秀次に通じていた疑いをかけられ、謹慎を申しつけられていた。

「我が手で於長を救い出せるなら、何でもするが……」

下手な動きを見せれば、それこそ秀吉の疑いだけが増して、細川家そのものが危うくなるかもしれない。

この時は、前当主幽斎（藤孝）の命を受けた重臣松井康之《やすゆき》が裏で奔走した。まず、ひそかに徳川家康に接触した松井は、黄金百枚を借り出すと、それで秀次への返済を果たした。

さらに、於長を前野景定と離縁させ、その上、出家までさせて、捕縛の命を取り消させた。

尼姿となって憔悴した於長は、松井康之に伴われて、忠興と玉子の許へ戻って来た。

「済まなかったの、於長。この母を許しておくれ……」

玉子は於長の前に手をついて詫びた。

於長は昔から、喜怒哀楽をはっきり見せぬ娘であった。

「母上が何を謝られますの」

この時も涙ながらに掻き口説く玉子の前で、於長はどこかしらけた顔を向けて訊き返した。

「私は、そなたの無事を神に祈る心が足りなかった……」

於長の声に感情はこもっていなくとも、いや、それだけにいっそう、母を、細川の家を、太閤秀吉を、そして、世間のすべてを、於長が許していないということが、玉子には分かる。

「そなたとは、味土野へ行く時に一度別れた。それゆえか、どこかそなたを遠くに感じることがあった。その上、そなたは長女として、いつも落ち着いていたゆえ――」

「母上はいつも、与五郎や光千代を可愛がっておられましたもの」

そっけなく、於長は言う。

「子の可愛さに優劣はありませぬ」

娘の静かな抗議に気圧《けお》されそうになりながら、これだけは言わねばならぬと、玉子は必死に言った。

「ならば、一つだけお願いがございます」

於長は光る目を玉子に向けた。いつも明確な意志を持たぬように見えた瞳が、この時は母親に似て、鋭く勝気な光を帯びていた。

「私、耶蘇教に入信しとうござります」

於長はきっぱりと言った。玉子にその便宜を図れということか。同時に、それを許せと、忠興に迫っているのか。玉子と忠興は思わず顔を見合わせていた。だが、二人とも傷ついて手負いのようになった娘に、かけるべき言葉を持たない。

「私は出家なんぞしとうなかった……。どうせこの世を捨てるなら、耶蘇教の尼になりたいと申したに……。私を可愛いと仰せになるのなら、私を耶蘇教の信徒にしてください」

「そなた、何ゆえ、耶蘇教に――」

「関白さまも景定さまも、最後は、耶蘇教に救いを求められましたゆえ――」

では、秀次はやはり伴天連とつながっていたのか。そこに連ねた顔の中で、忠興のそれだけが不意に曇った。

「関白さまは耶蘇教徒ではありませぬ。ご側室があれだけ多くては、司祭さまの方が承知なさいませんでした。ですが、あの関白さまをお救いになったのは、耶蘇教のお教えでした。この世は地獄、楽園を追放された男《アダン》と女《エヴァ》が絶望の中から作り上げたのがこの世。最後の審判が下されれば、人は皆、神によって裁かれる。人が人を裁くのではない。神が人をお裁きになる時こそ、呪われし人は地獄に堕《お》ちることでしょう」

於長がこれほどの長広舌をふるうことはめずらしい。だが、いつにないことだけに、それを聞き続けるのはつらく、そんな娘の姿を見るのは痛々しくて切なかった。

「もうよい！」

いつしか玉子は於長の身を抱き締めていた。忠興は何も言わない。

「姫さま」

その時、柱の陰で黒いものがかすかに動いた。

「何者じゃ」

不審げな眼差しを向ける於長へ、

「あの者は、私に仕えている者です」

と、玉子が答えた。

「僧侶が母上に仕えているのか」

玉子の信心を知るゆえに、於長の不審は強いらしい。

「墨染めの衣は、方便にござりまするぞ」

僧侶が言った。墨染めの衣は僧侶がまとうものであり、今や於長の身を被《おお》うものでもある。

「神はすべてを見ていてくださいます」

「あっ……」

於長はその僧侶の正体に感づいたようである。

「分かり……ました……」

あとは目を伏せて静かにうなずいた。それを見届けるや、それ以上のことは何も言わずに、

「殿さま、奥方さま。私は一度、町中の様子を見てまいりたく存じまする」

と、僧侶は願い出た。

「今のお話では、関白さまと伴天連とのつながりも、間もなく太閤殿下のお耳に入るか、と――」

僧侶は伴天連の今後の動向を気にしていると見えた。

「いや、太閤殿下は存じておられる。以前、私にも漏らされたのだ」

忠興は貴重な情報を、僧侶に漏らした。僧侶は驚いて顔を上げた。忠興の目と僧侶の目が一瞬、絡み合うようにぶつかり、たちまち離れた。

「それでは、ますます危うきことにござりまする」

それは、耶蘇教の教会が危ういという意味にしか聞こえなかった。それでも、忠興は何も言わない。

いや、於長の嘆きの前では何も言えなかった。於長の嘆きとは、実家と婚家の間で板挟みになり、夫と引き離された女の悲しみであり、同時にそれは母である玉子がたどってきた道でもあった。

遅ればせながら、忠興はようやくそのことに気づいたのである。

父親を喪った玉子と夫を喪った於長は同じでも、忠興は何も失ってはいなかった。何も失っていない者が、失った者をとやかく言うことなど、できないのではないか。

忠興がそんな思念を浮かべているうち、僧侶は姿を消していた。

傍らでは、母と娘がようやく涙を流しながら、互いにひしと抱き合っていた。

四

京の細川邸から、ペトロの姿が消えた。

やがて、忠興への疑念は晴れ、その謹慎は解かれた。その足で、忠興は秀吉の許へ出向いて於長の助命を願い出、それも許されている。於長は方便のための法名を安《あん》昌院《しょういん》とつけられた。

だが、助かる者がいる一方で、無残な最期を遂げる者たちもいた。

七月十五日、前関白秀次は高野山にて、切腹――。於長の夫前野景定とその父長康も、切腹を申しつけられている。

さらに、世間の怒りを煽ったのは、秀吉が秀次の妻妾と子供たち、合わせて三十九人を三条河原にて斬首させたことであった。

その中には最上義光の娘で、わずか十五歳の、それも秀次の側室になって間もない駒姫もいた。


罪をきる弥陀の剣にかかる身の　なにか五つの障りあるべき

駒姫の辞世である。

五障とは、女人の往生を妨げる五つの障り——すなわち、梵天王、帝釈天、魔王、転輪聖王、仏身の五つに転生できない女人の罪を指す。だが、罪を斬る阿弥陀仏の剣によって死ぬ自分は、五障も消え往生間違いなしと、駒姫は詠い上げたのである。

玉子の胸中に、また一つ、乱世の犠牲になった女の辞世が刻まれることになった。

ペトロがいなくなってもなお、玉子は孤児らの面倒を見る慈善活動は続けている。今では安昌院も手伝い、玉子の次女で九歳になる多羅《たら》も、見よう見真似で手伝っていた。

「いつくしみ深き、友なるイエズスは……」

玉子の歌う賛美歌は、安昌院や多羅ばかりでなく、子供たちもすっかり覚えてしまった。今では、邸の内に歌声が常に鳴り響いている。

だが、玉子がこの歌にどんな思い出を秘めているのか——それは、右手の銀の指輪の秘密を誰も知らぬように、誰一人知ることはなかった。

翌年は改元されて慶長《けいちょう》元（一五九六）年となった。

この年、明との和平交渉が決裂し、秀吉は再び朝鮮半島へ軍勢をくり出すことを決めた。

そして、九月、長宗我部《ちょうそかべ》氏の領土である土佐国浦戸に、イスパニア船のサン・フェリペ号が漂着した。

長宗我部氏を通して、太閤秀吉とその乗組員との間に盛んなやり取りが交わされた。その中には、南蛮国が日本征服の野望を抱いているという、不穏な発言もあった。

そうするうち、交渉はこじれ、サン・フェリペ号の積荷はすべて没収されることになった。

さらに、半ば効力を失っていた十年前の伴天連追放令が改めて持ち出され、京、大坂、九州などで布教活動を行っていた宣教師と、その助力をしていた日本人耶蘇教徒らが捕縛された。南蛮人と日本人合わせて、二十四人に上っている。

「伴天連の神父さまたちが曳《ひ》かれて行きましたよ」

知らせは、玉子が世話をしている孤児たちによってもたらされた。

「何ですって！」

玉子はただちに小侍従を外へやり、事情を調べてくるように命じた。小侍従は弾かれたように駆け出してゆき、一刻もすると、蒼い顔をして邸へ戻って来た。

「京と大坂、それに、西国の方で、二十人を超える人々が捕縛されたということです」

小侍従は息をととのえることもできぬうちに、しゃべり出した。

「セスペデス神父さまやコスメ修道士さまは、ご無事でしょうか」

「はい、おそらくは――」

小侍従は町の辻に張り出された捕縛状を読み、その名前を確認してきたという。

この時、捕らわれた者の大半は、フランシスコ会の者であった。玉子らが帰依しているのは、古くからの耶蘇会（イエズス会）である。

「ただ……」

小侍従は躊躇うように言葉をつなぎ、そこでまた、言いづらそうに言葉を濁した。

「何かあったのですね」

辻の立て札を見て来るだけなら、一刻もかかるまい。小侍従の帰参が遅くなったのは、それ以外に何か、足を止めさせる理由があったのだ。

「まさか、ペトロが……」

言うなり、玉子は自分が口にしたことの恐ろしさにわななないて、顔色を蒼ざめさせた。

「姫さまもご存知のオルガンティノ司祭さまが、捕縛された人々のお世話をするようにと、信徒を一人つけられたとか。その者の名が……」

「ペトロ――」

「ただ、ペトロという洗礼名の者はいくらもおりましょうし……」

小侍従もまた、玉子に負けぬほど蒼ざめながら、震える声で続けた。

「なれど、ペトロはそもそも、オルガンティノ司祭さまより我が許へ手配してくださった者――」

それを思えば、ペトロの行動はオルガンティノ司祭の命令下にあると考えても差し支えない。

「姫さま」

小侍従は膝を進めた。

「ペトロがこのままとらわれた信徒の方々と、運命を共にするようなことがあっては……」

玉子が何より案じるのもそこである。

司祭がいざという時には、他の信徒と運命を共にせよと、ペトロに命じていたならば――。いや、その命令がなくとも、ペトロ自身が彼らに加わりたいと望みでもしたならば――。

「殿さまより、太閤殿下に助命嘆願をなさっていただくわけにはまいらぬでしょうか」

小侍従は蒼褪めた唇をぎゅっと噛み締め、祈りを捧げるような顔で玉子の返事を待っている。

「殿は、さようなことはなさいますまい……」

玉子は力なく首を横に振るしかできない。忠興は何より細川家大事なのである。

小侍従はやはり、というふうに、肩を落とした。

「取りあえず、確かなことが分かるまでは、祈り続けて待ちましょう」

玉子はうなだれる小侍従の肩に手を置いて、じっと何かを見据えるように、大きな黒い瞳を虚空に向けていた。

――世の友我らを棄て去る時も、祈りにこたえて労わりたまわん……

その蒼ざめた唇はいつしか祈祷の一節だけを、くり返し唱えていた。

だが、玉子自身はそのことに自分で気づいてはいなかった。

五

慶長元年十月、再び伴天連追放令が出された。同時に、捕縛された二十四人の耶蘇教徒への処分も下された。

一人残らず磔にせよ――。

二十四人の中には、わずか十二歳の日本人少年まで交じっていたが、その一人も欠けることなく死罪と決まった。

「二十四人は鼻と耳を削がれた上、京中を引き回されて、果ては西国にて磔にされるそうにございまする」

外で噂を聞きつけてきた小侍従が、玉子に語った。小侍従はここひと月というもの、まるで物に憑《つ》かれた様子で奔走し、玉子の目にもすっかりやつれて見える。

この二十四人の世話をするため、フランシスコ会からは伊勢出身の大工フランシスコが、耶蘇会からはペトロ助四郎が遣わされたということまで、すでに二人は知っていた。

「磔とは、イエズスさまと同じ……」

茫然と呟いた玉子は、たちまちはっと我に返り、

「それでは、ペトロはその中には加わっていないのですね」

と、念を押すのを忘れなかった。

「はい――」

と、うなずいたものの、小侍従は顔を上げなかった。

「フランシスコとペトロの二人は、刑場へ行くまでに棄教を迫られるのだとか。それで、棄教を承諾すれば、死は免れましょうが……」

俯いたまま語る小侍従の言葉を遮って、

「あのペトロが、棄教なぞ承諾するはずがない！」

と、玉子は思わず叫び立てていた。

「そなた、捕縛された人々が京中を引き回されると申しましたね」

今はこうしていられる時ではない。だが、腰を浮かしかけた玉子の小袖の裾は、小侍従によってとらわれていた。小侍従の切れ長の目が、射抜くように玉子を見つめている。

「行ってはなりませぬ」

「何ゆえじゃ！」

玉子は従順とばかり思っていたこの侍女の、意外な変貌に驚いて、小侍従を睨み据えた。

「あの方の御ためです」

小侍従はきっぱりと言い切ってみせた。

「ペトロのことですか」

「さようです。あの方はこれより尊き御業《みわざ》に赴かれるのです。姫さまのお姿は、あの方の尊きお心を惑わせることになるだけ……」

「何ゆえ、私がペトロを惑わす、と――」

「この世に残してゆく大事なお人が、心を乱す種にならないことがありましょうか」

玉子は返事ができなかった。

あの指輪と十字架を交換した一夜のことを、小侍従が知るはずはない。

「姫さまは、あの方を慕うておられますか」

小侍従は奇妙なくらい落ち着いた声で尋ねた。それでいて、その眼差しはかつて玉子に向けられたことのない激しさを宿していた。

（小侍従は、ペトロを愛していたのか）

玉子は思いがけず動揺した。

同時に気づいてしまった。

（私もまた、ペトロを愛している――）

それが、女が男を愛するようなものか、母が息子を愛するようなものか、娘が父を愛するようなものか、信者が神を愛するようなものか――その区別はもはや問題ではない。そのすべての愛の形が、ペトロに向かっていた。

（私にとって、ペトロは神であり、父であり息子であり、恋人であり夫である――）

指輪と十字架を取り交わした時から、二つの心は一つにつながれていたと思う。そして、その答えを小侍従の前でごまかしてはならない。

「その通りです」

答える玉子の声は震えていた。

「私は、あの人を愛しています」

一語一語を区切るようにして、玉子は正直に答えた。その左手が右手に嵌《は》められた銀の指輪をまさぐっているのを、小侍従の目がじっと見つめている。

「私も、です」

言うなり、小侍従の両目から、たちまち涙があふれ出してきた。

「私には、殿方をお慕いする心がいかなるものか分かりませぬ。ゆえに、これが恋と申すものなのか、それとも、神への信仰そのものなのか分かりませぬ。でも、あの方が生きて世にあり、姫さまを支えているということが、私の支えでもございました……」

あふれて止まらぬ涙の粒が、障子を透した淡い光に美しくきらめいている。

「私を、お怒りになられますか」

「いいえ」

玉子はきっぱりと言い切って、首を横に振った。

「私たちは同じ人を愛してしまっただけです。そのお人は神の世界に暮らすお人で、私たちだけのものではありませぬ」

「私は……媵《よう》にございます」

小侍従は泣きじゃくりながら言った。

「媵なれば、姫さまと同じお方を想うても、よろしゅうございましょう?」

「その通りです。私はそなたに嫉妬はいたしませぬ」

玉子の手が小侍従の震える肩に置かれた。

すると、その嗚咽がまるで乗り移ってきたかのように、玉子も涙をあふれさせた。

「つらかったことでしょう」

玉子は優しく小侍従の肩を撫ぜる。

「ここで、一緒に祈祷を捧げましょう。私たちにできるただ一つのことです」

小侍従の腕が半ば恐れるように、半ば躊躇うように、それでもゆっくりと玉子の背中に回された。

主従という関係であっても、耶蘇教徒としての二人の立場に上下はない。

「いつくしみ深き、友なるイエズスは……」

玉子の唇から、細い声が漏れた。

「姫さま……」

小侍従はまだ泣きじゃくっている。

「さあ、そなたも共に歌いましょう。あの方のために祈るのです」

「いつくしみ深き、友なるイエズスは、罪、咎、憂いを取り去りたまう……」

だが、賛美歌を歌う胸にふつふつと湧いて出てくるのは――。

(……憎い！)

と思う気持ちであった。

(ペトロよ。私はそなたをかような目に遭わせた太閤が憎い。いかがすればよい。私はどうすれば……)

――神は『汝の敵を愛せよ』とお教えになっておりまする。

――奥方さまは殿さまを許そうとするのではなく――ただ、愛すればよいのでござりまする。

ペトロの言葉がよみがえってくる。ペトロならば言うであろう。

――奥方さま。人は憎んだり許したりするものではなく、ただ、愛するためにこの世にいるのですよ。

(それでもなお、憎いものは憎いのじゃ。私は、私からそなたを奪った者が憎うてならぬ……)

玉子の虚空に見開かれた目からは、大粒の涙があふれ出してきた。

玉子は泣きながら歌い、歌いながら泣いた。それでもなお、憎しみが完全に失せることはない。それがペトロの切なる願いと分かってはいても——。

玉子は憎しみを忘れんがため、歌った。ひたすらにペトロが教えてくれた賛美歌を歌い続けた。

その日、京の細川邸の奥の居室では、賛美歌を歌う二人の女たちの細い歌声が、切れ切れにずっと聴こえ続けていた。

慶長元年十二月十九日、京から長崎まで徒歩で連れて行かれた二十四人の宣教師および日本人耶蘇教徒と、その世話役二人の併せて二十六人が磔の刑に処された。

イエズス会員の世話をしていたペトロ助四郎と、フランシスコ会員の世話をしていた伊勢の大工フランシスコの二人まで、処刑の列に加えられたのは、世の人の涙を誘った。彼らは耶蘇教の教義を棄てることを断固として拒絶したため、その仕儀となったのである。

最年少で十二歳のルドビコ茨木をあまりに気の毒に思った長崎の役人は、少年に耶蘇教を棄てるよう勧めるが、ルドビコはその申し出を丁重に拒絶し、甘んじて殉教に身を委ねたという。

グレゴリオ暦の一五九七年二月五日、神に召されたこの殉教者二十六人は、後の一八六二年六月八日、ローマ教皇ピウス二世によって列聖され、聖人の列に名を連ねることになる。

ペトロ助四郎、享年三十――。

玉子や小侍従と味土野で出会った十六歳の時から、実に十四年の歳月が流れていた。

槍で両側から突かれたその胸には、黄金の十字架が陽光を受けて、きらきらと耀いていた。

散りぬべき

一

慶長三（一五九八）年三月、秀次の切腹、朝鮮出兵、二十六聖人の磔など、暗い時世の風を吹き払おうというかのように、太閤秀吉は醍醐の花見を挙行した。

この行事が秀吉の最後の栄華となった。その後間もなく、秀吉は病の床に就いてしまったのである。

そして、その秀吉の病状がまだ深刻にならぬ頃、忠興は何を思ったか、玉子を京の邸から連れ出して、懐かしい丹後宮津城へ連れて行った。今、ここに暮らしているのは、忠興の父幽斎である。

ところが、幽斎はこの日、茶の会に出かけているとかで城内にはいなかった。夫婦はひっそりと静かな城で、誰に気兼ねすることのない落ち着いたひと時を過ごした。

「早う参れ」

忠興はいつになく、子供のようにはしゃいだ。

玉子を連れて行こうとしているのは、どうやら物見櫓の上であるらしい。古いこの城には天守閣がないのだが、物見櫓がその代わりのようなものであり、櫓に登れば、そこから丹後の海が見える。

眼下には、天の橋立の絶景が広がっている。

醍醐の花見から、まだ日も経ぬ初夏の日のことである。この日は、明け方降った雨が上がり、天の橋立の全景はもちろん、その向こうの海の色までよく見晴らすことができた。

美しい、などという月並みの言葉を口にするのも、もったいないほど見事な景色である。

「おめずらしいことです。殿が私を邸から連れ出してくださる、など——」

玉子は淡々と言った。横から射し込む陽光に手をかざしたその姿は、いつになく優しげであった。

「そうかな」

と、忠興は適当な相槌を打ち、少しまぶしそうに玉子の姿を見つめていた。

だが、それをし続けるのはきまりが悪いと思うのか、すぐに目をそらせると、眼下の景色に目を遊ばせた。ややあってから、

「太閤殿下のご容態はよくない……」

天の橋立を見つめたまま、忠興はぽつりと言葉を吐いた。

「万一にも、殿下の身に何事かあれば、天下は再び乱世に戻るやもしれぬ」

目を天の橋立からそらすことなく、忠興は語り続けた。

「どこぞの大名が、豊臣家に弓引く、と――」

玉子の問いかけに、忠興は顎をしゃくった。言いにくいのであろう。

「あるとすれば、それは――」

「徳川殿でございますね」

ほとんど外部との接触を断たれた生活であるにもかかわらず、玉子の言葉は正鵠を射ている。

「そなたは太閤殿下を怨んでおるか」

これまでであれば、決して口にしなかった問いかけを、忠興はした。

玉子は少し沈黙していた。ややあってから、

「私の受難は、すべて神の思し召しと思うております」

怨むとも怨まぬとも確かには答えず、玉子は静かな声で申し述べた。忠興もそれ以上はこだわらず、

「私は徳川殿には恩がある」

と、話題を元に戻した。秀次の事件が明るみに出た時、黄金百枚を用立ててもらっ

たことを言うのであろう。

「徳川殿は忍従を知っておられる。あの方は昔、織田信長公から妻子の自決を迫られた時、黙ってそれを受け容れ、耐えてこられたのじゃ」

「築山《つきやま》御前と信康《のぶやす》殿のことですね」

当時の家康にとって、信長との同盟は欠くべからざるものであった。その信長から、築山御前と信康が武田に内通していることを疑われた。妻子を殺すよう命じられた家康は、それを断固として拒絶することができなかったのである。

それは、家康にとって、今なお忘れられぬ屈辱と懊悩であるに違いない。その後も、秀吉の前に膝を屈し、故郷三河から坂東八州への改封をも唯々諾々と受け容れて、ついにここまで来た。

「私は、司祭さまより叱られたことがございます。日の本の女人にしては、忍従の心が足りぬ、と――。忍従を知る徳川殿を、私は優れたお方と思います。細川のお家は殿のもの。どうぞ、殿の思うようになさってくださいませ」

「前田家は、徳川殿に弓引こうか」

忠興はそれこそが気懸かりだというように、苦しげな声を出した。

忠興が前田家を話題に持ち出したのは、昨年、嫡男忠隆《ただたか》の妻に前田利家《としいえ》の娘千世《ちよ》を迎えていたからである。太閤秀吉の斡旋によるものであった。

前田利家は家康に対抗し得る実力者で、秀吉との長年の関わりからしても、豊臣家を守ろうとするだろう。

「あたうならば、千世殿を悲しませないでほしゅうございます」

玉子はぽつりと言った。自分や於長のような目に遭わせたくない。

「うむ。私もそう願っておるが……」

忠興は苦しげな息を吐く。

昔の忠興であれば、それも仕方ないと、突っぱねたかもしれない。

だが、細川家の当主として長年を過ごし、危うき橋をいくつも渡り、玉子とも幾度となく衝突をくり返した結果、忠興も変わっていた。

「のう、玉子よ」

いつになく力を失った声を出したのも、玉子の心を動かした。

「我らも老いた。子らも大きゅうなった。もはやいがみ合うのはよそうではないか」

そんなことを言い出したのも、別人のようである。

「私は確かに細川の家を第一に考えてはいるが、前田の姫を悲しませぬよう、最善を尽くすつもりじゃ。ゆえに、そなたも私を怨んでばかりおるな」

「殿……」

「私はそなたが耶蘇教を奉ずるというのならば、それでかまわぬ」

玉子は思わず忠興の横顔へ目を向けた。それでも、忠興はなおも景色に目をやり続けている。

「大っぴらに外の教会へ通ってもらうのは困るが、その代わり、邸内にそなたや侍女のための聖堂を建ててもよいと思うておる。さすれば、そなたも孤児たちをそこに集め、施しができるであろう」

玉子は驚きのあまり、返事ができない。

「喜んでくれるか」

「……無論ではござりませぬか」

玉子の言葉に、忠興の顔がようやくこちらへ向けられた。

「やっと微笑んでくれたな」

忠興は玉子の頬を両側から、壊れ物を扱うようにこわごわと挟み込んだ。

「醍醐の桜よりも美しゅう思える」

かつて口にしたこともないような夫の賛辞である。何も言えぬまま、玉子は涙をあふれさせた。その涙の筋が忠興の手の甲を温かく濡らした。

――奥方さまは殿さまを許そうとするのではなく――ただ、愛すればよいのでござります。

ああ、このことであったのか――と、ようやく玉子は思い至った。

ペトロが心を尽くして玉子に理解させようとしたのは、このことであったか、と――。

何のことはない。相手が差し出してきた手をただ握り返すだけでよかったのだ。たとえ、その差し出してきた手に、剣が握られていたとしても――。

（ペトロよ。そなたはそうして、そなたを殺した太閤秀吉をも愛したのじゃな）

「汝の敵を愛せよ」という神の言葉は、決して難《かた》き業《わざ》ではなかった。

（神よ。どうか、我が夫の罪をお許しくださいませ）

玉子は心から神に祈ることができた。これこそが敵を愛するということであった。

「美しきもの、尊きものも、見慣れてしまうと、その値打ちが分からなくなるものらしいな」

ぽつりと、忠興が呟いた。それは、かつて見続けていた天の橋立の絶景を言うのか、美しい玉子の顔を言うのか、判断しかねる呟きであった。

二人はしばらく無言で見つめ合っていた。その沈黙を打ち破ったのは、

「おお、あれを見よ！」

という、忠興の叫び声である。その弾んだ声に促されるまでもなく、玉子も息をつめて、忠興の指差すものを見つめていた。

天の橋立の上に、大掛かりな虹の橋がかかっている。上の橋は極彩色の光を放ち、

希望そのものが容《かたち》を取って現出したように見えた。

「天国《パライソ》に続いてまいりますような……」

玉子の独り言に、忠興は笑った。

「仏教徒であれば、極楽浄土と申すところであろう」

忠興の上機嫌は変わらぬようである。それで、つい玉子の口も軽くなった。

「これとよく似た景色を見たことがございます」

嫁いでからは誰に打ち明けたこともない話である。忠興に対して語ることも、もうあるまいと思っていたが……。

「近江坂本城の物見櫓から、鳰《にお》の湖《うみ》を見下ろした時、湖が極彩色に輝いていたのです」

「湖が虹色に——。湖の上に虹がかかっていたのか」

「それが、よう覚えていないのです。幼い頃のことでしたゆえ——」

その後、誰に話しても信じてもらえなかったのだと、玉子は続けた。

「殿も私の言葉をお信じにはなられませぬか。湖が自ら極彩色に輝くことなどあり得ぬ、と——」

「……いいや」

忠興はぽつりと言った。

「そなたを信じる」

二人はもう見つめ合うことはなく、いつまでも空にかかった二つの橋を見続けていた。

片一方の橋が消えた後もなお、夫婦は無言で櫓の上に佇み続け、その景色を目に焼きつけていた。

二

醍醐の花見の後、床に臥した秀吉は、同じ年の八月、跡継ぎである秀頼の身を案じながら逝った。

その死後、

「秀頼がこと、くれぐれも、くれぐれも頼み申し候《そうろう》」

意識が確かな間、秀吉は五大老——徳川家康、前田利家、宇喜多秀家、毛利輝元《てるもと》、小早川隆景《たかかげ》らの手を、代わる代わる握り締めては、それだけを言い続けていた。

思い残すことは他にはない。ただ、秀頼の事だけが気懸かりである、と——。


露と落ち露と消えにしわが身かな　難波《なにわ》のことも夢のまた夢

秀吉の辞世である。

信長が「天下布武」を謳ってから四十年弱――。信長の野望を光秀が挫き、その光秀を討ち滅ぼして、手に入れた天下であった。

秀吉の死後、秀頼と生母淀の方はそろって大坂城へ移った。

秀頼の後見人として政務を見る五大老、五奉行らもまた、大坂城へ引き移っている。他の大名衆もそれに倣ったので、その妻子らは大坂の邸へ移ることになった。

玉子も懐かしい大坂の細川邸へ戻った。

忠興はかねて約した通り、この大坂の邸に聖堂を建ててくれた。

玉子の生活は穏やかなものとなったが、世の中の動きは却《かえ》って険しさを増している。

この頃、豊臣家臣団の対立が浮き彫りになった。

秀吉の尾張時代から従っていた子飼いの者と、秀吉が長浜城主となった近江時代に従った者たちの対立である。

尾張派は主として、加藤清正、福島正則といった武断派大名であり、一方は文治派の官僚大名で、筆頭は石田三成である。

家康は武断派諸大名と誼《よしみ》を結んだ。彼らは、秀吉の正室北政所於禰《おね》が若い頃から、我が子のように面倒を見てきた者たちである。

こうして北政所とのつながりを強めた家康は、秀吉との盟約を破り、加藤清正や福島正則らと無断で婚姻関係を結んだ。

前田利家や石田三成からこれを咎められると、誓紙を差し出して恐縮の体《てい》を取ってはみせる。だが、それも、慶長四年閏《うるう》三月、前田利家が亡くなるまでのことであった。

利家の死に乗じて、尾張派大名らは一気に三成を除こうと図った。この三成邸襲撃計画には、細川忠興も名を連ねている。これを事前に察知した三成は、家康の邸へ逃げ込んで、人々を驚かせた。

家康は三成をあえて討たず、領地の佐和山《さわやま》城へ無事に送り届けている。

三成は佐和山に謹慎し、天下の舵取りは家康の手に握られることになった。

明けて慶長五（一六〇〇）年、前田利家の跡を継いだ利長《としなが》と細川忠興に、家康から謀叛の疑いがかけられた。言いがかりのようなものであったが、細川家と前田家は姻戚である。

三年前、秀吉のお声がかりによって、忠興の嫡子忠隆の妻に利家の娘千世を迎えていた。どうやら、そこのところを家康から変に勘ぐられたようである。

前田家は徳川家への服従を誓い、利長の生母芳春院《ほうしゅんいん》まつを人質として江戸へ差し出した。細川家も恭順を誓い、三男光千代忠利《ただとし》を送り出している。

これにより、忠興はもはや完全に徳川傘下となった。

同年七月、佐和山城の三成と手を結んだ上杉景勝《かげかつ》が、会津で公然と家康に叛旗を翻した。家康を大坂から追い払い、その隙に三成が大坂城へ舞い戻って、政権を奪取するという計画である。

そうなれば、当然、家康は軍勢を西に返してくるであろう。それを、西国大名を味方に付けた三成軍が迎え撃つことになる。

そうした三成の計略を十分に察した上で、家康は諸大名らを率い、上杉討伐に赴くことを決めた。忠興は福島正則らと共に、先陣を申しつけられた。人質を取られている忠興に、それを拒絶することはできない。

六月十六日、大坂出立が触れられた。

「行ってまいる」

大坂の邸で太刀を佩《は》き終えた忠興は、傍らで手を付く玉子に短く告げた。

「留守居として、そなたの許には家老の小笠原小斎を残してゆく」

「はい」

玉子はうなずいた。味土野以来、因縁の深い家臣である。かつて耶蘇教に入信した玉子の侍女たちを調べ上げ、忠興がその耳を切り落とすきっかけを作った男でもあった。

「小斎はの。そなたの侍女らに済まぬことをしたと、ずっと心で詫びておったのじゃ」

あれは、すべて私の仕業であったものを——と、忠興は小さく呟くように言った。

その声は小刻みに震えている。

「小斎は自らそなたの許に残ると志願したのじゃ。武士として、合戦に赴く名誉を棄ててまでも、そなたの身を守る役を引き受けたい、と——」

「そのこと、しかと胸に刻みおきましょう。小斎は見事、お役を果たしてくれると存じます」

玉子は大きくうなずいて答えた。小斎の役目が場合によっては悲惨なものとなることを、玉子も忠興も知っている。

「私の心は、宮津で話した時と変わらぬ」

忠興の言葉を、玉子は何も訊き返さず、しかと受け止めた。

「殿のお心は分かっております」

「石田治部《じぶ》めが大坂に舞い戻り、そなたを人質に取ろうとするやもしれぬ」

「それで、殿のお心が乱されるのであれば、私はすでに覚悟を決めております」

「乱されるであろう」

忠興はもはや取り繕うこともなく、正直に言った。

「そなたも知る通り、私は心の弱き男ゆえ——」

忠興の眼差しがつらそうに、玉子の顔から離れていった。

「大坂には他の大名の奥方もおる。大名のすべてが奥方に、自決の覚悟を迫るわけではなかろうに……。そなたはまたも私を怨むか」

「私は他の奥方とは違います。逆臣の娘と言われ、邪教を奉じたと言われ、殿からお手討ちにさえされかけました。死すべき運命《さだめ》を神の恩寵により、生かされてまいったと思うております。今、神が死すべき運命を私のためにご用意されたなら、それに従うまでのこと」

玉子はこれまでにないほど落ち着いていた。

「今の私には、若き身空で生を切望しながら死んでいった北条夫人より、従容《しょうよう》として旅立たれたお市の方さまのお気持ちが分かります。私も神の光に包まれて死んでゆけますゆえ」

忠興は何かに耐えようとするかのように、しばらくの間、無言でいた。あまりに長く黙っているので、いささか不安になった玉子が、下からその顔をのぞき込むと、

「歌ができた」

と、忠興は急に言い出した。


なびくなよ我がませ垣のをみなへし　男山より風は吹くとも

――決してなびくな、我が家の低い垣根に咲く女郎花《おみなえし》よ。たとえ男山から激しい風が吹いたとしても――。

あまり上手な歌とは思えなかったが、玉子はすぐにそれに和した。

なびくまじ我れませ垣のをみなへし　男山より風は吹くとも

――男山から風が吹こうと、決してなびきませぬ。私は我が家の垣根に咲く女郎花ですもの。

どちらを見ても下手な歌を詠み合ったというのに、玉子の心はほんのりと満たされている。

「こうして、二人で歌を交わすのは初めてでございますね」

玉子は忠興を見上げながら、微笑を湛え続けた。決して涙はこぼすまい。泣いてしまえば、もう二度と生きて逢うことのできぬ夫の顔を、見られなくなってしまう。

「そなたが前に教えてくれた。男女の仲を和らげるものは、歌である、とな。あれはまことであったと、今にしてようやく分かった」

忠興の白い歯がかすかに見えた。笑ったと見えたその顔が、たちまち横を向く。

忠興はそれ以上、玉子を見続けるのがつらいようであった。

三

忠興と嫡男忠隆の出征後、ひっそりとした大坂の細川邸には、玉子と嫁の千世が残っていた。

「義父上は確かにあまり歌がお上手ではありませぬな」

玉子とやり取りした女郎花の歌を聞き、千世はそう感想を述べた。

「これまで、義母上の前で歌をお作りにならなかったお気持ちが、よう分かります」

そう言って、千世はおっとりと微笑む。

有力大名前田家の娘として育った千世は、苦労知らずののんびりした一面と、どっしりかまえた度胸のよさを併せ持つ娘であった。玉子には、自分とは異なる生い立ちの嫁の笑顔が、まぶしく愛しい。

「義母上はまるで、細川家の嫁となるべくしてなられたように、お歌が上手ですもの」

「さようなことはありませぬ。どれもこれも、満足のゆかぬものばかりじゃ」

だが、まことのよき歌とは、心が追いつめられた究極の時にしか作れぬものではないか。そう思うことがしばしばあったと、玉子は千世を相手に語った。

「何ゆえ、さように思われるのですか」

「ここに、聞き書きした辞世の歌の数々が認《したた》めてあります」

玉子は傍らの文机の上から、料紙の束を取り出して、千世に渡した。

そこには、武田勝頼と北条夫人の歌から始まり、柴田勝家とお市の方、そして、豊臣秀次の側室駒姫の歌などが綴られている。玉子の父光秀のものもあった。

千世は水茎の跡を食い入るように見つめている。

「本能寺の変の折、私は二十歳でした。どうすればよいか分からず、ただ目の前の事態に困惑し、世の中を、そして、人を怨むことしかできなかった。でも、その数ヶ月前、私と同じ二十歳の女人が見事な自決を遂げておられます」

「それは、どなたの……」

玉子は千世が手にした料紙の中から、北条夫人の歌を手で示し、

「武田勝頼殿のご内室、北条氏康殿のご息女です」

「まあ、北条の……」

若い千世にはまるで馴染みのない話なのか、ひたすら耳を傾けるという様子で聞いている。

「当時の私は、優れた辞世の歌を作るのは、自分には無理だと思いました。死を目前にしたら、恐れやら不安やらで胸がいっぱいになり、よき歌を作る余裕など決して持てぬ、と――」

自分もそうだというように、千世は一つうなずいてみせる。

「でも、今は分かります。辞世の歌などというものは、よい歌を作ろうと気張って作るものではない、と――。私の父が残した辞世は、決して優れた歌とは思いませぬが、それでも私の心には響きました」

「義母上さま……」

千世は玉子の話がどこへ向かうか、不安になり始めたようである。だが、玉子はそれ以上千世に語らせることなく、先を語り続けた。

「私は今、死を恐れてはおりませぬ。死ぬこととは神の御許へ行くことですから――。私はもう存分に生きました。いえ、あの二十歳の時から、私の人生は始まったのやもしれませぬ。今にして思えば、それより前の人生は、何とぬるま湯に浸《つ》かるようなものであったことか」

「義母上のおつらいお胸の内、お察し申し上げます」

千世は自分がぬるま湯のような人生を歩んできたことを、かすかに恥じるように言った。玉子は朗らかに微笑んだ。

「千世殿よ、そなたは私の大事な嫁です。そのそなたが穏やかに生きられるなら、それに越したことはない。されど、今の世に前田家の娘と生まれたそなたは、これまでのように穏やかな暮らしを送ることは叶わぬやもしれませぬ」

「石田治部殿が、ご当家に難題を申してくるやもしれぬということですね」

千世は察しのよいところを見せた。

「忠隆さまより、すべて義母上の仰せに従うよう、申しつけられておりまする」

千世は慎ましく畳の上に指を重ねた。

「では、私の申す通りになさい。石田殿よりのご使者が参ったら、そなたはすぐに細川の家を出るのです」

「なれど、義父上はいざという時には覚悟を決めよと、言い置かれたのではありませぬか」

どうやら、忠興の言葉はすでに家中で広まっているらしい。

「殿のお言葉はこの私に宛てたもの。そなたにまで、覚悟を定めよと仰せになったわけではありませぬ」

「でも、私とて細川家の嫁にございます。義母上と同様に――」

「そなたには立派なご実家がある。ご生母も兄君もご健在で、姉君は宇喜多秀家公のご正室じゃ。宇喜多家には石田殿も手出しをいたしますまい。幸い、宇喜多家は隣家ゆえ、そなた一人はただちに姉君をお頼りなされよ」

千世の姉豪姫は、豊臣秀吉とその正室北政所の養女となって、宇喜多秀家に嫁いだ。宇喜多秀家は五大老の一人であり、三成と組んでいたから、そこへ逃げ込めば無事でいられる。万一、三成側が敗れたとしても、北政所の養女である豪姫の身に危害が加えられることはあるまい。また、生母芳春院が江戸城から家康に働きかけてくれるだろう。

「ならば、義母上も共に宇喜多家へ参ってくださいませ」

千世は、玉子の手を取りかねないほどの真剣さで言った。

「いいえ」

玉子はきっぱりと首を横に振った。

「私は明智の娘です。そなたと違って、前田家にも宇喜多家にも、私を救う理由はない。私は細川家と命運を共にいたす覚悟を決めました」

私にはもう細川家しかないのだと言うその目は、清々しいまでに澄み切っていた。

七月十三日、大坂の町が騒然となった。石田三成の軍勢が差し向けられたという。その目的は大坂の町の守護などではなく、大名の妻子らを人質として捕獲するためであった。

細川邸にも大坂城へ登城するように、という使者が訪れた。表向きは尼が使者となり、人質という言葉は使われないが、登城すれば身柄を拘束されるのは明らかである。

玉子がそれを拒絶すると、十六日には「姻戚の宇喜多殿とご一緒に登城せよ」という、半ば命令と言うべき言葉が使者を通して伝えられた。

「宇喜多殿と共に、と申されたのじゃな」

使者との応対に当たった家老小笠原小斎を前に、玉子は問いただした。

「はい。しかと、そう申されました」

老いた小斎が、低い声でうなずく。

それは、豪姫の妹である千世も共に連れて来いという意味であろう。だが、豪姫が城へ入り、千世がこれを拒めば、その後はもう二度と、姉妹は会えなくなるかもしれない。

(その前に、千世は何としても豪姫の許へ送り出してしまわなければ！)

どれだけ掻き口説いても、玉子と一緒でなければ宇喜多家へは行かぬと、千世は言い張り続けた。

だが、三成の軍勢が大坂へ入り込んだ今となってはもう、頬を張り倒しても、宇喜多家へ行かせねばなるまい。

「千世をここへ呼びなさい」

玉子は傍らに控える小侍従に命じると共に、小斎には、

「大坂城からの使者には、忠興殿のお許しなきゆえ、ご命令には従えませぬと申し上げなさい」

と、きっぱり命じた。

「ははっ——」

小斎は慌ただしく下がって行った。入れ替わるように、千世が現れる。

「いよいよ、ここも危うくなりました。あれこれ言うておる暇はない。そなたはただちに宇喜多家へ向かいなさい」

「お言葉を返すようではございますが、義母上もご一緒であれば、私はすぐにでも発ちまする」

千世も簡単には折れぬ気丈さを見せる。こういうところは、実の母娘のように、玉子によく似ている。

「のう、千世殿。そなたを見ていると、そなたを育てた芳春院さまの素晴らしさがよう分かる。その芳春院さまが生きておられる間は、そなたが先に逝くようなことがあってはなりませぬ」

「確かに、我が母は、世間でも良妻賢母と言われているようです。よく父に仕え、十一人の子を産み育てました。でも、我が母は幸運にも世の波乱に巻き込まれなかったゆえ、それができたのです。されど、義母上は……。私が母とお呼びする、もう一人の義母上は……」

そこまで言って、千世は言葉をつまらせた。後は込み上げる思いにうまく言葉が続けられないのか、光る目でじっと玉子を見つめている。

「義母上には、罪咎もないのに憂いだけが集まってきたと見えまする。私には、そんな義母上がお労しゅうてなりませぬ。忠隆さまもそうおっしゃっておいででした……」

「忠隆が……」

次男与五郎興秋《おきあき》、三男光千代忠利に比べれば、忠隆は玉子にとってどこか遠くに感じられた。

与五郎より下の子らは、味土野暮らしの後に生まれている。そのためか、それ以前に産んだ於長や忠隆より、深い部分でつながっているような気がしたのは否めない。

それでも、忠隆は味土野時代、細川家に置き去りにした母を怨まず、今となっては労わりさえしてくれる。

それで十分だと、玉子は思った。忠隆の母となった喜びは、もうそれで十分だ、と――。

「千世殿」

威儀を正して、玉子はまだ若い嫁の名を呼んだ。

「私も昔は、何ゆえ私だけが苛酷な道を歩まねばならぬのかと、世を怨んでおりました。されど、今は違います。神は人を試さんがため、あえて愛する人間たちに受難をお与えになるのです。私は、そのように神が愛されるこの世のすべてが、愛しく思われます。私を追いつめる石田殿でさえ、私は怨んではおりませぬぞ」

「義母上は何ゆえ、さように尊くていらせられますか。何ゆえ、さように尊いお考えができるのです」

千世はもう半分泣いている。

「私が尊いのではありませぬ。私に尊い心を与えてくださった神が尊いのです」

頰を伝う涙を袖で何度も何度も拭いながら、千世は今にもしゃくり上げそうである。玉子は唯一の義理の娘を、親鳥が羽交いで包み込むように、両の袖で包み込んだ。その途端、千世が何かから解き放たれたように、わっと泣き出す。

「私は耶蘇教徒ゆえ、自決はいたしませぬ。私が逝く時は、神が私をお召しになった時です。だから、悲しむことはないのですよ」

「義母上さま、義母上さま！」

千世はもうそれだけしか口にできない。

「そなたのような愛しい者を、私の人生に与えてくださったことに、主よ、感謝いたしまする」

玉子は厳かに言った。

やがて小斎が戻って来て、使者はいったん帰ったものの、この次は邸を軍勢で囲むかもしれないと脅したことを告げた。時が迫ると急き立てる小斎をなだめつつ、玉子は泣きじゃくる千世を説き伏せ、ようやく立たせた。

千世は魂と体が引き裂かれるような顔を浮かべながら、侍女に引きずられるようにして去って行った。

「行ってしまわれましたな」

玉子の傍らでぽつりと呟いたのは、細川家へ来て以来ずっと側にいてくれたいとである。

玉子はそっとうなずいた。

「これで、一つの仕事が終わりました。人はこうして人生を締めくくってゆくのやもしれませぬな」

「奥方さまに残された仕事は、まだござりましょう」

「さようですね。よき辞世の歌を作らねばなりませぬ」

玉子は澄み切った黒い瞳を宙に浮かせて呟いていた。

四

千世が去った翌日の十七日は、美しい秋晴れの陽気であった。空はますます高く透明感を増している。

　だが、その日、細川家の邸は石田三成の軍勢によって取り囲まれた。

　最後の使者が大坂城への連行をほのめかし、細川家側がそれをきっぱりと拒絶すると、交渉は完全に決裂した。

「もはや、これまでです」

　玉子は家老の小笠原小斎と、自分の側近く仕えてくれた侍女たちを呼び、涼やかな声で告げた。

「皆には、ここを出て行ってもらいます」

　一同を前にそう申し渡した後、玉子は年寄格として仕えていた霜とおくを呼んだ。

「そなたたちには、忠興さまに私の最期を伝えてほしい」

　玉子は年輩の侍女たちに、最後の役目を言い渡した。

「忠興さまとは決して仲のよい夫婦ではなかった。特に、味土野から帰ってからの長の年月は、意を違えてばかりであった。それでも、縁浅からず子も生《な》し、こうして添い遂げることができました。その思いはここに認《したた》めてあります」

　玉子は一枚の短冊を取り出した。

　今日の秋空を思わせる薄い水色の下地に、やや薄い水茎の跡がすっきりと綴られている。

「どうぞ、忠興さまにお渡ししておくれ」

　先立つは今日を限りの命とも　まさりて惜しき別れとを知れ

――あなたを残して、先立ってゆく今日を限りの私の命――。それにもまさって惜しいのが、あなたとの別離なのだと、ようやく分かりました。

「よきお歌にござりまする」

　おくと霜は短冊を捧げるようにして、受け取った。

「何でも欲しがるお人であった。細川の家の安泰も欲しい。逆臣の娘となった妻も欲しい。側室も常に片手の指に余るほど欲しい、とおっしゃって……。何とも欲張りな殿であった。それがたまらなく忌まわしかった時もあるが、今はただ懐かしいとだけ思われます」

　玉子は霜とおくに聞かせるとも、独り言ともつかぬ調子で呟いた。霜とおくは、じっと何かをこらえるようにうつむいている。

「それでは、もうお下がりなさい。いとと小侍従だけ残ってください」

　玉子の言葉に従って、二人以外の侍女たちが名残惜しそうに下がるのを、待ちかねたように、

「姫さまっ！」

小侍従が切羽詰まった声を出した。

「私どもは、ずっとお側にいさせていただけるのですね」

その問いかけに対し、玉子はゆっくりと首を横に振る。

「いいえ、そなたたちをここから出すこと。それが私の最後の仕事です」

「何ゆえでございますか」

小侍従の口から、悲鳴のような声が上がる。

「マリアとルチアア、ここへ来てください」

玉子は静かな声で言い、目の前を示した。ルチアが足をもつれさせるようにして、
一方、マリアは内なる震えを顔に出すまいとこらえつつ、それぞれ玉子の前に座る。

「あなたたちはずっと、私の友でした」

マリアからルチアへ、ルチアからマリアへ、十分な時をかけて、玉子はゆっくりと目を動かしていった。この二人の顔をいつまでも忘れぬよう、しかと目に焼きつけておかなければならない。

「マリアよ」

やがて、玉子の眼差しは先にマリアの顔に据えられた。

「あなたに初めて会うた時、あなたを清少納言のような——と申したこと、覚えてい

ますか」

「奥方さまにお会いした時のことは忘れませぬ」

「あなたはそれを怒ったけれど、今の私はこう思います。あなたは清少納言をすでに超えているのだ、と――。皇后定子さまにとっての清少納言より、私にとってのマリアの方がずっと頼もしい女人です。なぜならば、清少納言はあくまでも女房であって、皇后の友にはなり得なかったのですから――」

「それは、あの時代では当然のことでした」

「さような理屈ばかりを申すものではない」

「それが、私という人間でござりまする」

さらに理屈を言うマリアの声が、心なしか震え掠れているようだ。

「そうでしたね」

玉子はほのかに笑ってみせた。

「そんなマリアを、私は愛しいと思うのです」

マリアの返事はない。いつもの彼女らしくもなく、マリアはうなだれていた。尼削ぎの髪がその頬に落ちかかって、なぜだか頼りない少女のように見える。

「ルチア」

玉子の眼差しが、もう一人の友の方へ据えられた。

「そなたの忠節はこれまで存分に見せてもらいました。そなたの秘められた胸の内も、私だけは知っています。でも、もしそなたが嫌でなければ、どうか、これから先、結婚して穏やかな暮らしを営んでほしい」

「奥方さまはお一人だけで逝くと申されるのですか。私たちはあの方のために、二人で共に祈りましたのに……。奥方さまだけが神の御許《みもと》へ逝ってしまわれると……」

玉子はもはや何も言わず、ただ黙ってうなずいた。ルチアの美しい目が涙に洗われ、ますます透明感を増して澄んでゆくようである。この美しい目にもう別れなければならない。

「私の辞世はここに認めてあります。これは、あなたたち二人に持っていてほしい」

玉子は短冊を懐紙で包んだものを、二人の前に差し出した。

「これは、私が無事に昇天を果たした後に、開けてください」

二人の友は、恐るおそる両手を差し出し、左右からそれを押しいただくようにして受け取った。

辞世を託されれば、去ることを承知せざるを得ない。ルチアはなおもあふれる涙を袖で押さえつつ、マリアは勝気にも唇を噛み締めて涙をこらえつつ、未練を残した衣擦れの音と共に下がって行った。

二人の立てる物音が完全に消え去るまでの間、玉子はじっと目を閉じ、身じろぎ一つしなかった。後に残ったのは、玉子と小笠原小斎の二人のみである。

「奥方さま、そろそろ仕度にかかりませぬと——」

やがて、小斎が遠慮がちに切り出した。

玉子は目を開け、小斎に向かってうなずいてみせた。小斎は立ち上がると、玉子の最後の祈りを妨げぬよう、いったん座敷から退き、襖を閉めた。

玉子は、首に提げていた黄金の十字架を、懐から取り出した。かつてペトロに贈ったのとまったく同じものを、後から作らせたものである。日頃、肌身離さず見慣れていたイエズスの像が、今日はことさら新鮮に見えた。

（主よ、この世で為すべき仕事をすべて終えました）

玉子は安らかな心持ちで、最後の祈りを終えた。

ややあって、玉子が目を開けると、それを見計らったかのように、外から襖が開けられた。

小斎は白袴を着け、槍を携えている。

「そなたには、いつも嫌な役目ばかりを押しつけてしまいますね」

小斎が槍を脇に置き、端座するのを見届けてから、玉子は穏やかな声で告げた。

「なんの。もはや戦場で太刀を振るうこともできぬ老いぼれ。奥方さまのお役に立てれば、それこそ本望にござりまする。殿も誉めてくださりましょう」

「かたじけなく存じます。そなたを道連れにすることになり、相済まぬと思う」

「それは、おっしゃいますな」

それだけ言って、この老臣は込み上げてくるものに喉を詰まらせ、しばらく口を利くことができなかった。

「奥方さまには、何とお詫びすればよいやら……」

やがて、小斎はやっとのことで涙をこらえながら言い出した。

「侍女らの耳削ぎの件は、そなたのせいではありませぬ」

「違いまするっ！」

床につけていた頭をがばっと上げ、小斎は吼えるように言った。

「それがしは昔、奥方さまに自決を迫り申し上げた」

「ああ……」

そのことかと、玉子は懐かしささえ覚えつつ、遠い昔を思い出した。

玉子はもはや小斎を怨む気持ちなど忘れている。が、この一途な忠臣はずっとそのことを思い悩み、さらには侍女らの事件もあって、いっそう苦悩を深めていたようだ。それが、このつらい役目を引き受けさせる要因となったのだろう。

「私の方こそ済みませぬ。そなたを私の受難に巻き込んでしまいました……」

「何をおっしゃる。それがしは奥方さまのごとき見事な女人を知り申さぬ。かような御方の受難であれば、喜んで巻かれてゆきましょうぞ」

「そなたに、神の御教えを説く時があればよかった。ですが、神の恩寵がそなたの身にあらんことを祈っております」

玉子は両手を胸の前に組み合わせた。それを合図のように、小斎が立ち上がった。その手には槍が握られている。

「それでは、火をかけてください」

玉子は静かに目を閉じた。

――いつくしみ深き、友なるイエズスは……。

同時に、聞き覚えのある歌声が耳の奥で鳴り出した。

(ああ、迎えに来てくれたのですね)

待っていてください、もうしばらくだけ――。

――罪、咎、憂いをとり去りたまう。

鈴の音色のような澄んだ歌声は、玉子を神の国へと誘い続ける。

「小斎よ、頼みますぞ」

いざという時には自害を許されぬ耶蘇教の身ゆえ、そなたの槍でこの胸を突き刺すように――玉子はもうずっと前から、小斎にそう命じてある。

槍をかまえて立つ小斎の額には、汗が玉のように浮かんでいた。

「主よ、今、御許へ参ります」

わずかに天に向かって仰向けられた細い首が、無垢な白さをさらしている。

玉子は目を閉ざしたまま、一心に神に祈りを捧げた。純白の小袖に紅の打掛を羽織った玉子の胸には、かの人と同じ黄金の十字架がかかり、その右手の薬指には銀の細い指輪が、炎の照り返しを受けきらめいている。

「奥方さま、御免――」

小斎の槍が振り上げられ、白刃に燃え盛る炎を映したまま、玉子の白い胸へ吸い込まれていった。

「神よ、私は私の敵を愛しまする！」

玉子の絶叫を聞き終えた後、小斎もまた潔く自決を遂げた。

散りぬべき時知りてこそ世の中の　花は花なれ人は人なれ

――散るべき時を知ってこそ、この世の花も輝き、人も輝くのです。

マリアとルチアが受け取った短冊には、こう辞世の歌が記されていた。

「ガラシアさまーっ！」

奥方さまと呼ぶのでも、姫さまと呼ぶのでもない。友であり姉妹であった人の尊い名を口にしながら、マリアとルチアは抱き合って泣いた。

三人が青竜寺城で出会った時から、実に二十二年の歳月が流れていた――。


明智玉子、享年三十八――。

嫁して後の名で、細川ガラシアと呼ばれる気丈な夫人は、ここに波乱の生涯を閉じた。

殉教ではないゆえに、列聖こそされなかったが、その死にざまは二十六聖人の殉教にも劣らぬ潔いものである。

翌日、細川邸の焼け跡には、オルガンティノ司祭の指図により、ガラシアの骨を拾う信徒らの姿があった。

玉子の骨は、堺の切支丹《きりしたん》墓地に葬られた。のち、忠興はオルガンティノ司祭に依頼して、一周忌に当たる玉子の供養を切支丹の教会葬で行い、その葬儀にも自ら参列している。

玉子を人質にすることに失敗した石田三成は、翌々日の十九日から、玉子の義父細川幽斎が守る丹後田辺城を攻撃し始めた。持ちこたえられなくなった幽斎は二十七日、覚悟を決めて、後陽成天皇に一首の歌を奉っている。

いにしへも今も変わらぬ世の中に　心の種を残す言の葉

——昔も今も、人が心の種を育て言の葉として残すもの。それが、和歌なのでございます。

『古今和歌集』の「仮名序」に「大和歌は人の心を種として」とあるのを意識した歌である。

これは、暗に自分が相伝した古今伝授を、まだ誰にも伝えていないことを訴えたものであった。驚いた後陽成天皇は三成側に使者を遣わして、田辺城の包囲を解くよう勅命を下した。

三成側は包囲網を解いて、田辺城は無血開城された。幽斎はかつて光秀の城で、今は西軍のものとなっている丹波亀山城へ幽閉された。

そして、玉子の死から二ヶ月後の九月十五日、秋霧の立ちこめる関ヶ原において、天下分け目の合戦の火蓋はついに切られた。

徳川家康率いる東軍九万余、毛利輝元を総大将に石田三成が指揮する西軍八万余——。

細川忠興は東軍に属した。玉子の壮絶な死により、石田三成の人望は下降し、東軍諸大名らの士気を高めることにもなった。

勝敗は一日で決した。西軍小早川秀秋の裏切りにより、家康の東軍が勝利――。天下は徳川家のものとなる。

だが、細川家には大きな波乱が待ち受けていた。

玉子を喪った忠興が、生き恥をさらした千世を離縁するよう、嫡男忠隆に迫ったのである。忠隆は断固としてこれを拒否、怒った忠興は忠隆を廃嫡してしまった。

忠隆はその後も千世と共に京で暮らし、祖父幽斎がその生活の援助をしている。

あくまでも妻を庇い抜く孫の姿に、玉子を庇いたくとも庇い切れなかった息子忠興の姿を重ねたのだろうか。

忠興と玉子の次男興秋は、後の大坂夏の陣で豊臣方に与《くみ》し、自害して果てた。

結果、細川家当主の座は、江戸城の人質となって以来、徳川との縁が深い三男忠利のものとなる。

関ヶ原の合戦後、細川家は丹後から豊前《ぶぜん》へ改封となった。

いよいよ丹後を出て豊前へ赴くという日、忠興は焼亡した宮津城の跡地から、天の橋立を眺めて一首の歌を詠んでいる。


たち別れ松に名残はをしけれど　思ひ切戸《きりと》の天の橋立

――この地の松に名残は惜しいが、思いも断ち切らねばなるまい。切り戸口のような海辺から、美しい天の橋立が見える。懐かしいこの土地と、この土地に暮らしたあの人の想い出に、今、私は別れを告げる――。

自分の死後は、利休の遺品である欠灯籠の下に、玉子と共に葬ってほしい――そう忠興が遺言して死ぬのは、この時から四十五年も後のことであった。

終曲

——いつくしみ深き、友なるイエズスは、変わらぬ愛もて導きたまう。

——世の友我らを棄て去る時も、祈りにこたえて労わりたまわん。

いつの間に泣いていたのか。

マリア・テレジアは頬を伝う涙が冷たいことに気づいて、慌ててハンカチーフを取り出すと、涙を拭いた。

祈祷の賛美歌を役者が歌っているのを聴いた時、思わず胸が熱くなった。あれは、ペトロがガラシアへの叶わぬ愛を告白する場面であったか。してみると、あの時に流した涙だったのかもしれない。

最後に、ガラシアが死を迎えた時は、他のどの場面よりも深く感動した。だが、この時は決して泣くまいと思い、テレジアは唇をきつく噛み締めていた。

ガラシアは神の教えに逆らって自害したのでもない。殺されたのでもない。異教徒の無理解をすべてその身に受け容れて、神に召されたのである。

その美しき徳が、最後には無理解な異教徒である夫の心を和らげたのだ。カトリックとガラシアの大いなる功績である。

テレジアは劇場が拍手の嵐にどよめいている中、そっと後ろの席を振り返ってみた。

「フランツ……」

フランツもまた泣いていた。それも、テレジアが気恥ずかしくなるほど、激しく涙を流している。おそらくは、ガラシアが死す場面に感動したのであろう。

フランツはガラシア夫人に同化しながら舞台を追っていた。父親の謀叛によって実家を失い、帰る場所を失くしたガラシアが嫁いだ家で迫害されながらも耐えている姿が、これからの己の人生を映しているように思えたせいか。

無論、フランツの立場はガラシアほど悪くはない。ヨーロッパ随一の帝国に婿入りし、美貌で聡明な妻を手に入れる。何より、テレジアはフランツを心から愛している。

だが、人からうらやまれるその結婚の裏で、フランツは祖国を捨てねばならない。大公位を捨て、「あなたは国を売るのか」と罵る母と訣別し、何より自分を愛してくれたロートリンゲンの国民を捨てなければならない。

それに匹敵するものを手に入れるとも言えるが、祖国とは他に替えられるようなものではなかった。

そのくらいならば、いっそテレジアとの婚約を破棄しようかと、考えたこともないではない。

だが、そうなれば、今度はオーストリア軍が東から攻め込んで来るのではないかという不安に、夜も眠れなくなろう。

いや、それより何より、小さなレースルを泣かせたくなかった。いや、今はもう小さなレースルではない。

美しきウィーンの花、ハプスブルグの宝石、いや、ヨーロッパの太陽にもたとえられる麗しい乙女になった。その乙女は七年前と変わることなく、フランツ一人を愛してくれている。

(私は、ガラシア夫人のように生きられるか)

フランツはそれに、しかとうなずくことができない。あれほどの受難に遭いながら、カトリックに支えられて見事な人生をまっとうした夫人の強さに、フランツは頭が下がる思いであった。

(あの気丈さがあれば、私もハプスブルグの人間になれるのかもしれぬ)

ヨーロッパの一大帝国をこの両手に抱えて、なおつぶされることなく、自分はテレジアを守り抜けるだろうか。

「フランツ……」

気がつくと、テレジアが傍らに来ていた。

観客たちが立ち上がって、歓声と拍手を送っている中、このおしゃまな姫君はそれにまぎれて席を移動してきたらしい。

「こんなことをしては……」

　いけないよ、と言う前に、テレジアはフランツの手を取っていた。

「私はもう、何も知らぬ小娘ではありませんわ」

　祈るように、テレジアの両手がフランツの手を挟み込んだまま、胸の前まで持っていかれた。

「フランツの苦難も知っています。フランスの要求も母君のご希望も、フランツが心を決めかねていることも――」

　フランツの手がかすかにテレジアの胸の膨らみと、その胸を彩る黄金の十字架に触れた。が、テレジアはそれに気づかぬのか、そのまま真剣な瞳で語り続ける。

「でも、苦難を乗り越える術を、この舞台が教えてくれました。司祭さまがおっしゃっていたように、苦難は徳を磨くための縁なのでしょう。ならば、私たちは徳を磨かなければならないわ。このオーストリア帝国民の上に立つ私たちは……」

「テレジア……」

　レースルと呼ばぬよう注意しながら、フランツは呟く。

「あなたは祖国を失われる。そのあなたの心の空洞を、私も共に引き受けさせてください。あなたはハプスブルグで愉快でない思いをなさるかもしれない。今日、こうして二列目の席に座らせられたようなことが、これからもきっとあるでしょう。でも、私は誰にもあなたを軽んじさせたりはしない。あなたは父上の跡を継いで、神聖ローマ皇帝になるお人なのだから――」

「神聖ローマ皇帝に……」

「ええ」

テレジアの手に力がこもった。

「それだけは譲れない。神聖ローマ皇帝はカトリック教界における俗界の王です。カトリックを奉じる国であれば、誰もが神聖ローマ皇帝の前に跪かねばならない。オーストリアもフランスも、そして、ロートリンゲンもです。その時こそ、フランツは故国をその胸に抱き締めることがおできになるわ」

「テレジアよ」

フランツは微笑みながら、かつて誉めちぎった柔らかな耀くばかりの銀髪に触れた。

「あなたは、ガラシア夫人以上に気丈な貴婦人かもしれないな」

「夫人はあれほど徳の高い人なのに、無理解な夫を持ってお気の毒でしたわ。でも、私たちはあの夫婦とは違います。私はフランツを、フランツは私を理解することができますもの」

テレジアは自信を持って言い切った。

だが、本当に無理解だったのだろうか――と、フランツはその時初めて、テレジアの言葉に首をかしげた。

あの異教徒の夫には、理解したくともできぬ事情があったのではないか。どんな小国の領主でも、王と呼ばれる身であれば、さまざまな思惑にとらわれるものである。この時、ようやくフランツは忠興の立場に身を置いていた。

(女というものは……)

フランツは目の前の美しい婚約者と、舞台の上の貴婦人を重ねてみた。

(どれほど聡明であっても、男の胸の内までは見抜けないものかもしれぬ)

ガラシア夫人でさえ、口には出さなかった夫の愛情をすべて見抜いていたとは思えない。

(だが、男とはそれを語らぬものなのだ)

フランツは異教徒の男の内に、ダンディズムを見出したような気がした。

(私もこれから何があったとしても、その苦悩をテレジアに見せてはならぬ)

フランツはそう心を決めた。その時、ようやく重荷を下ろしたような気分になった。

拍手と歓声の嵐はまだやむ気配がない。

「私の……愛するマリア・テレジア」

フランツは傍らの者に聞こえぬように、そっと未来の妻の名を呼んだ。マリアははっと身を強張らせると、やがて安心したのか、フランツの肩にその柔らかな銀髪の頭を静かに傾けてきた。

「……いつくしみ深き、友なるイエズスは、変わらぬ愛もて導きたまう」

フランツの耳にだけ届くようなかすかな歌声である。フランツはそっと目を閉じると、テレジアの髪に顔を埋めた。

「世の友我らを棄て去る時も、祈りにこたえて労わりたまわん……」

フランツもまた、傍らの形のよい耳にだけ届くよう、小さな声で唱和していた。

（了）

【主要参考文献】

ルイス・フロイス著　松田毅一・川崎桃太訳『完訳フロイス日本史③安土城と本能寺の変　織田信長篇Ⅲ』『完訳フロイス日本史④秀吉の天下統一と高山右近の追放　豊臣秀吉篇Ⅰ』『完訳フロイス日本史⑤「暴君」秀吉の野望　豊臣秀吉篇Ⅱ』（中公文庫）
上総英郎編『細川ガラシャのすべて』（新人物往来社）
田端泰子著『細川ガラシャ　散りぬべき時知りてこそ』（ミネルヴァ書房）
安　廷苑著『細川ガラシャ　キリシタン史料から見た生涯』（中公新書）

【引用和歌一覧】

さざなみや志賀の都は荒れにしを　昔ながらの山桜かな（平忠度）
いとせめて恋しきときはむばたまの　夜の衣をかへしてぞきる（小野小町）
心しらぬ人は何とも言はばいへ　身をも惜しまじ名をも惜しまじ（明智光秀）
おぼろなる月もほのかに雲霞　晴れて行くへの西の山の端（武田勝頼辞世）
黒髪の乱れたる世ぞ果てしなき　思ひに消ゆる露の玉の緒（武田勝頼室北条夫人辞世）
いかでかはみもすそ川の流れ汲む　人にたたらんえきれいの神（伝細川ガラシア夫人）

夏の夜の夢路はかなき跡の名を　雲居にあげよ山ほととぎす（柴田勝家辞世）

さらぬだにうちぬる程も夏の夜の　夢路をさそふほととぎすかな

（柴田勝家室お市の方辞世）

罪をきる弥陀の剣にかかる身の　なにか五つの障りあるべき（駒姫辞世）

露と落ち露と消えにしわが身かな　難波のことも夢のまた夢（豊臣秀吉辞世）

なびくなよ我がませ垣のをみなへし　男山より風は吹くとも（細川忠興）

なびくまじ我れませ垣のをみなへし　男山より風は吹くとも（細川ガラシア夫人）

先立つは今日を限りの命とも　まさりて惜しき別れとを知れ（細川ガラシア夫人）

散りぬべき時知りてこそ世の中の　花は花なれ人は人なれ（細川ガラシア夫人辞世）

いにしへも今も変わらぬ世の中に　心の種を残す言の葉（細川幽斎）

たち別れ松に名残はをしけれど　思ひ切戸の天の橋立（細川忠興）

本作品は当文庫のための書き下ろしです。

編集協力　遊子堂

文芸社文庫

がらしあ　紅蓮の聖女

二〇一五年二月十五日　初版第一刷発行

著　者　篠綾子
発行者　瓜谷綱延
発行所　株式会社　文芸社
〒一六〇-〇〇二二
東京都新宿区新宿一-一〇-一
電話　〇三-五三六九-三〇六〇（編集）
〇三-五三六九-二二九九（販売）

印刷所　図書印刷株式会社
装幀者　三村淳

ISBN978-4-286-16242-3